Inselfluchten

Norbert Büchler

Inselfluchten

Roman

Bibliografische Informationen der Deutschen Nationalbibliothek:
Die Deutsche Nationalbibliothek verzeichnet diese Publikation in
der Deutschen Nationalbibliografie; detaillierte bibliografische
Daten sind im Internet über www.dnd.de abrufbar.

© 2015 Norbert Büchler
(Erstausgabe 2009)

Umschlaggestaltung: Jürgen Batscheider
Bild: Jürgen Batscheider „Panormous Bay"
(Acryl auf Leinwand)

Herstellung und Verlag:
BoD - Books on Demand, Norderstedt

ISBN: 978-3-7386-2765-7

TEIL 1

PROLOG

Der Abbau des Skulpturenzauns kam einem Spektakel gleich, das sich etliche Bewohner des Dorfes Panormous nicht entgehen ließen. Es musste vorsichtig zu Werke gegangen werden, da der Käufer des Zauns – der exzentrische Sohn einer Genfer Uhrendynastie – das Kunstwerk möglichst unversehrt wiedererrichten lassen wollte. Die zwei Bagger und acht griechischen Arbeiter legten zuerst die Säulenfundamente frei, hämmerten dann die Betonverkeilung aus, um so den zusammengeschweißten, dreißig Meter langen Zaun in Einzelstücke zersägen zu können. Er hatte vierzehn Jahre lang das Grundstück seines Schöpfers Paul Baumann eingefasst und das Dorf anfangs tief gespalten. Der Zaun bestand aus verfremdeten Währungszeichen und abstrahierten Genitalformen. Auf den ersten Blick als formenreiches Skulpturengebilde wahrgenommen, offenbarten sich erst mit dem zweiten und schließlich jedem weiteren Blick die eigentlichen Details. Das Zerkleinern des Zauns in transportfähige Einzelteile stellte alle Beteiligten vor Entscheidungsnöte, da unvermeidlich durch sensible Formen gesägt werden musste. Sowohl die Arbeiter als auch die anwesenden Dorfbewohner schlugen verschiedenste Routen vor, um die Anzahl der zu zerteilenden Genitalformen auf ein Mindestmaß zu reduzieren. Als die Einzelteile schließlich verpackt, verladen und abtransportiert waren und die letzten Neugierigen das Grundstück verlassen hatten, kehrte Ruhe ein und Paul atmete auf. Den provokanten Zaun brauchte er nicht mehr, im Gegenteil, sollte seine Schwägerin Judith, mit der er seit langem ein ebenso geheimes wie leidenschaftliches Verhältnis pflegte, zu ihm ziehen, war Friede angesagt – und der Beginn eines neuen Lebensabschnitts. Paul betrachtete den Graben um das Grundstück, seine Ideen zur Neugestaltung plante er zu verwirklichen, sobald er die Zeit dafür fand.

Er ging zurück ins Haus und goss sich Wasser aus der Karaffe in ein Glas, als er durch das Fenster Joachim kommen sah. Sie hatten sich vor zwei Monaten kennengelernt und etliche Abende weintrinkend zusammen verbracht. Durch die offene Verandatür hörte Paul ihn sagen:

»Endlich ist dieser dekadente Zaun verschwunden, da schaut doch alles gleich viel netter aus.«

Joachim blieb im Türrahmen stehen und blickte auf den Krater rund um das Grundstück. Paul sagte gut gelaunt:

»Du hättest dabei sein sollen, als sie den Zaun zersägt haben. Schmerzverzerrte Gesichter wohin man sah.«

Joachim lächelte.

»Der Nachbesitzer bekommt dafür frisch verschweißte Genitalien.«

»Es ist der Sohn einer meiner Auftraggeber mit einem deutlichen Hang zur Dekadenz.«

»Das ist mir klar, wer will so etwas sonst schon haben?«

»Du rechnest mir überhaupt nicht an, dass ich ihn weggegeben habe. Es fiel mir nicht leicht, mich von ihm zu trennen.«

»Das machst du doch nicht freiwillig.«

»Wie kommst du darauf?«

»Das hast du doch sicher nur gemacht, damit Judith endlich zu dir zieht.«

Paul sah ihn an.

»Du wirst mir immer unsympathischer mit deiner Menschenkenntnis. Judith stellte mir tatsächlich zwei Bedingungen. Die erste ist seit heute erfüllt.«

»Und die andere?«, fragte Joachim.

»Sie will, dass ich die Finger von meinen Geschäftspartnerinnen lasse.«

»Da verlangt sie aber wirklich nicht viel von dir.«
Paul verdrehte die Augen.
»Mit Verlaub, Hochwürden, Ihr habt keine Ahnung.«
Sie setzten sich auf die Veranda, der aufkommende Wind vertrieb wohltuend die Hitze des Tages. Joachim sagte:
»Ich nehme morgen früh die erste Fähre.«
»Deine antiquierten Ansichten werde ich in keiner Weise vermissen.«
»Und mit wem trinkst du deinen Wein?«
»Das ist das einzige Problem.«
»Ich dachte, Judith sei das einzige Problem?«
»Das ist das andere einzige Problem.«

-1-

Paul Baumanns künstlerischer Werdegang war viele Jahre von Aussichtslosigkeit geprägt – viel gelobt, aber selten gekauft. Die Wende seines Künstlerdaseins kam mit einer ebenso erfolgreichen wie ernüchternden Ausstellung von Bildern, die er während eines dreimonatigen Aufenthalts auf Kreta in kräftigen Ölfarben gemalt hatte. Binnen weniger Wochen verkaufte er alle Bilder – ein Umstand, der ihn in eine Krise stürzte. Paul erging sich lauthals darüber, den Geschmack des Mittelstandes getroffen zu haben, ein untrügliches Indiz für künstlerische Belanglosigkeit. Bald könne man sich in Kanzleien, Arztpraxen und Vorstadtvillen kaum noch retten vor seinem Werk. Unter den Käufern befand sich ein ortsansässiger Notar, dessen Bruder eine Werbeagentur in Zürich leitete und bei einem Familientreffen die Bilder sah. Er nahm Kontakt zu Paul auf, dessen Schwur, keinen Pinsel mehr anzurühren, seine Lage alles andere als vereinfachte. Das überraschende Angebot der Agentur kam zum richtigen Zeitpunkt. Die erste Werbekampagne mit Motiven seiner Bilder wurde ein voller Erfolg, dem weitere folgten. Er berief einen befreundeten Rechtsanwalt zu seinem Agenten und nach drei Jahren harter Arbeit rund um die Uhr reifte Pauls Idee, ein Atelier zu kaufen, und zwar fernab der deutschen Kunstszene, die seinen Erfolg mit Häme zu ignorieren versuchte.

Die Insel Tinos erschien ihm schon bei einer früheren Reise in die Ägäis als idealer Wohnsitz, da sich der Tourismus nur im Bereich der Hafenstadt etablieren konnte, während die übrige Insel aufgrund wenig einladender Strände davon verschont geblieben war. Hinzu kamen praktische Gründe: Tinos war bekannt für seinen Marmor, dessen Abbau vor Ort Paul zugutekam. Die Insel hatte zudem bedeutende Bildhauer hervorgebracht, weshalb das Athener Kultusministerium in den sechziger Jahren eine Kunstakademie dort gründete.

Im entlegensten Teil der Insel fand er schließlich ein geeignetes Anwesen. Das verschlafene Dorf Panormous mit seinen weißen Häusern lag an einem halbrunden Hang, der zum Meer hin abfiel. Die einzige geteerte Straße führte am Wasser entlang, wo mehrere Tavernen und am Kai bunte Fischerboote lagen. Der nahe Sandstrand wirkte genauso bescheiden wie das ganze Dorf. Die Bucht von Panormous wurde von zwei weit auslaufenden Landzungen eingefasst, auf einer davon stand ein alter Leuchtturm. Am Rande des nur wenige Kilometer landeinwärts gelegenen Ortes Pyrgos befand sich das großzügige Gebäude der Kunstakademie.

Das von Paul entdeckte Haus samt Nebengebäude lag etwas außerhalb am höchsten Punkt des Dorfes. Bei seinen Erkundungen nach dem Hauseigentümer stieß er auf unerwarteten Widerstand. Als er dem Griechen schließlich gegenübersaß, zeigte dieser zwar grundsätzliche Bereitschaft zu einem Verkauf, aber nicht an einen Deutschen. Paul, dessen griechische Sprachkenntnisse zu der Zeit bereits passabel waren, brachte ihn mit Mühe so weit, seine kategorische Ablehnung aufzugeben und sein Anliegen zumindest zu überdenken. Der Grieche meinte, dass er mit dem Bürgermeister und dem Gemeinderat reden müsse, schließlich sei Paul der erste Deutsche im Dorf und das wolle er nicht alleine verantworten. Was sich in dieser Hinsicht auf den anderen Inseln abspiele, mache ihn nicht nur traurig, sondern wütend. Paul versuchte ihm klarzumachen, dass er das Anwesen ausschließlich als Atelier zu nutzen gedenke und keinerlei andere Absichten hege.

Als Paul sechs Wochen später nach Panormous zurückkehrte, erhielt er eine Absage ohne jede Begründung. Daraufhin sprach er beim Bürgermeister vor, der freundlich, aber unmissverständlich äußerte, dass es die alleinige Entscheidung des Besitzers sei, ob und wem er das Anwesen verkaufe. Paul, der das Haus inzwischen unbedingt haben wollte, ging zu Dimitri Xiadis, dem Leiter der Kunstakademie, und bat ihn um Hilfe für sein geplantes Atelier. Dieser nahm Pauls Anliegen zur Kenntnis und versprach, sich umzuhören. Zwei Monate später lag ein mehrere Seiten langer Fragebogen in seiner Post, den er mit Hilfe einer griechischen Bekannten ausfüllte. Dem folgte bald darauf ein Brief vom Bürgermeister, worin dieser mitteilte, dass dem Kauf des Anwesens nun nichts mehr im Wege stehe. Als Paul erneut in Panormous eintraf, bedankte er sich bei Dimitri, der entgegnete, dass nicht etwa er, sondern gewisse Umstände, die näher zu erläutern er nicht befugt sei, den Kauf ermöglicht hätten. Paul solle froh sein, dass die Angelegenheit in seinem Sinne entschieden sei.

Vom Dorf aus führte ein steiler Trampelpfad sowie ein befahrbarer Schotterweg in zwei engen Serpentinen zum Haus. Nach dem Kauf ließ er es in gemeinsamer Planung mit einem ortsansässigen Architekten umbauen und vergab sämtliche Aufträge an heimische

Handwerker. Das zweistöckige Hauptgebäude nutzte Paul als Wohnhaus, Büro und Atelier, den ebenerdigen Anbau richtete er als Gästewohnung ein. Das Haus wurde an zwei Seiten von einer mit hellen Marmorbruchplatten belegten Terrasse umgeben, deren Ränder zur Hangseite hin senkrecht abfielen. Anstelle eines Geländers fertigte er im Stein verankerte Kerzenständer aus Bronze, die wie etruskische Figuren anmuteten. Über die gesamte Terrassenfläche ließ er eine Pergola errichten, blau anmalen und mit Schatten spendendem Schilfrohr belegen. Über den Fenstern verzierten inseltypische Oberlichter die Fassade: halbmondförmige lichtdurchlässige Reliefs aus Marmor, deren kunstvolle Darstellungen von einem Rundbogen aus Natursteinen eingefasst wurden. Das Nebengebäude war von wild wuchernden Gewächsen eingeschlossen. Die einst rötliche Bemalung der eingerosteten Fensterläden konnte man nur noch erahnen – Paul beließ sie ebenso wie das restliche Gebäude unverändert. Für ideales Licht im Inneren sorgten zwei großflächige Dachfenster, die er auf Rat des Architekten im Rahmen der Dachsanierung einbauen ließ.

Nach dem Abschluss der Umbauarbeiten entwarf er seinen Zaun und als dessen Kontrapunkt stellte er eine Marmorskulptur von Judith mitten in sein Grundstück, sein erstes ihr gewidmetes Werk. Aber in den Wirren um den Zaun fand sie kaum Beachtung, auch wenn für ihn beides untrennbar zusammengehörte. Der Zaun provozierte trotz seiner Uneindeutigkeit einen Skandal – Paul hatte angesichts der Freizügigkeit, die auf der benachbarten Touristeninsel vorherrschte, die Mentalität der Einheimischen falsch eingeschätzt. Die überhitzt geführte Diskussion um den geforderten Abbau lief letztlich auf die Frage hinaus, wie der Bürgermeister dazu Stellung nehmen würde. Dieser zog Dimitri Xiadis zu Rate, der den Zaun als Ausdruck künstlerischer Freiheit deklarierte und die ganze Aufregung nicht verstand. Nach einer weiteren Gemeinderatssitzung schloss sich der Bürgermeister dieser Meinung an. Er gab Paul den Rat, die in die Jahre gekommene Kapelle auf seine Kosten restaurieren zu lassen, was Paul umgehend veranlasste und im Dorf wohlwollend zur Kenntnis genommen wurde. Der Bürgermeister klärte Paul später mit deutlichen Worten über seinen unglücklichen Einstand in die Dorfgemeinschaft auf. Paul entschuldigte sich und sprach seinen Dank aus, wobei er nochmals die überraschende Wendung seines Hauskaufs zur Sprache brachte. Der Bürgermeister antwortete zunächst mit der gleichen rätselhaften Verschwiegenheit wie auch Dimitri, um schließlich anzudeuten, dass es jemanden auf der Insel gebe, der sich für ihn eingesetzt habe. Mehr war ihm nicht zu entlocken, obwohl Paul ihn immer wieder darauf ansprach.

Die Arbeit für seine Auftraggeber konnte er während des Umbaus zunächst von seinem Atelier in Deutschland aus ohne größere Schwierigkeiten fortführen. Wie bisher musste er mehrere Male pro Jahr nach München, Wien, Zürich oder Genf, der Großteil lief jedoch über Telefon, Fax und Internet. Die Arbeit ging nie aus, der Termindruck der Branche war immens, doch machte Hektik ihm wenig aus – im Gegensatz zu seinen Vorfahren.

Paul entstammte einer Beamtenfamilie. Der Kontakt zu ihr brach vor vielen Jahren ab, nachdem sein Bruder Karl ihm irgendwann vorwarf, dass allein seine Existenz rufschädigend für die Familie sei. Paul antwortete, dass der einzige Schaden in dieser Familie die Gene von vier Beamtengenerationen seien, und als rufschädigend seien vielmehr Großvater als dem Führer dienender Beamter sowie Vater als aktiver Soldat der Wehrmacht einzustufen. Seither herrschte eisiges Schweigen. Dieser Bruch traf allen voran seine Mutter Mara. Judith, die durch ihre Ehe mit Karl regelmäßigen Kontakt zu ihrer Schwiegermutter hielt und den Schmerz in ihren seltenen Bemerkungen über Paul deutlich heraushörte, warf ihm sein Verhalten oft vor. Paul, der sich als Existenzialist – Sartres Philosophie war ihm näher als jede andere – ausschließlich seinem Lebensentwurf verpflichtet sah, verweigerte Gespräche über sein Innenleben mit der gleichen Starrköpfigkeit, mit der er seine familiäre Herkunft leugnete. »Die Hölle«, pflegte er Sartre zu zitieren, »sind die anderen.« »Und diese anderen sind meine Familie«, fügte er hinzu. Selbst den Begräbnissen seiner Eltern blieb er fern. Er lebte alleine und konnte sich – wenn überhaupt – nur ein gemeinsames Leben mit Judith vorstellen.

Als diese ihn nun vor einigen Wochen anrief und fragte, ob ihr Sohn Torsten für eine gewisse Zeit bei ihm wohnen dürfe, konnte er ihr diese Bitte nicht abschlagen. Er sah Torstens Aufenthalt mit Skepsis entgegen und sollte Recht behalten, wenn auch aus völlig anderen Gründen als von ihm befürchtet.

-2-

Torsten hatte kurz vor seinem Eintreffen sein ungeliebtes Studium im Alter von achtundzwanzig Jahren beendet und erhielt von seinem Vater Karl überraschend zweitausend Euro in die Hand gedrückt, als Torsten ihm die Diplomurkunde präsentierte. »Besser ein Diplom als gar nichts!«, kommentierte sein Vater den ansonsten glanzlosen Anlass. Dass weder Torsten noch Max, sein drei Jahre jüngerer Sohn, den Beamtenstatus anstrebten, bedeutete einen harten Schlag für ihn, dem ein weiterer folgte, als Torsten kurze Zeit später einfach verschwand. Dass er zu Onkel Paul reiste, blieb Karl gegenüber unerwähnt, denn das zerrüttete Verhältnis der beiden begleitete Torsten von Kindheit an. Er versuchte immer zu vermitteln, doch sein Vater quittierte Bemühungen dieser Art mit gehässigen Kommentaren. Von Judith kam nie ein zustimmendes Wort zu den Ausfällen ihres Mannes, im Gegenteil, wenn er zu heftig gegen Paul wetterte, kritisierte sie ihn scharf wegen seines Starrsinns, was die Atmosphäre noch stärker vergiftete. Schließlich machte der väterliche Beschluss, dass nicht mehr über seinen Bruder gesprochen werden dürfe, Paul zu Torstens Idol für innerfamiliären Widerstand, weshalb er bei Judith auf eine Kontaktvermittlung drang, bis sie schließlich nachgab.

Als Torsten nun mit Paul telefonierte, erklärte er ihm, dass er einen radikalen Ortswechsel brauche und zudem sein Leben überdenken wolle, er würde Paul aber weder stören noch ihm auf der Tasche liegen. Dieser erteilte daraufhin seine Aufenthaltserlaubnis unter der

Voraussetzung, dass Torsten ihn nicht mit Problemen behelligen möge, er habe zu arbeiten und daher wenig Zeit. Insgeheim erhoffte Torsten sich aber einige richtungsweisende Impulse für seine ihm vollkommen unklare Zukunft und reiste kurz darauf nach Tinos.

Mit Paul tiefer gehende Gespräche zu führen gestaltete sich vor Ort dann tatsächlich als schwierig, da dieser keinerlei Anstalten zeigte, seinen festgelegten Tagesablauf wegen Torsten zu gefährden. Paul stand früh auf und verschwand entweder im Atelier oder im daneben liegenden Büro. Er arbeitete viel und stand häufig unter Zeitdruck. In der Mittagszeit schlief er nach einem ausgiebigen Essen, welches er abwechselnd in einer der Dorftavernen einnahm, um danach wieder im Atelier zu verschwinden, wo er oft bis in die Nacht hinein arbeitete.

Torsten wohnte in der Gästewohnung. Er fand bald heraus, dass sich dort gelegentlich Mitarbeiterinnen seiner Auftraggeber aufhielten, die Paul auf die Insel einlud. Für Torsten bedeutete der Besuch von Geschäftspartnern, wie Paul sie nannte, dass er die Gästewohnung räumen und in ein Zelt in den Garten umziehen musste, was ihn aber nicht weiter störte. Gleich in den ersten Wochen wohnte eine junge Frau bei ihnen. Sie duzte Paul, bewegte sich freizügig auf dem Grundstück und würdigte Torsten keines Blickes, obwohl er sie bei ihrem Eintreffen als eine Art zweiter Gastgeber herzlich willkommen hieß und seinen Umzug ins Zelt als selbstverständlich darstellte, wovon sie aber ohnehin ausging. Er fand ihre Überheblichkeit ärgerlich und zog sich fortan an den Strand zurück, redete manchmal mehrere Tage kein Wort, was Paul wohlwollend zur Kenntnis nahm. Er las seit geraumer Zeit Musils »Mann ohne Eigenschaften«, das er des Titels wegen aus dem Verkaufsregal genommen hatte und dessen Klappentext ihn überzeugte: ein Roman, der alle Krankheiten eines Jahrhunderts und ihrer Gesellschaft sezierend bloßlegte. Am Strand liegend und vertieft in seine Lektüre, hörte er eine junge Frauenstimme, deren deutsche Worte offensichtlich an ihn gerichtet waren.

»Kann man sich in dieser Hitze überhaupt konzentrieren?«, fragte die Stimme im Vorübergehen.

»Es geht so«, antwortete er ohne aufzublicken.

Aus den Augenwinkeln heraus, im Sichtschutzbereich seiner Sonnenbrille, sah er zwei junge Frauen. Er vertiefte sich wieder in sein Buch, doch einige Zeit später setzte sich eine der beiden Frauen neben ihm in den Sand und fragte:

»Darf ich dich kurz stören?«

Torsten blickte sie an.

»Du störst mich nicht.«

»Danke. Die Jungs dort drüben sind mir nämlich zu aufdringlich.«

Torsten entdeckte etwas abseits ihre Freundin, von drei Einheimischen umringt.

»Und du meinst, ich bin anders als die drei?«

Sie lächelte.

»Zumindest hast du vorhin weitergelesen!«

»Ich setze Prioritäten.«

»Ja, das macht sie auch«, antwortete sie und blickte wieder zu ihrer Freundin hinüber.

»Ich heiße übrigens Torsten.«

Sie lächelte ihn an.

»Sehr angenehm, Anna.«

Torsten betrachtete ihr interessantes Gesicht mit den wachen dunklen Augen, umrahmt von schulterlangen schwarzen Haaren.

»Wusstest du nicht schon vorher, dass deine Freundin griechische Männer mag?«

»Sie ist wie verwandelt. Eigentlich wollte sie hier malen, doch plötzlich ist es ihr viel zu heiß. Heute Vormittag hat sie deshalb beschlossen, Einheimische kennenzulernen, um das Leben hier besser zu verstehen, wie sie sagt. Dann könne sie es auch besser in ihren Bildern zum Ausdruck bringen.«

Sie schüttelte ihren Kopf, dann fiel ihr Blick auf sein Buch.

»Was liest du?«

Er reichte es ihr.

»Das kannst du in dieser Hitze lesen?«

»Ich versuche, die Hitze zu ignorieren.«

»Dann hättest du ja gleich in Deutschland bleiben können.«

»Ich brauche Abstand zu diesem kranken Land.«

Sie sah ihn belustigt an:

»Das klingt reichlich frustriert.«

»Deshalb bin ich hier.«

»Und was machst du genau?«

»Ich versuche, Klarheit über meine berufliche Zukunft zu finden.«

»Hier am Strand? Wie soll das denn gehen?«

Plötzlich stieß ihre Freundin zu ihnen:

»Anna, kannst du mir den Appartementschlüssel geben?«

Etwas abseits stand einer der Griechen. Anna schüttelte den Kopf.

»Gib mir bitte den Schlüssel«, wiederholte ihre Freundin.

»Elke, das ist auch mein Appartement.«

»Können wir das unter uns regeln?«, sagte Elke nun mit Blick auf Torsten. Anna vereinbarte mit ihm, das begonnene Gespräch ein anderes Mal weiterzuführen. Der Strand sei so klein, da könne man sich schließlich kaum verfehlen.

Am nächsten Morgen entdeckte er Anna sofort. Er breitete seine Badematte neben ihr aus und erkundigte sich nach dem Fortgang der gestrigen Diskussion.

»Sie hat heute Nacht bei dem Griechen übernachtet. Ich habe ihr verboten, mit ihm in unserem Appartement zu schlafen. Seither habe ich nichts mehr von ihr gehört.«

»Machst du dir Sorgen?«

»Sorgen?«

Anna lachte ihn gut gelaunt an.

»Ich vermute eher, es geht ihr blendend. Und du? Schon weitergekommen mit deiner Krise?«

»Ich liege die meiste Zeit am Strand und hoffe auf eine klarere Zukunft.«

Anna blickte ihn an.

»Eine klarere Zukunft? Und du meinst, so kommst du weiter?«

Torsten gefiel ihre Art zu reden nicht.

»Du bist sehr pragmatisch«, sagte er.

»Das hoffe ich!«, antwortete sie lächelnd.

»Dann sollten wir das Thema wechseln.«

»Warum? Du liegst dich hier wund und verzweifelst an der Zukunft.«

Genau in diesem Augenblick gesellte sich erneut Elke zu ihnen, ließ sich neben Torsten in den Sand gleiten und streckte ihre Arme von sich. Ihr knapper Bikini machte Torsten unruhig, er musste ins kühle Wasser und fragte Anna, ob sie mitgehe, doch sie hatte keine Lust. Vom Meer aus sah er Anna und Elke heftig miteinander diskutieren, bis beide ihre Sachen packten und in Richtung Dorf liefen. Anna winkte ihm noch kurz zu. Torsten schwamm zurück an den Strand und legte sich wieder auf seine Matte. Annas Einstellung passte ihm zwar nicht, aber vielleicht konnte sie ihm den entscheidenden Impuls geben, dessentwegen er hier war. Außerdem gefiel sie ihm.

Am Abend traf er sie im Minimarket, der im Hinterraum eines kleinen Kafenions versteckt die einzige Einkaufsmöglichkeit im Dorf bot.

»In Deutschland brauchen sie für das gleiche Warenangebot drei Stockwerke, hier reichen dagegen ein paar Quadratmeter aus«, sagte er zur Begrüßung.

Sie bezahlten an der Theke des Kafenions ihre Waren und danach lud er sie spontan zum Essen ein. Als sie in einer der Tavernen saßen und sich angeregt über ihr Studium unterhielten, kam Paul des Weges. Er lächelte Torsten an:

»Du beginnst deinen Müßiggang sinnvoll zu nutzen!«, sagte er mit Blick auf Anna. Torsten stellte sie ihm vor.

»Sie sehen griechisch aus«, sagte Paul.

»Meine Mutter ist hier geboren und aufgewachsen.«

Anna berichtete auf Torstens Nachfrage, dass ihre Mutter, die vor fünf Jahren bei einem Unfall ums Leben gekommen war, in Deutschland studiert hatte, um danach das elterliche Hotel im Hafenort Ormos Agias zu übernehmen. Dann lernte sie ihren künftigen Mann kennen und zog wieder nach Deutschland.

»Vielleicht kenne ich Ihre Familie. Wie hieß Ihre Mutter?«, fragte Paul sie.

»Elena Solaris.«

Paul schüttelte verneinend den Kopf.

»Aber ein schöner Name! Übrigens, habt ihr Lust, morgen Abend hier mit mir zu essen? Ich lade euch ein.«

Torsten bemerkte:

»Seltsam, auf einmal wirst du gesprächig? Liegt es daran, dass deine Geschäftspartnerin heute Morgen abgereist ist?«

Paul ignorierte ihn:

»Also bis morgen Abend? Um die gleiche Zeit?«

Anna nickte ihm zu:

»Einverstanden. Morgen bin ich noch da.«

Torsten schaute sie fragend an.

»Ich besuche übermorgen für einige Tage meinen Onkel auf Syros, der Nachbarinsel. Dort treffe ich mich mit meinem Vater, der für einige Zeit hier Urlaub machen will.«

Paul verabschiedete sich. Es war bereits lange dunkel, als er Anna durch die spärlich beleuchteten Gassen mit ihren verwinkelten Treppen zu ihrem Appartement begleitete, das einem entfernten Verwandten von ihr gehörte. Er erzählte Anna dabei von seinem Onkel. Irgendwann bemerkte Anna:

»Mein Vater ist auch Künstler.«
»Etwa auch ein Maler?«
»Nein, Musiker.«

Zum Abschied verabredeten sie sich für den Nachmittag am Strand.

-3-

Am nächsten Morgen wurde Torsten von Paul ans Telefon geholt. Sein Bruder Max berichtete ihm, dass Vater sich mächtig über sein Verschwinden aufgeregt habe.

»So wütend habe ich ihn schon lange nicht mehr erlebt. Zum Glück hat er keine Ahnung, wo du bist! Du solltest dir Arbeit suchen, anstatt irgendwo unterzutauchen. Dann fing er plötzlich an, mich zu loben, das musst du dir vorstellen, wo er mich immer einen verweichlichten Träumer nannte. Er fand es gut, dass ich drei Jahre jünger bin als du und beruflich bereits genauso weit, also mit Diplom und so weiter. Lediglich meine zögerliche Art, die Doktorarbeit anzugehen, schmälert seine Zuversicht. Du siehst, er wird noch richtig bescheiden.«

»Also das Übliche, dann brauche ich mir keine Sorgen zu machen.«

Max erkundigte sich noch über sein Inselleben und sie beendeten das Gespräch.

Am Nachmittag traf er sich wieder mit Anna, die sich bereits darauf freute, ihren Onkel zu besuchen, der sie und ihren Vater danach mit dem Boot nach Panormous bringen würde.

»Mein Vater will hier die Ruhe genießen und nochmals Abschied nehmen von meiner Mutter. Er hat mich in dieser Hinsicht die letzten Jahre so sehr gestützt, dass er selber kaum dazu kam. Und außerdem wird er nächsten Monat fünfundfünfzig Jahre alt, das will er hier feiern, in aller Ruhe eben.«

»Das mit der Ruhe klingt sehr sympathisch.«

»Ja, das gefällt dir! Aber im Gegensatz zu dir hat mein Vater keinen Hang zur Lethargie.«

Später zog Torsten von seinem Zelt wieder in die Wohnung. Im Bad roch es nach dem Parfüm jener Schönen, deren Namen er nicht einmal kannte. Wahrscheinlich wusste Paul ihn selber nicht.

Auf dem Weg zum Lokal erzählte Torsten seinem Onkel von Annas Vater.

»Soso, ein Musiker«, murmelte Paul, der nur halb zuhörte.

Anna wartete bereits auf sie. Paul bestellte Wasser, Wein und eine große Fischplatte samt Vorspeisen. Zu Torstens Überraschung fragte Paul ihn erstmals, warum er überhaupt hier sei. Torsten berichtete ihm von seinem ungeliebten Studium und den damit zusammenhängenden Zweifeln, woraufhin Anna sich an Paul wandte.

»Ich versuche ihn von seiner Lebenskrisenfantasie zu befreien. Doch er will nichts hören, er will seine Krise haben.«

Torsten ereiferte sich:

»Ich werde beruflich nicht jeden Mist machen, nur um Geld zu verdienen.«

Paul lächelte.

»So eine Einstellung hatte ich auch mal, aber du siehst ja, wovon ich inzwischen lebe. Werbung für Luxusartikel, um vermögenden Leuten den Griff zur Kreditkarte zu erleichtern.«

Torsten hatte noch nie in Erwägung gezogen, dass auch ein Künstler derartige Probleme haben könnte. Paul fuhr fort:

»Ich habe das Glück, dass meine Arbeiten perfekt zu gewissen Produkten passen. Meine Auftraggeber nehmen fast alles, was ich ihnen liefere, wenn ich mich ihren Vorgaben unterordne. Als Entschädigung verlange ich gute Honorare und nutze die reizvollen Geschäftskontakte.«

Er lachte, während Anna ihn bei seinem letzten Satz kritisch ansah.

»Finden Sie das toll mit diesen jungen Frauen?«

Paul warf einen strengen Blick zu Torsten.

»Betreibst du etwa Rufschädigung?«

Anna wollte etwas erwidern, als Elke und ihr griechischer Freund am Lokal vorbeischlenderten und grüßten. Torsten nutzte die Pause, um wieder auf sein Thema zu kommen.

»Könntest du nicht mit der Werbung aufhören und nur noch deine eigenen Sachen machen?«

»Ich finde hin und wieder Zeit dafür. Du bist immer Sklave und Herr, wichtig ist die Relation.«

Torsten sah in einiger Entfernung, wie Elke sich von ihrem Griechen verabschiedete, zu ihrem Tisch zurücklief und schließlich Paul fragte, ob sie sich dazusetzen dürfe. Anna stellte sie widerwillig vor und Paul machte eine einladende Geste, die Elke dankbar annahm.

»Von meinem griechischen Bekannten erfuhr ich, Sie seien Künstler. Anna hat mir bislang nichts davon erzählt. Wie konntest du nur?«, fragte Elke mit vorwurfsvollem Blick zu Anna.

»Du warst zu sehr mit deinem griechischen Liebhaber beschäftigt«, antwortete Anna. Elke errötete, hakte aber nach:

»Wollen Sie nicht von Ihrer Arbeit erzählen?«

Pauls Gesichtsausdruck verdüsterte sich.

»Nein.«

»Aber warum denn? Kunst ist doch ein wunderbares Thema.«

»Dann sind wir uns ja einig. Wozu also noch viel reden«, sagte er mürrisch.

Elke gab nicht auf:

»Sind Sie etwa zu bescheiden, um über sich zu reden?«

Torsten lachte:

»Onkel Paul und bescheiden? Das ist wie Picasso und untalentiert.«

Paul zog die Augenbrauen hoch.

»Torsten, zügle deine Worte, wenn du weiterhin bei mir wohnen willst.«

Zu Elke gerichtet sagte er:

»Ich fürchte, du bist eine Art Kollegin?«

Elke errötete erneut:

»Ja. Malerin.«

Paul sagte entrüstet zu Torsten:

»Du hast mir bislang nichts von ihr erzählt. Wie konntest du nur?«

Elke holte tief Luft, sah ihm in die Augen und sagte:

»Wenn Sie nur daran interessiert sind, mich lächerlich zu machen, gehe ich wieder.«

»Junge Kollegin, ich habe durchaus noch andere Interessen.«

Sein vieldeutiger Blick blieb auf ihr ruhen. Anna rutschte ungeduldig auf dem Stuhl und Elke fragte spitz:

»Und die wären?«

Paul warf einen kurzen Blick zu Anna und begann dann unverhofft über ein aktuelles Projekt zu berichten. Elke fragte immer wieder detailliert nach, was Paul nun doch zu gefallen schien. Torsten sah Paul als launischen Menschen, der sich wenig um die Befindlichkeiten anderer kümmerte. Inzwischen kam das Essen und Paul bestellte ein weiteres Gedeck für Elke. Ihr Interesse an

Onkel Paul wuchs permanent und man sah ihr an, dass sie diesen Kontakt nicht ungenutzt lassen würde. Obwohl Pauls Monolog immer seltener Platz für ihre Zwischenfragen ließ, zeigte er im Laufe des Abends wachsendes Interesse an ihr. Torsten bezweifelte, dass dies ihren Nachfragen oder gar ihrer Malerei galt. Als Paul zu später Stunde vorschlug, noch ein Glas Wein bei ihm zu trinken, ging Elke kurz entschlossen mit.

Torsten sah Anna amüsiert an:

»In spätestens einer halben Stunde zeigt er ihr seine Lieblingsskulptur.«

»Du meinst ...?«

»Genau, ich muss wohl wieder ins Zelt umziehen.«

-5-

Seit Torsten in Panormous wohnte, rief Judith alle paar Tage bei Paul an, um sich über ihren Sohn zu informieren. Paul erzählte ihr von Anna, was Judith zuerst neugierig und dann stutzig werden ließ.

»Bist du dir sicher? Ihre Mutter ist Griechin und hatte ein Hotel auf der Insel? Weißt du, wie sie heißt?«

»Ein wunderschöner Name – Solaris.«

»Und ihr Vorname?«

»Elena.«

Er hörte förmlich Judiths Schreck.

»Was ist mit dir?«

»Unmöglich!«, rief sie in den Hörer.

»Wieso? Kennst du sie?«

Judith schwieg. Paul fügte hinzu:

»Sie ist vor einigen Jahren tödlich verunglückt.«

Nach einer weiteren Pause fragte sie:

»Wie alt ist diese Anna?«

»Sie scheint in Torstens Alter zu sein.«

»Kannst du es genauer erfragen?«

»Judith, warum diese Aufregung? Sei froh, dass Torsten sich endlich aus deiner Mutterhöhle befreit. Er ist erwachsen und hat hoffentlich bald Sex mit einer hübschen Griechin, und du sorgst dich um ihr Alter?«

»Lass deine dummen Sprüche. Finde lieber heraus, wie alt sie ist.«

»Sie ist für einige Tage zu ihrem Onkel gefahren. Aber ich kann Torsten fragen.«

»Mach das und ruf mich sofort zurück. Bitte!«

Er hörte das Freizeichen und ging murrend in den Garten, wo Torsten gerade wieder sein Zelt bezog,

während Elke sich nebenan häuslich einrichtete. Er fragte Torsten beiläufig, wie alt Anna sei.
»Ich weiß es nicht. Ich schätze in meinem Alter.«
Torsten sah Onkel Paul scharf an.
»Lass deine Finger von ihr, ich warne dich!«
»Für wie charakterlos hältst du mich eigentlich?«
Torsten erwiderte:
»Ich wohne im Zelt wegen Elke. Da muss ich doch misstrauisch werden.«
Er wandte sich ab.
»Sie ist absolut tabu für dich!«, hörte er Torsten noch rufen. Ärgerlich rief er Judith zurück.
»Das musst du mir hoch anrechnen. Wegen deiner Neugier muss ich mir von Torsten anhören, dass ich meine Finger von seiner Freundin lassen soll. Das ist wirklich das Letzte.«
Judith lachte kurz.
»Er kennt dich bereits. Und? Wie alt ist sie?«
»Das weiß er nicht. Aber er schätzt sie auch in seinem Alter.«
»Danke.«
Sie legte ohne weiteren Gruß auf.

-6-

Judith stand im Wohnzimmer und konnte kaum glauben, was sie eben gehört hatte. Sie setzte sich auf das Sofa und versuchte sich zu beruhigen. Elena Solaris. Dass ihr Mann Karl ausgerechnet diese Woche auf einer Tagung in Norddeutschland verbrachte, war mehr als ärgerlich. Sie stand erneut auf, lief nervös durch das Haus, bis ihr Entschluss feststand. Sie musste zu Torsten, und zwar möglichst schnell. Sie bat eine Freundin, die in einem Reisebüro arbeitete, ihr einen Flug zu buchen und zehn Minuten später erhielt sie von ihr die Flugdaten. Dann rief sie ihren jüngeren Sohn Max an und weihte ihn ein, ohne ihm aber den genaueren Hintergrund der Reise zu verraten. Zudem erbat sie sich Stillschweigen gegenüber Karl. Schließlich packte sie ihren Koffer, schrieb Karl eine kurze Mitteilung und steckte sie in einen Briefumschlag, den er bei seiner Rückkehr vorfinden würde. Am nächsten Morgen fuhr sie in Aufbruchstimmung mit dem Taxi zum Flughafen. In Athen erreichte sie knapp die Fähre und kam spät am Abend auf Tinos an. Da niemand von ihrem Eintreffen wusste, ging sie in ein Hotel im Hafenort Ormos Agias. Die Strapazen der Reise und die schwüle Hitze ließen sie rasch in einen tiefen Schlaf fallen.

Tags darauf fuhr sie mit dem Bus nach Pyrgos und nahm dort ein Zimmer. Sie konnte zwar bei Paul wohnen, doch sie musste damit rechnen, dass Karl nach dem Lesen ihrer Nachricht recherchieren oder Max unter Druck setzen und ebenfalls auf die Insel kommen würde. Außerdem wohnte wahrscheinlich wieder irgendeine Frau bei Paul, doch darüber nachzudenken verspürte sie wenig Lust. Sie schlenderte durch das weiße Dorf, in dem sich seit Jahren nichts verändert hatte: eng verschlungene Gassen, geschwungene Treppen in grellweißem Marmor, über die Mauern hängende Gewächse und Pflanzen, deren Duft einem fast den Atem nahm. Alle Wege endeten auf der zentralen Patia mit zwei Kafenions, die ihre blauen Tische und Stühle unter einer Schatten spendenden großen Platane platziert hatten. Sie bestellte einen Frappé und beobachtete das rege Leben auf dem kleinen Platz, wo die Studenten der Kunstakademie mit vom Marmormehl verstaubter Kleidung ihre Mittagspause verbrachten. Sie schien die einzige Fremde zu sein, doch das würde sich am Nachmittag ändern, wenn Touristenbusse ihren Stopp in Pyrgos machten, dem Höhepunkt der halbtägigen Inselrundfahrten.

Vor Einbruch der Dämmerung machte sie sich auf den Weg nach Panormous. Der wenig begangene Trampelpfad führte durch die Ruinen des alten Pyrgos über Steintreppen bergab an einer Quelle vorbei, deren Wasser die kleine Talsenke begrünte. Sie kreuzte mehrere mit Gestrüpp überwachsene alte Eselspfade. An manchen windstillen Flecken staute sich die Hitze des Tages derart intensiv, dass sie schwitzend Panormous erreichte und die Brise vom Meer als angenehm und kühlend empfand. Der Anblick der Bucht mit dem verfallenden Leuchtturm, der auf einer der vorgelagerten Inselzungen thronte, beeindruckte sie immer wieder. Es begann schon zu dunkeln, als sie Pauls Haus erreichte. Auf der Terrasse brannten mehrere Kerzen auf seinen etruskischen Kerzenständern, die wie Figuren die Sitzgruppe einrahmten und in warmes Licht tauchten.

Sie hatte Paul seit einem halben Jahr nicht mehr gesehen. Er saß dort, mit seiner weit geschnittenen hellen Leinenhose, darüber eines seiner üblichen halboffenen Hemden in tiefem Blau – die Farbe, die seine Augen so intensiv zur Geltung brachte. Er strahlte seine gewohnte Selbstzufriedenheit aus, hinter der er seine wahre Befindlichkeit meist verbarg – doch das ahnte, wenn überhaupt, nur sie. Torsten saß im verwaschenen T-Shirt neben ihm, der ungewohnte Bart in seinem braungebrannten Gesicht stand ihm nicht besonders. Aus dem Gästehaus vernahm sie Geräusche, es schien also derzeit noch jemand dort zu wohnen. Sie ging langsam näher. Als sie die ersten Gesprächsfetzen hören konnte, blieb sie hinter einem Busch stehen. Torsten fragte gerade in einem ungläubigen Tonfall:

»Und seit wann hast du diesen heimlichen Kontakt zu meiner Mutter?«

»Hat Judith dir das nie erzählt?«

Torsten verneinte.

»Dann weißt du wirklich noch nicht viel. Ich kenne Judith schon länger als dein Vater. Wir waren damals zusammen, fast ein Jahr lang. Dein Vater kam dann sozusagen als mein Nachfolger.«

Torsten starrte ihn verblüfft an.

»Ich studierte damals noch und gab Zeichenkurse an der Volkshochschule. Ich hasste diese Kurse, brauchte aber das Geld. Dort lernte ich Judith kennen und sie faszinierte mich sofort. Wir verstanden uns glänzend, trafen uns auch außerhalb der Kurse und verbrachten viel Zeit miteinander. Ich redete oft auf sie ein, ihr

Kunstgeschichtsstudium zum Abschluss zu bringen, doch irgendwann endete unsere Beziehung und spätestens als sie deinen Vater kennenlernte, gab sie jeglichen Berufswunsch auf. Den Rest hat dann wohl Karl erledigt, dem eine Hausfrau ohne eigene berufliche Ambitionen mehr als recht war. Dem konnte sich Judith leider nicht widersetzen.«

Paul nahm sein Weinglas und trank einen Schluck.

»Wenn du meine Meinung hören willst: Judith hat ihr Leben vergeudet. Trotz ihrer zahlreichen Möglichkeiten wagte sie nie zu leben. Meine beruflichen Aussichten waren alles andere als gut und das schreckte sie ab. Sie sehnte sich nach Sicherheit, doch die konnte ich ihr nie bieten, da diese Verantwortung mich unfrei gemacht hätte. Aus den gleichen Gründen wollte ich auch nie Kinder. Und schließlich ihre Probleme mit meinen Frauengeschichten, weshalb sie mich dann letztlich verließ. Wir verbrachten ein wunderbares Jahr zusammen, doch sie beendete es überstürzt. Später erst erfuhr ich, dass sie ausgerechnet Karl, meinen ermüdenden Bruder, kennengelernt hatte. Schon damals konnten wir uns nicht ausstehen. Und so nahm Judiths Drama ihren Lauf. Karl konnte ihr Sicherheit geben, im Gegensatz zu mir.«

»Wart ihr als Kinder auch schon so verschieden?«, fragte Torsten.

»Ich bin der Ältere und irgendwie gab es mit mir immer Ärger. Karl als der brave und angepasste Sohn stellte den Normalfall in der Familie dar. Ich hingegen galt als Sonderling mit künstlerischen Interessen, der ständig revoltierte, was darin gipfelte, dass ich meine Mutter Mara verdächtigte, mich mit einem anderen

Mann gezeugt zu haben, denn woher sollte meine Andersartigkeit sonst kommen? Als ich ihr gegenüber diese gewagte These einmal äußerte, gab sie mir eine Ohrfeige, obwohl ich damals schon siebzehn Jahre alt war. Damit erledigte sich das Thema endgültig. Ich verkam zum Fremdling in der Familie, aber zur Freude meines Vaters führte Karl die Tradition fort und wurde Beamter. Judith musste seine Eintönigkeit all die Jahre ertragen. Nur in einer Hinsicht gelang ihr wahrscheinlich ein Volltreffer mit ihm – er ist ihr mit Sicherheit absolut treu geblieben.«

Judith hörte sich Pauls lückenhafte Version ihres Lebens interessiert an. Torsten sagte:

»Sie hat dich vor Vater immer verteidigt.«

»Hat sie das? Nun, nach unserer Trennung gab es einige Jahre keinen Kontakt zwischen uns, bis sie mir unverhofft einen Brief schrieb. So trafen wir uns wieder, heimlich, niemand wusste davon. Der Kontakt hält sich, bis heute.«

Judith überraschte es nicht, dass er alles für ihn Unrühmliche ausließ. Was nicht in sein Leben passte, schob er einfach beiseite.

»War das hart, als sie dich damals verließ?«, fragte Torsten.

»Ich habe das getan, was jeder in dieser Situation macht. Ich stürzte mich in die Arbeit und lenkte mich mit anderen Frauen ab. Im Grunde tue ich das bis heute, seit fast dreißig Jahren.«

Judith hielt den Atem an, ihr gegenüber hatte er dies noch nie so offen geäußert.

»Das klingt ziemlich frustriert.«

»Mag sein. Ich bin für Beziehungen nicht sonderlich geeignet. Doch dieses Jahr mit Judith stellte etwas Besonderes dar, wir waren beide jung und voller Illusionen, da liebt es sich leichter als irgendwann später. Etwas Undefinierbares an ihr lässt mich bis heute nicht los.«

Er hielt kurz inne.

»Judith hat ihr Leben anders gelebt, nicht zuletzt wegen euch, dir und deinem Bruder. Im Grunde hätte sie aber auch ein ganz anderes Leben führen können. Aber es ist sinnlos, sich das zu fragen. Du hast nun mal nur ein einziges Leben, um es auszuprobieren.«

Torsten sah Paul eine Weile an und fragte dann mit unsicherer Stimme:

»Habt ihr all die Jahre auch miteinander ...?«

Paul lächelte.

»Frage das deine Mutter.«

Judith sah den passenden Augenblick gekommen, ging die letzten Meter zur Terrasse hoch und setzte sich zu den beiden, die sie überrascht anstarrten.

»Ja ..., um deine Frage zu beantworten«, sagte sie zu Torsten.

Dieser brachte vor Verblüffung kein Wort heraus und Paul fragte erstaunt:

»Was machst du hier?«

»Ich höre mir meine Lebensgeschichte an.«

Paul fasste sich rasch und ergänzte:

»Von der deine Familie wenig weiß.«

»Möglicherweise ändert sich das die nächsten Tage.«

»Warum bist du hier?«, fragte Torsten.

»Weil ich etwas klären muss, doch das erzähle ich später.«

Paul fand seinen Humor wieder und sagte:

»Judith macht sich Sorgen um dich. Wegen Anna.«

Sie blickte Paul gereizt an.

»Halte dich da raus! Du hast keine Ahnung. Außerdem ist es schade, dass mir niemand etwas zu trinken anbietet.«

Torsten wollte gerade aufstehen, da kam Elke aus der Gästewohnung. Paul rief ihr zu:

»Elke, bring Gläser für meinen Ehrengast.«

Elke blickte fragend zu Judith und ging ins Haus zurück. Kurz darauf stellte sie die Gläser ab und setzte sich dazu. Paul würdigte sie keines Blickes, während er Judith Wasser und Wein einschenkte.

»Kannst du uns nicht vorstellen?«, fragte Judith genüsslich. Paul blickte zu Elke und sagte:

»Das ist Elke, die bis heute ein Praktikum bei mir gemacht hat. Morgen früh zieht sie wieder aus.«

Elke sah ihn ungläubig an:

»Du hast doch gestern Abend gesagt, ich könnte meinen ganzen Urlaub hier verbringen.«

»Was interessieren mich meine Worte von gestern?«

Elke blickte zuerst Paul an, dann Judith und schließlich Torsten, der ihre Verblüffung in Wut verwandeln sah. Torsten sagte:

»Anna ist nicht im Appartement. Du kannst jederzeit dorthin zurück.«

»Das mache ich auch. Und zwar sofort!«

Elke stand auf und ging in die Gästewohnung, wo man Türen schlagen hörte. Judith sagte:

»Auch wenn du das für mich tust, Paul, wie kannst du so mit diesen jungen Frauen umgehen, die dir im Bett gerade recht sind?«

Paul erwiderte:
»Ich zwinge niemanden zu nichts.«
Judith lachte verbittert:
»Diese Antwort kenne ich seit vielen Jahren. Für die Entwicklungsfähigkeit deines Charakters spricht das nicht.«
Paul wurde laut.
»Verdammt noch mal, ich brauche niemanden, wenn du hier bist.«
Torsten wurde es ungemütlich. Er stand auf:
»Ich sehe mal nach Elke.«
Judith sagte:
»Sie kann ruhig bleiben, ich habe ein Zimmer im Nachbardorf. Und Paul fährt mich mit seinem Roller später dorthin.«
Paul warf ihr einen ärgerlichen Blick zu.
Torsten verschwand in Richtung Gästewohnung, wo Elke in ihrer Wut versuchte, ihre Kleidungsstücke und Malutensilien auf dem Sofa zu sammeln. Sie fragte Torsten, als er neben ihr stand:
»Ist dein Onkel immer so gehässig, wenn irgendwelche Omas auftauchen?«
»So gut kenne ich ihn nicht. Aber vielleicht nützt es dir was, wenn du weißt, dass diese Oma meine Mutter ist.«
Elke sah ihn überrascht an.
»Du meinst, er wirft mich wie ein Flittchen hinaus wegen seiner Verwandtschaft? Ich glaube eher, er will mich wieder loshaben, weil ich nicht mit ihm ins Bett gegangen bin. Denn nur dort wollte er mich haben.«
»Der Impuls ging aber auch deutlich von dir aus.«
»Jetzt verteidigst du ihn auch noch! Logisch, er ist ja dein Onkel.«

»Ich verteidige ihn nicht. Schließlich gefiel es mir auch nicht, dass du hier eingezogen bist, immerhin musste ich wegen dir wieder ins Zelt zurück.«

»Warum denn *wieder*?«

Torsten schluckte.

»Weil ich das für einige Wochen schon wegen einer anderen jungen Frau tun musste. Dies ist erst einige Tage her.«

Elke sah ihn scharf an.

»Du meinst, ich bin nur eine von vielen?«

»Zumindest eine von zweien seit einigen Wochen.«

Elke stand auf und warf die am Boden liegenden Sachen in ihren Rucksack. Sie sah ihn an und fragte:

»Hilfst du mir beim Tragen?«

Als sie aus dem Haus traten, unterließ Elke jeden Blick in Richtung Veranda, wo Paul und Judith saßen. Sie gingen durch die fahl beleuchteten Gassen des Dorfes zu ihrem Appartement.

Judith sah die beiden verschwinden. Paul ignorierte die Szene und sagte:

»Man mag zu deiner damaligen Entscheidung, dich von mir zu trennen, stehen wie man will, für Torsten war sie existentiell.«

Judith blickte ihn an.

»Das ist richtig. Du hast nie ein Kind gewollt.«

Paul erwiderte:

»Da hat er Glück gehabt, im Gegensatz zu dir.«

Sie wurde laut.

»Paul, davon hast du keine Ahnung. Das ist mir klar geworden, als ich eben deine Version meines Lebens mithörte. Ohne irgendetwas Kritisches über dich zu erwähnen, kam ich darin nur als ein misslungenes Leben vor.«

»Wenn du uns schon heimlich belauschst, dann gib wenigstens zu, dass du auch als die Frau meines Lebens vorkamst.«

»Trotzdem, genau genommen könnte man auch dein Leben als misslungen bezeichnen. Möglicherweise siehst du deine Liebschaften mit diesen jungen Frauen, die sich viel mehr von dir erhoffen, inzwischen nicht mehr als gelungenes Leben an. Sollte dies so sein, müsste ich dir tatsächlich einen Entwicklungsschub zugestehen.«

Paul erwiderte:

»Und welche Fortschritte gibt es bei dir? Du verklärst dein Leben mit Karl noch immer.«

»Ich verkläre nichts. Ich weiß um Karls Schwächen. Aber er hat mir ein Leben in Sicherheit und Wohlstand geboten, war für die Kinder und meine kranke Mutter da, und das schätze ich, wenn ich dabei an dich als Alternative denke.«

Paul lächelte.

»Da ist sie wieder, die alte Judith, die sich mehr für Sicherheit als für das Leben interessiert. Ich gebe zu, wir hätten viele Jahre ärmlich leben müssen, für mich wäre das nicht tragisch gewesen.«

»Und ich? Hätte deinen ganzen Haushalt besorgen und für dich arbeiten gehen müssen, während du tatkräftig die sexuelle Revolution unterstützt hättest. Glaubst du, das wäre ein besseres Leben gewesen?«

»Judith, ich versuche ehrlich zu sein, verdamme mich nicht dafür.«

Judith sah ihn lange an und sagte dann:

»Ich möchte jetzt schlafen. Fahr mich bitte in mein Zimmer.«

»Jetzt? Mitten in der Nacht?«

»Ich bin müde und will ins Bett.«

»Dann bleib bei mir.«

»Nein.«

Paul brummte ein paar unverständliche Worte und stand schließlich auf, um den Roller zu holen. In Pyrgos setzte er sie vor der Pension ab und sie verabschiedeten sich mit einem flüchtigen Kuss.

-8-

Als Torsten am nächsten Morgen aus seinem Zelt kroch, begegnete er Paul, der ihm in knappen Worten mitteilte, er könne wieder in die Wohnung ziehen, wenn er das wolle. Torsten fragte:

»Warum? Zieht Mutter nicht ein?«

»Nein«, bemerkte Paul und begann, die mit einer Plane abgedeckte Skulptur zu enthüllen, die mitten im Garten stand. Torsten war sie bereits aufgefallen, er dachte, Paul arbeite noch daran. Nun sah er aber eine vollendete Frauenskulptur aus weißem Marmor dort stehen. Er kam interessiert näher und fragte Paul:

»Die ist ja schon fertig. Warum deckst du sie dann ab?«

»Schau sie dir an«, sagte Paul und verschwand.

Torsten betrachtete die Skulptur. Eine junge nackte Frau, die ihm irgendwie bekannt vorkam. Dann begriff er – es war seine Mutter. Enthüllte Paul sie nur, wenn Judith bei ihm war? Doch eigentlich konnte es ihm egal sein, sein Beschluss, sich aus dem Liebesleben seiner Mutter herauszuhalten, stand fest. Er wollte lieber nach Elke sehen, von der er sich am Vorabend eilig verabschiedet hatte, und lief zu ihrem Appartement.

Elke, lediglich mit ihrem Bikini bekleidet, kochte gerade Kaffee.

»Komm herein. Möchtest du auch eine Tasse?«, fragte sie ihn gut gelaunt.

»Nein danke, ich sehe schon, dir geht es besser. Ich verschwinde dann wieder.«

»Warum denn?«

Torsten schwieg und warf einen unruhigen Blick auf ihren Bikini. Lächelnd verschwand sie und erschien kurz darauf in T-Shirt und kurzem Rock.

»So besser? Trinkst du jetzt Kaffee mit mir?«

»Nein, ich gehe wieder.«

»Sag mal, habt ihr euch eigentlich schon verlobt, Anna und du?«

»Red nicht so einen Quatsch«, sagte Torsten im Weggehen.

Am frühen Nachmittag kam Elke mit ihrer Badetasche an der Taverne vorbei, wo Torsten gerade einen Frappé trank, um danach an den Strand zu gehen.

»Darf ich dich begleiten?«, fragte Elke. Er nahm seine Strandsachen und sie liefen los. Kurz darauf kam ihnen seine Mutter entgegen. Sie sagte zu Elke:

»Es tut mir leid, wie Paul Sie gestern Abend behandelt hat. Ich habe es nicht zu verantworten.«

Elke sah sie versöhnlich an.

»Ist schon gut. Der Vorfall hat mir die Augen geöffnet.«

Sie verabschiedeten sich. Als Torsten am nahen Dorfstrand seine Badematte ausrollen wollte, schlug Elke vor, noch ein Stück zu gehen. Im Verlauf der Landzunge gebe es noch weitere Buchten und je länger man laufe, umso einsamer seien sie. Während sie schweigend nebeneinander her gingen und zwei Buchten hinter sich ließen, überlegte er sich, welche Konsequenzen es haben würde, wenn er nachher mit Elke allein sein würde.

»Hast du auch schon mal gemalt?«, unterbrach sie seine Gedanken.

»Nein.«
»Bedeutet dir Kunst nichts?«, hakte sie nach.
»Doch, natürlich, Lebenskunst.«
Als sie am äußersten Ende der Landzunge ankamen, stand der Leuchtturm zum Greifen nah. Torsten sah eine sich hinziehende Bucht mit einem menschenleeren Sandstrand vor sich. Die dahinter liegenden Felsformationen bildeten höhlenartige Räume. Dort breitete Elke ihre Badematte aus und schlüpfte aus ihrem Rock und ihrem T-Shirt. Darunter trug sie den knappen Bikini, den er an ihr schon kannte. Er legte seine Badematte daneben. Sie blickte ihn an und begann langsam, ihren Bikini abzustreifen.

-9-

Karl kam am Freitagabend von seiner Tagung nach Hause und freute sich auf ein gutes Essen, das Judith ihm nach seinen auswärts verbrachten Tagen immer kochte. Er fand sein Haus jedoch leer vor, was ihn sofort in schlechte Stimmung versetzte. Statt eines gedeckten Tischs entdeckte er einen Brief von Judith. Er setzte sich auf einen Stuhl und öffnete ihn.

Karl,

es ist ein Umstand eingetreten, der mich zwingt, sofort zu handeln. Ich bin bei Torsten. Er hat eine Freundin gefunden, deren Mutter Elena Solaris heißt und ein Hotel auf Tinos besaß. Sie scheint genauso alt zu sein wie Torsten. Was das bedeutet, kannst du dir denken. Um Schlimmeres zu vermeiden, habe ich den ersten Flug genommen.

Karl zerknüllte den Brief, warf ihn in die Ecke und stand so abrupt auf, dass der Stuhl nach hinten kippte und hart auf dem Parkettboden aufschlug. Er fluchte leise. Sofort hob er den zerknitterten Brief wieder auf, strich ihn glatt und las ihn ein zweites Mal. Keine Adresse, keine Telefonnummer. Judith wusste demnach, wo Torsten sich aufhielt. Dies machte ihn zusammen mit der Einsicht, dass ihre Entscheidung im Grunde richtig war, noch wütender. Sie war intelligent, eine Eigenschaft, die er in seinen langen Ehejahren fürchten gelernt hatte. Er setzte sich wieder an den Küchentisch und versuchte angesichts dieser alten Geschichte, die urplötzlich in sein Leben einbrach, ruhig zu bleiben. Das zerknitterte Blatt Papier vor ihm erinnerte ihn an den

Brief von Elena Solaris. Tagelang war er damals davorgesessen, bis er ihn in einer Nacht schließlich zu öffnen wagte. Es war eine besondere Nacht und es war keine gute Zeit, die dieser Nacht folgte.

Der Brief lag drei Tage vor seinem Hochzeitstermin mit Judith im Briefkasten. Sie wohnten noch in getrennten Wohnungen, da er seit Jahren auf eine ihm verbindlich zugesagte Versetzung in die Landeshauptstadt wartete, wo er auf einem Ministerialposten mit dynamischer Besoldung keinen Gedanken mehr an seine berufliche Zukunft verschwenden musste. Er weigerte sich jedoch, nur der Hochzeit wegen eine gemeinsame Wohnung zu nehmen, da die Versetzung jederzeit erfolgen konnte und dann ein erneuter Umzug anstehen würde. Judith, der ewigen Ankündigungen überdrüssig, klagte, dass sich seit über zwei Jahren nichts in dieser Richtung tat, weshalb sie unter Infragestellung ihrer Beziehung massiv auf eine Hochzeit drängte, zumal sie ohne sein Wissen die Pille abgesetzt hatte und kurz darauf ihre Regel ausgeblieben war. Der konsultierte Frauenarzt bestätigte ihre Schwangerschaft. Karl war durchaus gewillt, sie zu heiraten. Sie schien ihm, seiner nüchternen Bilanz zufolge, unter den Frauen, mit denen er sich eingelassen hatte, die für eine Ehe mit ihm am geeignetsten und so stimmte er schließlich zu. Dafür blieb er in der Frage der gemeinsamen Wohnung stur. Mit diesem Kompromiss konnten sie die Hochzeitsvorbereitungen gemeinsam in Gang setzen.

Die akkurat geplanten Festlichkeiten waren gelungen. Judiths Schwangerschaft wollten sie erst zur Mitternachtssuppe verkünden. Doch so weit kam es nicht, da im Nachspeisenbuffet eine verdorbene Crème brûlée stand, die überwiegend von Frauen, darunter auch der Braut, gegessen wurde. Nach kurzem Aufenthalt in der Klinikambulanz brachte Karl die blasse und vom Erbrechen geschwächte Judith in ihre Wohnung. Er fragte sie, ob er bei ihr bleiben solle. Doch sie verneinte, da sie sich so elend fühlte. Er stellte einen Eimer ans Bett, gab ihr einen flüchtigen Kuss und fuhr mit dem Taxi in seine Wohnung. Dort saß er in der Hochzeitsnacht alleine vor dem ungeöffneten Brief von Elena Solaris.

Ein halbes Jahr zuvor war sie ihm bei einem Abendessen mit Arbeitskollegen aufgefallen. Sie saß am Nebentisch und ihre Blicke kreuzten sich von Zeit zu Zeit. Eine Südländerin mit auffallend wachen Augen, ein Detail, das ihn auch bei Judith angezogen hatte. Wegen seiner Verlobung mit Judith fühlte er sich noch nicht zur Treue verpflichtet, im Gegenteil, konnten doch Erfahrungen in dieser Zeit die Entscheidung für die Ehe nochmals in Frage stellen und durchleuchten. Es hatte in den zwei Jahren mit Judith bereits einige kleine Seitensprünge gegeben. Ihr zunehmender Heiratswille begann seine voreheliche Zeit allmählich zu begrenzen und so überraschte es ihn nicht sonderlich, wie sehr diese südländische Frau mit den außergewöhnlichen Augen ihn ansprach. Er lächelte ihr einige Male zu und was er an Reaktion zurückbekam, schmälerte seine Hoffnung keineswegs. Als sich seine Kollegenrunde auflöste, betrat er kurz darauf nochmals das Lokal. Er ging zu dem Tisch der Südländerin, die dort mit einer anderen Frau saß, und erlebte einen seiner in Bezug auf Frauen mutigsten Augenblicke, als er ihr ohne viel

Aufheben nahelegte, dass er sie gerne bei Gelegenheit zu einer Tasse Kaffee einladen würde. Er gab ihr seine Visitenkarte und verabschiedete sich charmant. Auf dem Heimweg beschloss er, dem Heiratsdrängen Judiths nachzugeben, wenn er diese Frau davor noch verführen konnte. Sie verkörperte ein letztes Abenteuer und damit gleichsam den endgültigen Abschied von seiner Jugend. So bekam für ihn der Lauf der Dinge eine fast schicksalhafte Ordnung und er hoffte, dass diese schöne Frau sich bei ihm melden würde, was sie dann auch tat. Sie hieß Elena, war Griechin und würde in einigen Monaten mit ihrem Studium in Deutschland fertig sein und dann nach Griechenland zurückkehren, um das Hotel ihrer Eltern zu übernehmen. Soweit Karls Verpflichtungen gegenüber Judith es zuließen, trafen sie sich alle zwei Wochen zum Essen. Als die Rückkehr nach Griechenland in greifbare Nähe rückte, beschlossen sie, ein abschließendes Wochenende gemeinsam zu verbringen. Karl bekam bei dem Gedanken zwar ein ungutes Gefühl, doch er schob eine seiner üblichen Fortbildungen vor, die kein Misstrauen bei Judith wecken konnten.

Elena und er vereinbarten, sich danach nicht mehr zu sehen. Die zwei Tage und Nächte vergingen wie im Flug. Kurz vor dem Abschied machte er im Überschwang seiner Zufriedenheit einige persönliche Bemerkungen zu Elena und verkündete ihr unter anderem, dass seine Verlobte schwanger sei und er bald heirate. Elena stand schlagartig auf und ging ohne ein weiteres Wort aus dem Hotel. Dies verstimmte ihn, doch angesichts der Tatsache, dass sie in ihre Heimat fliegen und damit für immer aus seinem Leben verschwinden würde, wollte er sich keine unnötigen Gedanken mehr machen. Frauen waren einfach anders. Mit Elena würde er sich offensichtlich nicht verstehen. Aus diesem Blickwinkel festigte sich sein Beschluss, Judith, von der er solche überhitzten Gemütsreaktionen nicht kannte, zu heiraten.

Und nun, drei Monate später, dieses Lebenszeichen. Vielleicht wollte Elena ihm zur Hochzeit oder zu seiner baldigen Vaterschaft gratulieren? Er hatte sich nichts vorzuwerfen und öffnete den Brief.

Karl,

ich bin schwanger. Du wirst innerhalb von wenigen Monaten zweimal Vater, doch das ist allein dein Problem. Ich werde das Kind alleine großziehen.
Versuche nicht, mit mir Kontakt aufzunehmen.

Elena

Karl las den Brief mehrmals fassungslos durch. Er war davon ausgegangen, dass sie sich schützen würde. So wie Judith immer ungefragt die Pille nahm, zumindest bis vor einigen Monaten. Er wurde zweimal Vater! Mit dem Kind verbindet mich absolut nichts, schoss es ihm durch den Kopf. Es würde nur sein ganzes Leben durcheinanderbringen, die Ehe mit Judith bereits am Hochzeitstag in Frage stellen und eine unüberschaubare Reihe von Problemen verursachen. Wenn Elena für sich so entschieden hat, dann sollte es ihm recht sein, im Grunde waren sie sich damit einig und eine moralische

Frage stellte sich nicht. Wie er Judith kannte, würde sie sich sofort trennen, wenn sie davon erfuhr. Er saß noch die ganze Nacht grübelnd vor dem Brief, bis Judith ihn am nächsten Morgen anrief.

»Kommst du bitte zu mir?«

Vielleicht würde es ihn etwas ablenken. Er ließ alles liegen und fuhr zu ihr. Sie öffnete ihm und küsste ihn zärtlich.

»Guten Morgen, mein Ehemann«, lächelte sie ihn an. Ihre Frische tat ihm gut.

»Du hast ja noch immer deinen Hochzeitsanzug an! Warst du gar nicht im Bett?«

»Nein, ich war die ganze Nacht über wach.«

»Aber warum denn?«

Sie blickte ihn an.

»Der ganze Trubel hat mich wach gehalten.«

»Willst du nicht erst einmal duschen?«

Sie verbrachten den ganzen Sonntag mit dem Auspacken der Hochzeitsgeschenke und dem Lesen der Glückwunschkarten. Am Spätnachmittag legte sich Karl todmüde, aber durch die Ablenkungen des Tages auf andere Gedanken gekommen, ins Bett, worüber er sich später noch viele Jahre ärgerte. Als er schlief, überlegte Judith, dass sie ihre eigentliche Hochzeitsnacht nachholen wollte. Wenn Karl bei ihr schlief, musste er aber von ihrer Wohnung aus zur Arbeit. Damit sie abends ungestört nachfeiern konnten, nahm sie seine Schlüssel und fuhr zu ihm, um frische Kleidung für die Arbeit sowie seine Aktentasche zu holen. Sie öffnete seine Wohnungstür, ging ins Schlafzimmer und stellte etwas Passendes aus dem Schrank zusammen. Die Aktentasche stand wie gewöhnlich in der Küche. Auf dem Esstisch lag ein geöffneter Briefumschlag mit einer seltsamen Briefmarke darauf sowie ein handgeschriebener Brief, daneben stand eine leere Flasche Wein und ein halbvolles Glas. Sie zögerte kurz, doch schließlich nahm sie den Brief. Dann fuhr sie zurück in ihre Wohnung, wo Karl noch immer schlief.

Nach dem Aufwachen fand er Judith mit verheulten Augen auf dem Sofa liegen.

»Was ist mit dir?«, fragte er benommen.

Sofort setzte sie sich auf.

»Karl, hast du mir irgendetwas zu sagen?«

Ihr scharfer Ton verwirrte ihn.

»Was sollte ich dir zu sagen haben? Hilf mir auf die Sprünge, ich bin frisch verheiratet, da macht man Fehler.«

Er entdeckte seine Bürokleidung mitsamt der Arbeitstasche.

»Du warst in meiner Wohnung?«

»Ich wollte, dass du wenigstens heute bei mir übernachtest, deshalb habe ich die Sachen geholt. Der Brief lag offen da. Ich habe ihn gesehen und gelesen. Wage ja nicht, mir dies vorzuwerfen.«

»Dann weißt du ja nun alles«, sagte er.

Sie stand auf.

»Sonst hast du mir nichts zu sagen?«

Er wollte auf sie zugehen.

»Nein! Bleib weg. Wie konntest du das tun? Du wusstest bereits, dass ich schwanger bin.«

»Es tut mir leid, Judith. Ich gebe zu, es war ein Fehler. Verzeihe mir, bitte.«

»Nein, Karl, das ist schnell hingesagt. So nicht.«

»Aber ...«

»Ich will dich jetzt nicht mehr sehen«, unterbrach sie ihn.

»Geh.«

Karl starrte sie fassungslos an, er erkannte Judith nicht wieder. Er nahm seine Kleidung und verschwand im Bad. Beim Abschied sagte er:

»Verzeih mir bitte.«

Schweigend sah sie zu, wie sich die Tür hinter ihm schloss.

-10-

Die Maschine kam mit über einer Stunde Verspätung in Athen an. Joachim wollte unter allen Umständen noch die Fähre und damit die Insel Syros erreichen, wo seine Tochter Anna auf ihn wartete. Ungeduldig reihte er sich in die Warteschlange am Taxistand ein. Als die Reihe an ihm war, sagte er zu dem Taxifahrer:

»Rafina, please hurry.«

»No problem«, antwortete der Grieche und begann zwei weitere Personen, ein Paar mittleren Alters aus England, in sein Taxi zu lotsen. Nach einem Kilometer stoppte der Wagen. Der Fahrer stieg aus, ließ ein undeutliches »One minute« vernehmen und verschwand in einer Bar auf der anderen Straßenseite. Joachim blickte auf seine Uhr, es würde knapp werden. Er sagte zu dem Paar:

»In Germany you are waiting *for* a taxi, in Greece you are waiting *in* a taxi.«

Beide lächelten höflich, was Joachim noch ungeduldiger machte. Der Grieche kam zurück und setzte sich ans Steuer. Joachim sagte:

»Please hurry, my ship to Syros leaves Rafina in one hour.«

»No problem.«

Da Joachim die Strecke kannte, stutzte er, als der Verkehr immer dichter und die Straßen enger wurden. Sie fuhren in die Athener Innenstadt, was die entgegengesetzte Richtung war. Schließlich stockte der Verkehr und sie standen im Stau. Die Frau sagte zu ihrem Mann: »Look.«

Joachim sah schräg über ihm die Akropolis. Er wurde wütend und fragte den Taxifahrer, warum er nicht nach Rafina fahre, worauf dieser mit seinem Kopf auf das Paar deutete. Nach einer weiteren Viertelstunde gelangten sie an deren Hotel, wo die Engländer ausstiegen. Als er allein mit dem Taxifahrer war, stellte er ihn zur Rede.

»No problem«, antwortete der Grieche gleichmütig.

Joachim wurde lauter.

»But for me it is a problem.«

Der Taxifahrer blickte ihn interessiert an.

»German people always have problems. Why do you?«

Dann erklärte er Joachim, dass er ihn nach Piräus bringe, das sei viel näher und dort führen mehr Fähren ab.

»But from Piräus it lasts much longer!«

Der Taxifahrer lachte:

»Sorry, but this is a very special german problem!«

Joachim resignierte – seinen ausgetüftelten Zeitplan konnte er vergessen. Sie erreichten den Hafen von Piräus und der Taxifahrer setzte ihn vor einem der zahlreichen Verkaufshäuschen der Fährgesellschaften ab.

»Here you get what you need«, rief der Grieche ihm nach und deutete auf eine Fähre. Tatsächlich legte das Schiff in Kürze mit Kurs auf die nördlichen Kykladen ab.

An der Reling stehend betrachtete er das tiefblaue Meer und das vorbeiziehende Festland, während der nach Salz und Meer duftende Wind die Hitze erträglich machte. Allmählich fiel dabei der Rest seines Ärgers von ihm ab. Er war in Griechenland und jeglicher Zeitplan damit zum Scheitern verurteilt, doch das musste er jedes Mal aufs Neue lernen. Blödsinnig, dachte er bei sich. Das Festland lag noch nicht weit entfernt, da tauchte bereits die erste Insel auf. Er sah eine Ansammlung kleiner am Hang verstreuter Häuser. Als Elena noch lebte, malten sie sich viele Möglichkeiten aus, frühzeitig mit dem Arbeiten aufzuhören und auf eine griechische Insel zu ziehen. Seine finanziellen Bedenken tat Elena regelmäßig mit der Bemerkung ab, er solle endlich unrealistischer werden. Du brauchst mehr mediterrane Gelassenheit, riet sie ihm. Und du mehr Rente, erwiderte er. Doch die Pläne waren allesamt mit ihr gestorben.

Die Fähre fuhr verschiedene Inseln an, Joachim beobachtete in jedem Hafen das Gedränge und den Tumult um den Anlegeplatz, der mit dem Ablegen des Schiffs genauso schnell wieder abebbte. Es dunkelte, die Inseln verloren sich in der Abenddämmerung, bis sich nur noch vereinzelte Lichter am Horizont im tiefschwarzen Wasser spiegelten. Spät am Abend ging er auf Kithnos von Bord, da er von dort aus am nächsten Morgen die beste Verbindung nach Syros hatte. Er bekam problemlos ein privates Zimmer und danach in einer kleinen Taverne an der Uferpromenade noch etwas zu essen. Dort herrschte trotz der späten Stunde reges Kommen und Gehen, der Fernseher über der Theke lief in voller Lautstärke und junge Männer fuhren auf Motorrollern teils alleine, teils mit jungen Frauen die Uferstraße auf und ab. Er genoss die laue Nacht und überblickte von seinem Tisch aus den Hafen und einen in einiger Entfernung stehenden orange-gelb angeleuchteten Obelisken. Das Essen schmeckte ihm vorzüglich, der Wein entfaltete seine Wirkung und allmählich begann er sich heimisch zu fühlen. Mit etwas Mühe fand er zu seiner Unterkunft zurück und fiel über dem Gedanken, die nächsten zwei Monate keinen Ton üben zu müssen, sofort in einen tiefen Schlaf.

Joachim spielte als Cellist in einem Streichquartett, welches sich über Arbeitsmangel nicht beklagen konnte. Daher war langfristiges Planen nötig gewesen, um diesen Inselaufenthalt zu ermöglichen. Seine Kollegen reagierten verärgert, als er ihnen vor drei Jahren seinen Plan darlegte. Sie hielten ihn für verrückt, dass er ausgerechnet zur besten Konzertsaisonzeit nicht zur Verfügung stehen wollte. Er riet ihnen, während seiner Abwesenheit Meisterkurse zu geben, das sei genauso gut fürs Renommee. Außerdem würden sie dabei auch etwas lernen und das könne nie schaden. Holger, der Bratschist, der mit Joachims Humor gelegentlich Mühe hatte, meinte daraufhin, dass sie sich bei dieser Gelegenheit gleich einen jüngeren Cellisten suchen könnten, auch das wäre kein Schaden. Joachim konterte lächelnd, dass niemand außer ihm in der Lage sei, den Blick über den Tellerrand zu heben, was gleichsam eine Art quartettexterne Kultur in ihrer Musik zum Aufblühen bringen würde. Für ihren Erfolg wiederum sei dies nicht unbedeutend. Als Untermauerung seiner These zitierte er eine Rezension einer ihrer Aufnahmen, in welcher dem Quartett eine »außerhalb der Musik liegende Verinnerlichung des expressiven Geistes der Komposition« zugesprochen wurde, die sie ja ausschließlich seiner, also Joachims, Person zu verdanken hätten. Da das treffsichere Zitieren von Kritiken immer für Erheiterung sorgte, nutzte er den einsetzenden

Stimmungsumschwung, um seinen Willen schließlich durchzusetzen.

Joachim verdankte es seinem Streichquartett, dass er Elena begegnet war – in Athen, wo sie an einer deutsch-griechischen Tourismuskonferenz teilnahm, deren Abendprogramm spontan um ein Kammerkonzert erweitert worden war. Das Orchester, in dem Joachim damals noch spielte, gab zu dieser Zeit ein mehrtägiges Gastspiel in Athen. Über die deutsche Botschaft wurde beim Orchester nachgefragt, ob ein Ensemble kurzfristig für das Kulturprogramm der Konferenz einspringen könne. Joachim und seine Streichquartettkollegen hatten als einzige der in Frage kommenden Besetzungen ihre Noten dabei, da sie den Athenaufenthalt für Proben nutzen wollten. So gaben sie das Konzert, in dem Elena in der ersten Reihe saß und ihn interessiert beobachtete. Ihre Blicke verwirrten ihn und bescherten ihm prompt einige verpatzte Einsätze. Nach dem Konzert fuhren seine Kollegen gleich ins Hotel, nicht ohne ihn vorher darauf hinzuweisen, dass sie die Ereignisse in der ersten Reihe durchaus bemerkt hätten und sie sich echte Sorgen um seine Karriere machten, die so früh so jäh enden könnte wegen einer Griechin. Joachim mischte sich danach gut gelaunt unter die Konferenzteilnehmer, bis plötzlich Elena vor ihm stand.

»Sie haben sehr schön gespielt«, sagte sie zu ihm. Ihr gutes Deutsch überraschte ihn.

»Mozart und Haydn – die Stücke gehen direkt ins Herz«, erwiderte er.

»Ja, das habe ich bemerkt«, lächelte sie mit vielsagendem Blick ihrer dunklen Augen. Er bekam feuchte Hände.

»Sie sprechen sehr gut deutsch.«

»Danke. Ich habe vier Jahre lang in Deutschland gelebt, da musste ja etwas hängen bleiben. Übrigens, wie konnte man Sie so spontan engagieren? Gestern Abend wusste noch niemand, dass heute ein Konferenzkonzert stattfinden würde.«

»Wir haben einige Konzerte mit dem Orchester hier in Athen, so kam man auf uns.«

Sie blickte ihn interessiert an, seine Nervosität steigerte sich und er sagte:

»Wenn Sie wollen, können Sie morgen gerne kommen, ich lasse Ihnen eine Karte zurücklegen.«

Er wusste nicht einmal, ob es noch Karten für das Konzert gab.

»Ein schönes Angebot, das nehme ich gerne an. Vielen Dank!«

Er versprach ihr, sie anzurufen, um die Details zu klären. Sie gab ihm die Telefonnummer ihres Hotels, er kannte es, es lag nur unweit von seinem. Dann holte er sein Cello, das er der Direktion anvertraut hatte, und verließ das Konferenzgebäude. Am Taxistand traf er erneut auf Elena.

»Haben Sie etwas dagegen, zusammen ein Taxi zu nehmen? Ich wohne gleich bei Ihnen um die Ecke.«

Sie sah zuerst ihn und dann den Cellokoffer an und lachte:

»Haben wir Platz zu dritt?«

»Mein Cello ist schlank. Alte norditalienische Tradition.«

»Wegen mir darf es vorne sitzen.«

Im Hotel brachte er sein Cello ins Zimmer von Holger.

»Ich gehe noch in die Bar. Kann ich mein Cello über die Nacht bei dir abstellen? Du bist doch sowieso auf dem Zimmer und es wäre versicherungstechnisch die beste Lösung.«

Holger, bereits im Pyjama, nickte mit dem Kopf.

»Du meinst frauentechnisch die beste Lösung?«, fragte er.

Joachim lachte:

»Sie ist keine Frau. Sie ist ein Engel.«

Im Sommer besuchte er sie mehrmals auf Tinos, wo sie das elterliche Hotel führte, und im Spätherbst kam sie für mehrere Wochen nach Deutschland. Bei der Rückkehr erklärte sie ihren Eltern, dass sie spätestens nächstes Jahr zu Joachim ziehen werde, um ihn zu heiraten. Diese erkannten schnell, dass Elena nicht auf Tinos zu halten war, und begannen schweren Herzens einen Käufer für das Hotel zu suchen. Am Abend nach dem Verkaufstermin beim Notar saßen sie zusammen und schwiegen, bis Elena sich mit Tränen in den Augen bei ihnen dafür bedankte, dass sie keine Vorwürfe zu hören bekommen habe. Ihre Mutter sah sie lange an und antwortete schließlich, solange Elena ihnen keine Sorgen mache, glücklich werde und bald für einen Enkel sorge, solle sie ihren Weg gehen.

Im darauf folgenden Jahr zog sie im November zu Joachim. Am Tag ihrer Ankunft herrschte stürmisches Winterwetter. Als er sie in die Arme nahm, seufzte sie:

»Ich bin verrückt. Ich tausche das Meer freiwillig gegen diese Schneestürme.«
»Du tauschst es gegen Liebesstürme.«
»Du bist trivial.«
»Das stimmt. Alte süddeutsche Tradition.«

Im nächsten Frühjahr heirateten sie und ein Jahr später wurde Anna geboren. Joachim und seine Quartettkollegen kündigten nach langen Überlegungen ihre Orchesterstellen, um sich ganz auf das Quartettspiel zu konzentrieren. Die ersten Jahre mussten Elena und Joachim sich einschränken, da das Streichquartett kaum Einkünfte erbrachte. Sein ehemaliges Orchester holte ihn gelegentlich als Aushilfe und er begann notgedrungen, Cello-Unterricht zu geben. Seinen Kollegen erging es kaum anders. Selbst als sie die ersten Auszeichnungen für ihre Aufnahmen bekamen und Einladungen von Festivals eintrafen, änderte sich die Auftragslage des Quartetts nur zögerlich. Die eigentliche Wende verdankten sie dem Herausgeber einer führenden Fachzeitschrift, der sie mit einem fünfseitigen Artikel in den Himmel lobte. Joachim kannte ihn. Der Kritiker hatte sich nach einem Konzert in Gegenwart von Elena äußerst provokant über das Quartett geäußert. Elena bemerkte schnell, dass er seine Ausführungen als Auftakt zu einer freizügigeren Abendgestaltung mit ihr einsetzte. Sie hörte ihm ruhig zu. Als er seinen rhetorischen Höhepunkt mit der Bemerkung »sie musizieren nicht, sie entsorgen Noten« erreichte, bemerkte Elena beiläufig, dass sie mit einem der Entsorger verheiratet sei. Irritiert entschuldigte sich der Kritiker und verließ das Konzerthaus. In der nächsten

Ausgabe erschien dann die Hymne auf das Quartett. Joachim nannte es den *Elena-Effekt*. Holger sprach vom degenerierten Musikbetrieb, der mit bewundernswerter Resistenz gegen künstlerisches Niveau einen Zeitschriftenartikel ernster nehme als all ihre bisherigen Konzerte. Stefan, der Erste Geiger, meinte nur, Kritiker hätten ihre Ohren am Penis.

Als Joachim am nächsten Morgen das Fenster seiner Unterkunft öffnete und den Kopf in die Sonne streckte, kündigte sich die Hitze des Tages bereits an. Der Blick über die Stadt hinunter zum Hafen faszinierte ihm. Er frühstückte auf der Terrasse seiner Pension und nahm am Spätvormittag die Fähre. Das Meer lag tiefblau und ruhig vor ihm, er erkannte einige andere Inseln – auf den meisten davon war er schon gewesen. Ganz in der Ferne sah er die Konturen von Tinos. Als das Schiff auf deren Nachbarinsel Syros anlegte, warteten an der Hafenmole bereits Anna und sein Schwager Filipotis. Da dieser jedoch unerwarteten Besuch beherbergte und der Platz in seinem Haus eng zu werden drohte, bat er Joachim, ihn ein anderes Mal zu besuchen. In den nächsten zwei Monaten werde sich schon eine Gelegenheit dazu finden. Joachim kam dies nicht ungelegen, er wollte sowieso möglichst bald nach Tinos. Filipotis fuhr sie daher mit seinem Boot direkt nach Panormous. Auf der Überfahrt erzählte Anna ihrem erstaunten Vater, dass sie sich am Tag vor ihrem Abflug nun endgültig von ihrem langjährigen Freund getrennt habe. Die Beziehung habe sie nur noch belastet, jede Spontanität sei von ihrem Freund im Keim erstickt worden und irgendwelche Gefühle habe sie schon lange nicht mehr für ihn empfunden, außer dem der Dankbarkeit, weil er sie damals nach Elenas Tod unterstützt habe. Dass Dankbarkeit allein keine Grundlage für eine Beziehung sei, wusste sie schon lange, doch es habe einfach Zeit gebraucht, bis sie sich zur Trennung durchringen konnte. Dann erzählte sie ihm von ihren bisherigen Tagen auf der Insel, auch von Torsten, einem etwas schrägen Geist, der eine Lebenskrise pflege, aber irgendwie amüsant sei.

»Und Elke genießt das Intimleben der Insel, zuerst mit einem Griechen und nun mit einem deutschen Künstler. Stell dir vor, so alt wie du und lässt sich mit Elke ein. Er ist der Onkel von Torsten und wird dich interessieren, auch wenn er ein Lüstling ist.«

Joachim äußerte Bedenken angesichts ihrer vielfältigen Kontakte, er wolle ausschließlich seine Ruhe haben und sonst nichts.

»Die können mir alle gestohlen bleiben, ist das klar?«

Anna nickte lachend mit dem Kopf. Joachim blickte über das Meer, Tinos lag zum Greifen nahe. Es war das erste Mal, dass er Elenas Heimat ohne sie besuchte. Als sie in die Bucht einfuhren, tauchte Panormous auf, ein weißes Dorf inmitten der kargen Hügellandschaft. Aus dieser Perspektive wirkte es überraschend weitläufig. Beim Näherkommen entdeckte er am Rand des Dorfes das Haus mit den Appartements, in dem er mit Elena bei seinem ersten Besuch auf der Insel gewohnt hatte. Dort, wo er nun zwei Monate leben würde, hatten sie ihre ersten gemeinsamen Nächte verbracht. Sein Schwager setzte ihn und Anna an der Hafenmole ab. Joachim fiel auf, wie wenig sich verändert hatte – es gab noch die Tavernen und das Fischrestaurant, die unveränderte Ruhe und den eigenartigen Geruch nach Meer, abgestandenem Wasser und Fisch. Sie verabschiedeten sich herzlich von Filipotis und Anna begleitete Joachim zu seinem Haus. Von der Hafenmole aus führte eine lange Treppe nach oben, die auf der einen Seite von einer Steinmauer mit dahinter liegenden Häusern begrenzt wurde, während die andere Seite immer noch weitgehend unbebaut und von wild wuchernder Macchia übersät war. Als ihm der markante Duft der Inselgewächse in die Nase kroch, blieb er stehen, schloss die Augen und atmete tief ein.

»Ist dir die Treppe zu steil?«, fragte Anna besorgt.

Joachim öffnete die Augen und sagte:

»Nein, aber der Duft weckt Erinnerungen.«

»Deshalb bist du ja hier«, lächelte sie ihn an.

Alexis, der Besitzer des Appartementhauses, empfing ihn herzlich und sie bestätigten sich gegenseitig, dass sie zwar ergraute Haare, aber ansonsten jugendlich und schlank geblieben seien, trotz der vergangenen Jahrzehnte seit ihrem letzten Treffen. Bevor Alexis die Tür zu dem Appartement aufschloss, deutete er Joachim gegenüber sein tiefes Bedauern an, nicht zu Elenas Beerdigung nach Deutschland gekommen zu sein, es sei ihm leider unmöglich gewesen. Alexis war mit ihr in die Schule gegangen. Sie umarmten sich kurz. Joachim betrat die Räume und erwartete, sie unverändert vorzufinden. Alexis erklärte ihm jedoch, dass er vor zehn Jahren umgebaut und in dem Zuge auch neu möbliert habe, wobei die Raumaufteilung die gleiche geblieben sei. Er hoffe, Joachim fühle sich trotzdem wohl. Joachim klopfte ihm auf die Schulter und sagte, dass alles in bester Ordnung sei. Anna half ihm beim

Kofferauspacken und ging danach zu Torsten, um ihn mit ihrer verfrühten Rückkehr zu überraschen. Joachim fand frisches Kaffeepulver, brühte eine Tasse auf und setzte sich damit an den kleinen runden Tisch auf der Terrasse. Er verschränkte die Arme hinter seinem Kopf und blickte über die Landzungen hinaus aufs offene Meer – der unvergleichliche Ausblick war derselbe geblieben. Auf Tinos hatten sie Hochzeit gefeiert und anfangs jedes Jahr ihren Urlaub verbracht. Zwei Monate würde er hier nun leben, umgeben von Erinnerungen an Elena und genügend Zeit und Ruhe, um nochmals Abschied von ihr zu nehmen.

-11-

Judith stellte den Roller neben dem unbefestigten Fahrweg ab. Zwischen wildem Gestrüpp und einer verwitterten Steinmauer führte eine Treppe hinab zu der unscheinbaren Kapelle, ihrem Rückzugsort auf der Insel. Sie hatte die Kapelle vor Jahren als weißen Fleck inmitten der kargen Landschaft vom Dorf Kallinos aus entdeckt, das auf der gegenüberliegenden Seite des Tals lag. Es brauchte damals mehrere Versuche mit Pauls Roller, bis sie den Weg dorthin fand. Über der mit geometrischen Ornamenten verzierten Fassade thronte ein Steinportal mit einem vergoldeten Zierkreuz, darunter hing eine Glocke. Die blaue Tür, die sich eindrücklich von den weißen Mauern abhob, stand meist offen und bei jedem ihrer Besuche brannten Kerzen, doch sie sah nie jemand, der sie entzündete. Die zahlreichen Heiligenbildnisse und Silberikonen im Innenraum beeindruckten sie jedes Mal aufs Neue. Von dem mit Steinplatten ausgelegten Vorhof öffnete sich der Blick am schneeweißen Kallinos vorbei durch das Tal hinaus aufs offene Meer. In der meditativen Ruhe dieses Ortes konnte sie ihre verworrene Situation, in welche sie ihr Leben seit Jahrzehnten hineinmanövriert hatte, mit Distanz betrachten.

Seit vier Tagen wartete sie nun auf Anna, Karls vermeintliche Tochter. Dass diese alte Geschichte durch Torstens zufällige Begegnung wieder so greifbar werden würde, hätte sie sich nie vorstellen können. Wäre ihr Leben ohne die Entdeckung von Elenas Brief anders verlaufen? Stellte dieser Brief den Auftakt dar, in dessen Folge ihr ganzes Leben aus dem Gleichgewicht geriet?

Gab es so was überhaupt jemals in ihrem Leben, ein Gleichgewicht? Alle ihre Männergeschichten standen prinzipiell unter einem unguten Stern, weshalb die Beziehung zu Paul im Grunde dasselbe Chaos darstellte wie die zu Karl. Ihr wurde irgendwann klar, dass beide Chaosbereiche zusammengenommen dem ähnelten, was sie als Heranwachsende mit ihren Eltern, allen voran mit ihrem Vater, durchlebt hatte. Sie musste jedoch erst monatelang auf der Couch einer Psychotherapeutin liegen, um die Ausmaße dieser familiären Verstrickungen zu erkennen. Frau Schraker, die Therapeutin, erschien es aufgrund ihrer pathologischen Vaterbeziehung durchaus als angemessen, dass sie zwei Männer benötigte, um ihr Trauma abzuarbeiten. Denn erst wenn ihr dies gelungen sei, könne sie offen für eine wahre Beziehung sein. Irgendwann im Laufe der Therapie bot Frau Schraker ihr das »Du« an und betonte die heilenden Wirkungen von Frauenbeziehungen. Judith brach die Therapie vorzeitig ab, bevor Renate, wie Frau Schraker mit Vornamen hieß, sich zu ihr auf die Couch legen konnte. Trotz alledem brachte sie die Therapie ein gutes Stück weiter. An ihrem Vater, einem hochintelligenten, seines Jähzorns wegen aber frühpensionierten Physiker, hatte sie dessen gelegentliche Gewaltausbrüche ebenso gefürchtet wie seine lüsternen Blicke, als sie in die Pubertät kam und ihr Körper sich zu formen begann. Wenn sie im Blick ihres Vaters dessen kritische Stimmung wahrnahm, musste sie auf der Hut sein vor ihm, nachts schloss sie dann grundsätzlich ihr Zimmer ab und rückte, wenn er heftig gegen ihre Tür klopfte, die Kleiderkommode davor. An Schlaf war in diesen Nächten nicht zu denken.

Mit siebzehn Jahren besorgte ihre Mutter ein Zimmer bei einer Großtante, wo sie bis zum Abitur wohnen sollte. Dies blieb die einzige – wenngleich ausgesprochen mutige – Tat ihrer Mutter, die sie gegen den Willen ihres herrschsüchtigen Mannes durchsetzte. Erst viel später begriff sie, welche Ängste ihre Mutter um sie ausgestanden haben musste. Ihr Vater jedenfalls wagte es nach dem Auszug nie wieder, sich ihr zu nähern. Sie bekam wiederholt zu hören, wie auffallend ihre Wirkung auf Männer sei. Wenn sie sich abends im Spiegel betrachtete, um vergeblich jene Ausstrahlung zu erforschen, fand sie sich nicht sonderlich schön, wenngleich sie ihr Gesicht schon deshalb mochte, weil es keinerlei Ähnlichkeit mit ihren Eltern aufwies. Nach dem Abitur begann sie gezielt das Studium der Kunstgeschichte, um dem, wie sie es nannte, kulturlosen Schmutz ihres Elternhauses zu entfliehen. Sie zog in ein Studentenwohnheim und lernte bald darauf Paul kennen. Als sie ihm bei einem Zeichenkurs an der Volkshochschule zum ersten Mal begegnete, fühlte sie sich sofort zu ihm hingezogen. Vor allem faszinierten sie seine Hände, die mit dem Pinsel kleine Wunder auf dem Zeichenpapier vollbrachten. Seine distanzierte Art, bei der man nie wusste, ob er jemand nun mochte oder nicht, reizte sie. Mutig fragte Judith nach einer privaten Zusatzstunde und rannte offene Türen bei ihm ein. Paul sagte ihr später einmal, dass er von ihrer Ausstrahlung fast erschlagen worden sei. Ihre Art, sich mit Anmut und Sinnlichkeit zu bewegen, habe er noch nie zuvor an einer Frau gesehen. In seinem Atelier, das gleichzeitig als Wohnung und Materiallager diente, redeten sie über seine Werke, bis er schließlich fragte, ob er sie zeichnen dürfe. Sie fühlte sich geschmeichelt – erst später ging ihr auf, dass das der übliche Auftakt zu seinen erotischen Eskapaden war. Sie entkleidete sich mit einer Unbefangenheit, die sie selber überraschte. Ab diesem Zeitpunkt verbrachten sie ihre Nächte meist zusammen, worüber sie ihr Studium zu vernachlässigen begann, auch wenn Paul sie mahnte, es ernster zu nehmen. Zu ihrem einundzwanzigsten Geburtstag überraschte er sie mit einem massiven Marmorblock, der im Hinterhof vor seinem Atelier stand. Er begann anhand der zahllosen Vorstudien und einiger längerer Aktsitzungen die erste Skulptur von ihr aus dem Marmor zu meißeln – jene, die inzwischen in seinem Garten stand. Sie erkannte sich darin vollendet wieder, Paul machte sie ihr zum Geschenk und Judith schwebte im siebten Himmel, bis sie erfuhr, dass er auch mit anderen Aktmodellen schlief. Seine Entschuldigungen nahm sie nicht an, zu groß war ihre Demütigung. Sie beendete die Beziehung. Ein Jahr später lernte sie Karl kennen, dessen Verlässlichkeit und Aufrichtigkeit sie schätzte. Als Karl sie seinen Eltern vorstellte, kam heraus, dass er Pauls Bruder war, doch der Schreck verflog, als der Abgrund an Verachtung, der die Brüder voneinander trennte, offenkundig wurde. Während das Studium sich in die Länge zog, distanzierte sie sich übertrieben von der Zügellosigkeit, welche jene Zeit als neue Lebensform predigte und schwor sich, ein geordnetes Leben zu führen. Sie brach zuerst die Einnahme der Pille und dann ihr Studium ab, um Karl trotz aufkommender Zweifel zu heiraten. Dessen ausgeprägter Ordnungssinn, seine eher hölzerne Männlichkeit und nicht zuletzt die Sturheit, deretwegen er auf getrennten Wohnungen beharrte, begannen sie zu stören, doch sie schob alle vernünftigen Erwägungen beiseite. Das erhoffte Leben endete am Tag nach der Hochzeit mit der Entdeckung von Elenas Brief. Karls Verhalten und der Umstand, dass er zweimal Vater werden würde, war mehr als eine Demütigung – es entehrte sie. Ihr Kind jedoch band sie an ihn. Aus Verzweiflung schrieb sie einen Brief an Paul, ob er sie mitsamt ihrem Kind im Bauch bei sich aufnehmen würde. Pauls negative Antwort war ein weiterer Schlag ins Gesicht, erst Torstens Geburt brachte sie schließlich auf andere Gedanken. Karl versuchte seine unrühmliche Tat, über die sie beide kein Wort mehr verloren, durch übertriebenes Pflichtbewusstsein wiedergutzumachen. Doch sie hatte ihn innerlich zurückgestoßen. Das nach der Niederkunft brachliegende Liebesleben kam ihr gelegen. Karl, der ihre Distanziertheit in erster Linie der ermüdenden Säuglingspflege zuschrieb, steckte nach seiner Beförderung und der damit verbundenen Versetzung samt Umzug und Hauskauf sämtliche Energien in seine neue Position. Sie konnte mit der Zeit schon nicht mehr glauben, dass Karl eine junge griechische Frau verführt und dabei geschwängert haben sollte. Und wenn, dann hatte jene Elena dies wohl genauso aus ihrem Gedächtnis gestrichen wie sie ihre Hoffnungen auf einen lustvollen Liebesakt. Abgesehen von ihrem trostlosen Liebesleben versuchte sie, ihr Dasein so gut wie möglich einzurichten. In dem Haus mit dem schönen Garten, in das sie gezogen waren, fühlte sie sich wohl. Torsten bereitete wenig Probleme, er schlief bald schon durch, spielte alleine und brabbelte dabei endlos vor sich hin. Sie verbrachte viel gemeinsame Zeit mit ihrer Freundin Inge, deren Kind genauso alt war.

Inge belegte die letzten Vorlesungen ihres Jurastudiums und Judith nahm oft deren Tochter zu sich, damit sie lernen oder die letzten Prüfungen absolvieren konnte, wofür Inge ihr lebenslang eine anwaltliche Vertretung versprach.

Irgendwann – sie bügelte seit über einer Stunde Karls Hemden, ohne dass der Wäscheberg ein Ende zu nehmen schien – kam ihr plötzlich Paul in den Sinn, vergeblich verbot sie sich die Gedanken an ihn. Einen Monat später ermittelte sie Pauls neue Adresse und schrieb ihm einen Brief. Sie wusste nicht, worauf sie mehr hoffen sollte: eine Antwort oder Schweigen. Er schrieb zurück – wie vereinbart an Inges Adresse. Sein Brief stellte eine einzige erotische Aufforderung dar, was Judith, ausgetrocknet durch Karls Verwaltungsakte, wie sie seine sexuellen Anwandlungen Inge gegenüber bezeichnete, zwar nicht überraschte, aber mehr durcheinanderbrachte, als ihr lieb war. Sie rief ihn schließlich an, um einen Treffpunkt festzulegen – ein seltsames Telefonat, kurz und sachlich, seine Stimme eher fremd als vertraut, doch sie spürte augenblicklich wieder die alte Anziehung. Judith bat daraufhin ihre Schwiegermutter Mara, an dem betreffenden Nachmittag Torsten zu hüten, was nichts Ungewöhnliches darstellte, da er als einziger Enkel dementsprechend begehrt war. Inge fiel zu dem Zeitpunkt bereits aus, da sie als Rechtsanwältin in der Kanzlei ihres Mannes mitarbeitete und ihre Tochter von einem Kindermädchen betreut wurde.

Paul wohnte in einer stillgelegten Textilmanufaktur, die der Besitzer ihm für eine symbolische Miete überließ, froh darüber, dass jemand nach dem Rechten sah. Sie parkte das Auto möglichst diskret abseits der Straße. Beim Betreten des Ateliers kam er ihr entgegen, ihre Blicke trafen sich und sie umarmten sich. Paul fragte, ob das ein Versöhnungsversuch sei.

»Vielleicht«, antwortete sie.

Sie genoss sein Drängen. Er zog ihre Schuhe, Hose und Slip aus, um sie mit seinen forschenden Händen zu berühren. Er kannte kein Zögern und sie ließ ihn gewähren. Ihre aufkommenden Zweifel, ob Paul sie nur als Objekt seiner Begierden sah, verflogen rasch, zumal sie selber nicht wusste, was er ihr über die Lust hinaus bedeutete. Meist war sie schon nackt bis auf ein Kleidungsstück, auf dem er immer bestand, bis er sich zu entkleiden begann. Als sie am frühen Abend bei Mara läutete, um Torsten abzuholen, sah diese sie eindringlich an und meinte, sie habe eine ungewöhnlich gesunde Farbe im Gesicht. Judith erzählte von einem Saunabesuch mit Freundinnen, der ihr guttue und den sie gerne, so Mara in diesen Zeiten auf Torsten aufpassen könne, wiederhole. Mara warf ihr erneut einen forschenden Blick zu, bevor sie ihr Einverständnis gab. Kurz vor ihrer Hochzeit hatte ihr Schwiegervater Ludwig die Bemerkung fallen lassen, dass Mara ein drittes Auge habe, Judith solle sich vorsehen. Sie kannte ihn damals nicht gut genug, um einschätzen zu können, ob diese Bemerkung als Warnung gemeint war. Sie begann, sich vor Mara in Acht zu nehmen.

Judiths Vater bekam Torsten nur einmal zu Gesicht. Er starb an einer Lungenentzündung in Folge einer Unterkühlung, als er im Winter auf dem Nachhauseweg betrunken stürzte und erst nach einer Stunde gefunden wurde. Nach seiner Beerdigung schien ihre Mutter wie umgewandelt. Es tauchte ein Lebensgefährte auf, sie zog zu ihm und fand fortan weder Zeit noch Interesse für ihre Tochter oder ihre Enkel. Im Grunde spürte Judith Erleichterung darüber, auch wenn sie des Kindes wegen nun auf Mara angewiesen war. Es gelang ihr trotzdem, die heimlichen Treffen mit Paul aufrechtzuerhalten, deren ursprüngliche Funktion – als Racheakt an Karl – inzwischen einem eigentümlichen Liebeskonstrukt gewichen war. Auch wenn sie gelegentlich stritten, fühlte sie sich bei ihm lebendig und ihre dem Alltag enthobenen Stunden entschädigten sie zudem für ihr ereignisloses Leben mit Karl. Sie wollte und konnte auf diese Nachmittage nicht mehr verzichten. Sie brauchte Pauls Begehren.

-12-

Torsten saß bei einer Tasse Kaffee in der Wohnung. Vor einer Stunde war er zum vierten Mal mit Elke vom Strand zurückgekehrt, nachdem er sich geweigert hatte, in ihrem Appartement mit ihr zu schlafen. Er trank aus seiner Tasse und sinnierte über seine verfahrene Situation. Annas Rückkehr am nächsten Tag sah er mit wachsender Sorge entgegen, eigentlich machte er sich wenig Illusionen über ihre Reaktion. Es klopfte. Er ging zur Verandatür, wo ihn Anna überraschte.

»Du bist schon zurück?«, begrüßte er sie verblüfft.

Anna lächelte ihn an.

»Mein Onkel brachte uns einen Tag früher zurück. Warum bist du in der Wohnung? Ist Elke wieder ausgezogen?«

Torsten wurde elend. Sie wusste also noch nichts von den neuesten Entwicklungen, weder vom Eintreffen seiner Mutter noch vom Umzug Elkes – von ihm und Elke ganz zu schweigen. Wie sie so vor ihm stand mit weißem Trägershirt, einem kurzen Jeansrock und ihrem wachen Blick, überkam ihn die deprimierende Erkenntnis, einen großen Fehler begangen zu haben.

»Setz dich erst mal.«

Er holte eine zweite Tasse Kaffee und schenkte ihr ein.

»Paul hat Elke sozusagen entlassen, da meine Mutter plötzlich aufgetaucht ist.«

»Deine Mutter? Warum muss Elke ausziehen, wenn deine Mutter kommt?«

»Weil sie seit vielen Jahren ein Liebesverhältnis mit meinem Onkel hat. Das wusste ich bislang selber nicht.«

»Deine Eltern sind demnach geschieden?«
»Nein.«
Anna sah ihn verwundert an.
»Auch nicht schlecht. Und warum wohnt deine Mutter dann nicht hier? Oder schläft sie drüben bei deinem Onkel?«
Torsten beschloss spontan, Anna die Wahrheit über ihn und Elke zu sagen.
»Sie wohnt im Nachbardorf. Keine Ahnung warum.«
»Wahrscheinlich hat sie das mit seinen Frauen mitbekommen.«
»Nein, sie weiß davon.«
»Und akzeptiert es?«, fragte sie kritisch.
»Immerhin ist sie ja verheiratet, da kann sie von ihm keine Treue fordern.«
»Du kommst aus einer seltsamen Familie. Aber erzähl, wie geht es Elke? Hat sie den Rauswurf gut verkraftet?«
Torsten holte tief Luft und begann zu berichten. Wenig später wurde er in seiner kurz gehaltenen, aber umfassenden Beichte von Elke unterbrochen. Sie kam ohne zu klopfen herein, sah Torsten und Anna am Tisch sitzen und versuchte, ihre Überraschung zu verbergen.
»Hallo Anna, schon zurück?«
Anna sah sie wortlos an, sagte zu Torsten, dass sie ja nun über alles informiert sei, stand auf und ging, ohne Elke eines weiteren Blickes zu würdigen.
»Und?«, fragte Elke nun. Er bemerkte zum ersten Mal eine Spur Unsicherheit in ihrem Blick.
»Ich habe es Anna gesagt.«
»Und wie hat sie reagiert?«
»Sie hatte so was schon geahnt.«

»Soso«, fuhr Elke verärgert hoch, »die allwissende Anna kennt sich mal wieder bestens aus.«

Torsten sah Komplikationen auf sich zukommen.

»Tut mir leid, Elke. Es ist dir doch hoffentlich klar, dass sich mit Annas Rückkehr unsere Situation grundlegend verändert hat.«

»Ich habe ehrlich gesagt nicht darüber nachgedacht.«
Sie stand auf.

»Weil ich es leid bin, darüber nachzudenken.«

Sie ging aus der Wohnung und Torsten blickte ihr nach. Er sah deutlich einen Scherbenhaufen vor sich.

-13-

Der Morgen bedeutete für Joachim die heilige Tageszeit. Die Stunden zwischen fünf und sieben Uhr blieben stets dem Cello vorbehalten, da er zu keinem anderen Zeitpunkt des Tages zu solcher Konzentration fähig war. Auch auf Tinos wachte er früh auf, kochte Kaffee und setzte sich auf die Terrasse mit dem Blick auf das Meer. Dort fühlte er sich der Zeit enthoben, Erinnerung und Gegenwart fielen an diesem Ort zusammen. Ihm war, als müsste Elena jeden Augenblick verschlafen aus der Wohnung kommen, sich zu ihm an den Tisch setzen, einen Schluck aus seiner Tasse nehmen und fragen, wie lange er schon wieder wach sei. Er sah auf das offene Meer hinaus. Die warme Luft duftete intensiv nach der Macchia rund um das Haus, vermischt mit der angenehmen Brise, die vom Meer her kam.

Er dachte an ihr erstes Treffen auf Tinos, die freien Tage dafür musste Elena sich hart erkämpfen, da sie damals bereits das elterliche Hotel leitete. Sie holte ihn von der Fähre ab, mit der er spätabends auf der Insel ankam. Das erste Mal seit Athen sahen sie sich wieder. Zuerst gingen sie in ein Restaurant, himmelten sich an und brachten kaum einen Bissen herunter. Spät nach Mitternacht fuhren sie mit ihrem Roller nach Panormous in das Appartement. Die Fahrt mit dem Roller war nicht ungefährlich, da Elena wenig Übung darin besaß, zu zweit zu fahren. Zudem musste Joachim seinen schweren Koffer halten, der auf dem Gepäckträger kaum Halt fand. Die andere Hand hielt er fest um Elenas Bauch gelegt, was ihre Konzentration auf die kurvige Straße nicht steigerte. Alle paar

Kilometer hielten sie an, damit Joachim den Arm wechseln konnte. Die Pausen gerieten immer ausgiebiger, sie stellten den Roller ab, um sich zu küssen. Kurz vor Panormous wich Elena plötzlich einem Schlagloch aus, Joachim glitt der Griff aus der Hand und der Koffer fiel hart auf die Straße. Da Elena nichts bemerkte, wies er sie darauf hin, dass er Ballast abgeworfen habe und sie nun flotter fahren könne. Joachim wusste noch nicht, ob er es witzig finden sollte, Elena aber konnte vor Lachen kaum noch den Roller abstellen. Der Kofferinhalt lag breit verstreut auf der Fahrbahn und an dem zum Meer hin abfallenden Hang. Das fahle Licht des Mondes genügte, um alles wieder einzusammeln. Es fing bereits an hell zu werden, als sie endlich das Appartement erreichten. Joachim erlebte sein erstes kleines Elena-Wunder: Er schlief bis in den frühen Nachmittag hinein. Nach dem Erwachen liebten sie sich und blieben bis spät am Abend im Bett, um schließlich in einer der Tavernen etwas zu essen. Eine wunderbar leichte Zeit begann.

Alexis erschien plötzlich auf der Terrasse und riss ihn aus seinen Erinnerungen – es sei jemand am Telefon für ihn. Joachim ahnte, wer anrief und ging wie benommen mit nach oben, wo Alexis ihn in ein Zimmer führte.

»Ja?«

»Hallo, ich bin es ... Susanne.«

Ihre Stimme kam ihm ungewohnt leise vor. Sie waren seit zwei Jahren ein Paar und lebten zusammen, doch sein Aufenthalt auf der Insel schuf Distanz zwischen ihnen.

»Wie geht es dir?«, fragte sie ihn.

»Gut. Es ist alles so, wie ich es mir vorgestellt habe. Und bei dir?«

Es kam keine Antwort. Dann hörte er unterdrückte Laute, sie schien mit den Tränen zu kämpfen.

»Susanne, es ist ...«

»Gute Zeit«, unterbrach sie ihn und legte auf.

Auch wenn dieser Aufenthalt schon lange vor ihrer Beziehung geplant gewesen war und er nie ein Geheimnis aus seinem Andenken an Elena gemacht hatte, litt Susanne dennoch. Sie tat ihm leid – vielleicht würde sie ausgezogen sein, wenn er heimkehrte. Er schob die Gedanken beiseite und beschloss, einen Spaziergang zu machen. Ein Stück entfernt auf einer Anhöhe gab es ein leer stehendes Haus, das er früher, wenn sie in Panormous Urlaub machten, mit Elena immer wieder aufgesucht hatte. Als es in Sichtweite kam, sah er auf den ersten Blick, dass das Haus komplett umgebaut und erweitert worden war. Im Garten, umgeben von einem eigenwilligen Zaun, stand eine Marmorskulptur in klassischer Form. Joachim betrachtete den Zaun: zusammengeschweißte Metallreste mit abstrakten Formen und eingefügten Holzstücken. Erst als er ein Dollar-Zeichen und eine Art Phallus entdeckte, bemerkte er die Eindeutigkeiten und ihm fiel Annas Bemerkung über den freizügigen Künstler ein. Er entdeckte weder Glocke noch Hund und ging durch das Eingangsportal, das er als zwei sich über ihm verschließende Drachmenzeichen deutete, auf die Marmorskulptur zu. Sie stellte eine nackte junge Frau dar, die Glück und Sinnlichkeit ausstrahlte. Lange betrachtete er ihren schönen aufrechten Oberkörper, die vollendet geformten Brüste und das ausdrucksstarke Gesicht mit den geschlossenen Augen, wie er es an einer Marmorskulptur noch selten gesehen hatte.

»Endlich mal einer, der sich nicht ausschließlich für meinen Zaun interessiert. Sie müssen krank sein«, hörte er plötzlich eine Männerstimme auf Deutsch.

Joachim, aus seinen Gedanken gerissen, drehte sich um und sah einen etwa gleichaltrigen Mann neben sich stehen, dessen blitzende Augen ihm sofort sympathisch waren.

»Wen interessiert schon dieser seltsame Zaun?«

»Den hätte ich schon etliche Male verkaufen können – zu jedem Preis.«

Joachim lächelte:

»Und warum haben Sie das nicht gemacht? *Sie* müssen krank sein.«

Der Mann lächelte zurück und streckte Joachim die Hand hin:

»Ich bin Paul Baumann.«

»Joachim Berg.«

Paul sagte:

»Haben Sie Lust und etwas Zeit auf die beste Medizin für kranke Menschen wie uns?«

Joachim nickte.

»Dann kommen Sie mit.«

Er folgte Paul in das Atelier, das sich weitläufig über beide Stockwerke erstreckte. An der fensterlosen Wand führte eine kleine Treppe bis unter das Dach, wo sich eine schmale Galerie und ein winziger Balkon befanden. Der Ausblick dort war weit beeindruckender als von seiner Terrasse aus, da das Haus am höchsten Punkt des Dorfes stand. Paul kam mit einer Flasche gekühltem Weißwein und schenkte ihnen ein.

»Nehmen Sie öfters jemand mit hierher?«, fragte Joachim.

»Selten, alle wollen sie nur den Zaun, wedeln mit ihren goldenen Kreditkarten und sind beleidigt, wenn ich ablehne.«

Sie tranken aus ihren Gläsern. Paul lächelte ihn an:

»Lassen Sie mich raten: Sie sind Musiker und haben eine Tochter namens Anna.«

»Und Sie sind der Onkel eines gewissen Torsten und pflegen freizügigen Umgang mit jungen Damen.«

»Ihre Tochter tut mir unrecht.«

»Sie hat ihre Grundsätze.«

»Gut, dann wäre das auch geklärt. Darf ich Sie übrigens was fragen? Wir rätseln seit zwei Tagen, wie alt Anna ist.«

»Das ist kein Geheimnis, sie wurde letzten Monat vierundzwanzig Jahre alt.«

Paul füllte ihre Gläser nach und fragte:

»Welche Musik machen Sie?«

»Klassisches Streichquartett.«

»Oh, wie trostlos. Tut mir leid, das konnte ich nicht wissen.«

Joachim lächelte.

»Wenn ich an Ihren Zaun denke, überkommt mich auch Mitleid. Wenn ich dagegen Ihre Frauenskulptur betrachte, dann machen wir im Grunde das Gleiche.«

»Streichquartett und Sinnlichkeit?«, fragte Paul erstaunt.

»Seit etwa zweihundert Jahren.«

»Das ist mir bisher entgangen.«

»So ist das mit euch bildenden Künstlern, ihr seid kollektiv taub.«

Paul sah Joachim gut gelaunt an, trank sein Glas leer und forderte ihn auf mitzukommen. Sie gingen ins Atelier und er bat Joachim sich abzuwenden, da er ein kleines Experiment vorbereiten wolle. Er verschwand in einem Nebenraum, und Joachim hörte, wie er verschiedene Gegenstände auspackte, wiederkam, etwas auf dem Boden positionierte und dann sagte:

»Ihr Musiker seid ja bekanntermaßen blind. Vielleicht erkennen Sie nun eine nicht unmaßgebliche Veränderung in diesem Raum.«

Joachim drehte sich um und sah mehrere großflächige Ölbilder in verschiedensten Farbschattierung zwischen Blau und Grün im Raum stehen, das intensive Licht im Atelier ließ sie nahezu leuchten.

»Das habe ich zu Musik gemalt. Welcher Komponist?«

Joachim gefiel es, was dieser Paul Baumann da veranstaltete. Er betrachtete die Bilder in Ruhe und sagte dann:

»Fauré.«

»Danke. Genau das wollte ich hören.«

»War es wirklich Fauré?«, fragte Joachim nach.

»Nein, natürlich nicht. Schumann.«

»Dann haben Sie beim Malen nicht zugehört.«

»Gut möglich«, grinste Paul und ergänzte:

»Haben Sie heute Abend was vor? Darf ich Sie zum Essen einladen?«

»Ich bin zwar gerade erst angekommen ... aber warum nicht?«

Joachim kannte die Taverne, man saß nur durch die schmale Hafenstraße getrennt direkt am Meer, die farbigen Fischerboote schaukelten gemächlich auf dem

Wasser. Im Hintergrund lief griechische Musik, der Kellner brachte die provisorisch zusammengeheftete Speisekarte, legte eine frische Papiertischdecke über den Tisch und befestigte sie mit einem kleinen Spanngummi.

»Ich lade Sie ein«, sagte Paul.

»Danke, nett von Ihnen«, antwortete Joachim.

Sie bestellten das Essen.

»Wir sollten uns duzen«, schlug Paul vor.

»Gerne, kein Problem. Übrigens, die Skulptur im deinem Garten ist wirklich außergewöhnlich schön.«

»Danke. Du hast übrigens Glück, meistens ist sie wetterfest verpackt.«

»Warum denn das?«

»Ich packe sie inzwischen nur noch aus, wenn das Original leibhaftig hier ist.«

»Und wer ist diese Schönheit?«

»Judith, meine Geliebte, die leider auch meine Schwägerin ist.«

»Und wenn sie nicht hier ist ...«

»... dann ertrage ich es nicht, sie den ganzen Tag in meinem Garten zu sehen.«

Die Getränke und ein Körbchen mit Weißbrot wurden serviert. Joachim sagte:

»Du hast dir hier keinen schlechten Ort ausgesucht, eigentlich ein Paradies.«

»Gäbe es weder Fax noch Telefon, wäre es tatsächlich eines.«

»Ich vermute, du bist eine Größe in der Kunstszene oder du hast fabelhaft geerbt?«

Paul lachte:

»Weder noch. Meine Arbeit ist routiniertes Handwerk mit Spurenelementen von Kunst.«

Paul erzählte ihm von seinen Anfängen und der Skepsis, mit der seine Auftraggeber den Umzug auf Tinos beobachteten.

»Sie machten mich deutlich darauf aufmerksam, dass ihr Termindruck mit den im Mittelmeerraum üblichen Postlaufzeiten nicht kompatibel sei. Die Zeitfenster ihrer Branche seien Tage, wenn nicht gar Stunden, wogegen Postsendungen von einer Kykladeninsel bis zu ihnen bekanntlich Wochen bräuchten. Ich erwähnte das Problem gegenüber Dimitri Xiados, dem Leiter der Kunstakademie, der mir daraufhin den Kontakt zu seinem Bruder Nikos vermittelte. Dieser arbeitete bei einer Reederei als Kapitän einer Fähre, die fast täglich auf Tinos anlegte. Einer seiner Stewards wohnte in Athen in der Nähe der Postzentrale. Wir kamen ins Geschäft, ich richtete ein Postfach dort ein und erhielt täglich einen Anruf von ihm, wann die Fähre in Tinos zu erwarten sei, damit ich ihm eilige Sendungen übergeben oder in Empfang nehmen konnte. Ich zahlte gutes Geld für diesen Service und er funktionierte mit den üblichen griechischen Schwächen, die ich aber hinnehmen musste. Mit dem Internet brach dann eine völlig andere Zeit an, ich benötigte nun einen Computerspezialisten und fand glücklicherweise Mikos, der sein Informatikstudium in Athen abgebrochen hatte, um eine Erbschaft auf der Insel anzutreten. Mikos ist fachlich unschlagbar, aber leider ledig, jung und wohlhabend. Du kennst es ja, Computerprobleme treten naturgemäß zu Unzeiten auf und Hilfe braucht man immer sofort. Mikos' finanzielle Unabhängigkeit bedeutet für mich bis heute die Hölle, da er nur kommt, wenn es ihm passt, was eigentlich nie der Fall ist. Seine

Frauengeschichten lassen ihm so gut wie keine Zeit. Das bringt mir immer wieder Terminärger mit meinen Auftraggebern ein. So ist das mit meinem Paradies einer Künstlerexistenz in der Ägäis.«

Sie nahmen ihre Weingläser und stießen an.

»Auf den härtesten Beruf der Welt«, sagte Paul.

Das Essen kam, auf einer großen Platte lagen gebratene Fische, dazu gab es Gemüse und Zaziki. Irgendwann nahm Paul einen großen Schluck aus seinem Weinglas und sagte:

»Dass du dich so bald schon in meinen Garten verirrst, war absehbar. Jeder, der hierherkommt, besichtigt irgendwann meinen Zaun. Du dagegen sahst nur die Skulptur. Übrigens, Judith hat irgendein Problem wegen Torsten und deiner Anna. Aber im Moment stehen die Aktien sowieso nicht so gut. Es hat sich nämlich während Annas Abwesenheit einiges verändert. Du weißt doch sicher von Annas Freundin Elke? Torsten hat sich ihrer intensiv angenommen.«

»Ich dachte, diese Elke sei bei dir, aber war da nicht auch noch deine Schwägerin? Ich verliere allmählich den Überblick!«

Paul sah ihn genüsslich an.

»Zuerst muss ich klarstellen: deine Tochter urteilt viel zu hart über mich. Ich habe Elke einen Tag lang in meine künstlerische Arbeit eingeweiht, bis überraschend Judith auftauchte. Für Elke habe ich daher keine Zeit mehr, doch sie findet inzwischen Trost bei Torsten.«

»Also ist Torsten nun mit Elke zusammen. Ich verstehe. Weiß Anna das schon?«

»Keine Ahnung. Das muss Torsten ausbaden. Ich hoffe, es gibt keine großen Scherben. Aber sie sind ja allesamt noch jung.«

Die zweite Karaffe Wein war fast leer, als Joachim bemerkte, wie Paul an ihm vorbeiblickte und glänzende Augen bekam.

»Jetzt wird es amüsant«, sagte Paul.

»Hier bist du, ich habe dich schon im Atelier gesucht«, hörte Joachim eine Frauenstimme.

Paul sagte gut gelaunt:

»Judith, darf ich vorstellen – der Vater von Anna, Joachim.«

Judith errötete leicht, gab Joachim die Hand und setzte sich.

»Erst einmal lassen wir ein Glas für Sie kommen«, sagte Joachim und winkte dem Kellner, der sofort verstand. Paul gluckste:

»Judith, hüte dich vor diesem Mann, der hier so unschuldig sitzt und dich obendrein noch siezt. Er war heute in meinem Garten, hat meinen Zaun vollkommen ignoriert und sich nur für deine nackten Brüste interessiert.«

»Du bist betrunken, Paul, und wirst mal wieder peinlich«, sagte Judith.

»Ich soll peinlich sein? Warum denn ich? Er stand doch stundenlang da und hat dich betrachtet!«

Joachim mischte sich ein.

»Ich konnte nicht ahnen, dass er derart eifersüchtig reagiert, nur weil ich die Skulptur wunderschön finde.«

»Ich und eifersüchtig? Da kann ich nur lachen! Eifersüchtig sollte vielmehr mein Bruder sein.«

Judith stand wütend auf.

»Das geht zu weit, Paul. Hast du ihm eigentlich schon alles erzählt?«

»Beruhige dich. Wann trifft man schon mal vernünftige Menschen wie ihn auf dieser Insel? Da kann man doch gleich reinen Wein einschenken! Apropos!«

Er füllte die Gläser nach. Joachim lenkte ein:

»Bleiben Sie doch sitzen.«

Er blickte zu Paul und fügte hinzu:

»Auch wenn ich Sie gut verstehen kann, dass man mit ihm nur schwer zurechtkommt.«

Paul grinste:

»Ich halt es nicht aus, er starrt stundenlang ihre Skulptur an und siezt sie danach noch. Man merkt, dass du ein richtiger Klassiker bist, tief verwurzelt im neunzehnten Jahrhundert.«

Judith setzte sich wieder und sagte zu Paul:

»Wenn du diese Laune hast, dann weiß ich immer, was ich an Karl habe.«

»Trostlose Langeweile«, antwortete er trocken.

»Meinst du, mit dir wäre es besser? Deine Trinkeskapaden und die Launen, in denen es nur ein Thema gibt: dich!«

»Tut mir leid«, sagte Judith zu Joachim gewandt, »das ist unser normaler Umgangston, darum habe ich ja auch seinen Bruder geheiratet. Denken Sie sich einfach nichts.«

»Könnt ihr euch vielleicht endlich mal duzen?«, meckerte Paul.

»Ich duze, wen ich will«, fuhr Judith ihn an.

»Pech gehabt«, sagte Paul zu Joachim, »sie mag dich nicht.«

Judith stand ein weiteres Mal auf.

»So, das reicht. Ich gehe jetzt, entschuldigen Sie«, sagte sie zu Joachim, »aber er ist grundlegend schlecht erzogen.«

»Ich kenne übrigens Annas Alter«, sagte Paul zu Judith. Sie warf ihm einen warnenden Blick zu, den er aber ignorierte und sich Joachim zuwandte:

»Du musst dir vorstellen, Judith kam nur wegen Anna hierher. Typisch Mutter.«

»Du bist an der Grenze zur Unzurechnungsfähigkeit«, fuhr Judith ihn an, nahm ihre Jacke und entfernte sich in die Dunkelheit.

»Wo gehst du hin? Das ist die falsche Richtung!«, rief Paul ihr hinterher.

»Ich laufe nach Pyrgos auf mein Zimmer!«

»Aber den dunklen Weg alleine in der Nacht?«, rief Paul noch lauter.

»Dann begleite mich doch, wenn du dir Sorgen machst.«

Paul sah Joachim ernüchtert an.

»Entschuldige, trink den Wein alleine aus. Ich bringe sie nach Hause.«

Er stand mühsam auf und folgte ihr, so rasch sein Zustand es zuließ. Joachim sah ihm nach und bezahlte die Rechnung. Er dachte an die Skulptur in Pauls Garten und verglich sie mit der Frau, die eben noch neben ihm saß. In ihrem Blick und ihrer Art sich zu bewegen schimmerte unverkennbar die Anmut der Skulptur durch. Sie war immer noch eine attraktive Frau. Auch Elena hatte er mit den Jahren als immer schöner empfunden und ihr oft Komplimente gemacht. Sie hatte dann meist lächelnd ihren Kopf geschüttelt und versprochen, einen Termin beim Augenarzt für ihn zu vereinbaren – das Leuchten in ihren Augen aber war ihm nie entgangen. Eine Skulptur von Elena in seinem Garten wäre ein Himmelsgeschenk.

-14-

Judith erwachte erst spät am Vormittag. Sie war derart wütend auf Paul gewesen, dass sie ihm ihr Bett verweigert hatte und er auf einem kleinen Sofa schlafen musste. Auf dem Tisch lag ein Blatt.

Geliebte Judith,
du erreichst immer wieder, was sonst niemand kann: Ich habe ein schlechtes Gewissen und mein Verhalten tut mir leid. Bitte komm heute Abend zu mir, ich koche für dich.
PS: Du kannst mich tagsüber nicht im Atelier antreffen, ich bin auf der ganzen Insel unterwegs, um die Zutaten für das Essen zu besorgen, und scheue keinen Aufwand, um dich zu verwöhnen, auch wenn die Arbeit liegen bleibt.

Sie musste lächeln. Jedes Mal brauchten sie mehrere Tage, bis sie sich wieder einander nähern konnten, dann erst begann der alte Zauber aufzuleben. Ihr seltener Kontakt hielt das gegenseitige Begehren wach, auch wenn es nicht mehr so impulsiv geschah wie früher, doch sein Drängen genoss sie noch immer. Sie las nochmals den Zettel. Seine vorzügliche Art zu kochen, dazu sein guter Wein und sie würde ihm im Laufe des Abends sein schlechtes Benehmen Stück für Stück verzeihen. Sie ging ins Bad, wo am Spiegel ein gefaltetes Stück Papier klebte. Paul hatte in kunstvoller Schrift *Top Secret* darauf geschrieben.

Ich weiß von Joachim, dass Anna letzten Monat 24 Jahre alt geworden ist.
Dein dich verehrender Informant

Judith fiel ein Stein vom Herzen. Damit war klar, dass Anna nicht Karls Tochter sein konnte.

-15-

Karl landete auf der benachbarten Touristeninsel, von wo aus man Tinos mit der Fähre erreichen konnte. Nach dem Aussteigen wurde er mit einem Bus zum Flughafengebäude gefahren. Das Gepäckbeförderungsband zog seine Schleife durch die Ankunftshalle, dicht umringt von den wartenden Passagieren. Mehrmals sah er seinen Koffer vorbeigleiten und versuchte vergeblich, sich nach vorne zu drängen. Als er endlich am Band stand, war sein Koffer verschwunden. Aufgebracht suchte er eine Aufsichtsperson und machte sich auf den Weg zu einem besetzten Schalter, als er am Ausgang beim Taxistand seinen Koffer stehen sah und ihn holen wollte. Als er dabei von drei auftauchenden Sicherheitsbediensteten unsanft zurückgehalten wurde, fiel seine Stimmung auf einen Tiefpunkt. Aufgeregt redeten sie in griechischer Sprache auf ihn ein, nahmen ihn schließlich mit zur Flughafenpolizei und sperrten ihn in einen fensterlosen Raum, vor dem ein Polizist Wache hielt. Bald kam ein höflich, aber bestimmt auftretender Polizist und notierte Karls Personalien. Nach einer Viertelstunde, die ihm wie eine halbe Ewigkeit vorkam, erschien der Polizist erneut und befragte ihn auf Englisch wegen des Koffers. Als er sein Missgeschick erklärt hatte und der Koffer nach eingehender Untersuchung für harmlos befunden wurde, ließ man ihn wieder gehen, jedoch nicht ohne ihn zu belehren, künftig besser auf sein Gepäck aufzupassen. Karl entdeckte, dass eines seiner Hemden seitlich aus dem Koffer heraushing. Er öffnete ihn – sein gesamtes Gepäck war durcheinandergeworfen und zerknittert. So konnte er die Sachen unmöglich anziehen. Er hoffte, dass es in seinem Hotel einen Bügelservice gab. Kochend vor Wut über die maroden Verhältnisse fiel ihm Torsten ein, der sich in so einem Land offensichtlich wohl fühlte. Karl ging zum Taxistand und ließ sich zum Hafen fahren, wo er knapp das Schiff für die einstündige Überfahrt erreichte. Da es keine Schließfächer gab und er seinen Koffer nicht mehr aus den Augen lassen wollte, schleppte er ihn mit in die kleine Bordbar und bestellte sich einen Kaffee. Er fragte sich, ob es richtig war, hergekommen zu sein.

Nach seiner Rückkehr von der Tagung aus Norddeutschland und dem Lesen von Judiths spärlicher Nachricht hatte er Max zu sich bestellt.
»Wo ist Judith?«, fragte er ihn.
»Ich habe mein Ehrenwort gegeben zu schweigen.«
»Dann frage ich dich, ob du weißt, wo Torsten ist.«
»Das gegebene Ehrenwort schließt diese Information mit ein, tut mir leid, Vater.«
»Nun gut, das muss ich akzeptieren. Ehrenwort ist Ehrenwort.«
Er sah, wie Max aufatmete.
»Wie geht es mit dem Studium voran?«, fragte Karl.
Max ahnte, was folgen würde und sagte tonlos:
»Ich komme ganz gut voran.«
»Schön zu hören. Bist du schon an der Doktorarbeit?«
»Ich habe erste Kontakte, es schaut nicht schlecht aus.«
»Aber es schaut auch nicht gut aus?«
»So kann man es nicht sagen.«

»Du weißt, dass meine Überweisungen an dich auf reiner Freiwilligkeit basieren. Daher verrätst du mir jetzt, wo Torsten ist oder ...«

»... das ist Erpressung.«

Karl lächelte:

»Ich golfe mit dem Leiter der Flughafenverwaltung und komme auch anders an die Information.«

Max ahnte, dass er das sich abzeichnende Drama höchstens verzögern, aber nicht mehr verhindern konnte.

»Torsten ist auf einer griechischen Insel, sie gehört zu den Kykladen und heißt Tinos. Dort wohnt er in einem Dorf namens Panormous. Es muss die letzte Ecke der Insel sein, keine Chance, ihn auf dem Handy zu erreichen, ein einziges Funkloch.«

Tags darauf, es war ein Sonntag, rief Karl seinen Chef privat an, um ihm mitzuteilen, dass er eine Woche Urlaub nehme, um dringende Familienangelegenheiten zu regeln. Dann ließ sein Golfpartner ihm ein Ticket für den nächsten Tag reservieren. Seit er seinen Zielort kannte, hatte er kaum darüber nachgedacht, was er dort eigentlich wollte.

Diese Frage stellte sich vor seinem Styroporbecher voll Kaffee, der sich durch den starken Seegang hin und her bewegte, nun umso mehr. Im Flugzeug war er neben einer jungen Griechin gesessen, die mehrere Briefe las. Als er sie von der Seite betrachtete, erinnerte ihr dunkler Teint ihn an Elena. Beim Anblick der griechischen Briefmarken ihrer Post fiel ihm plötzlich wieder ein, dass Elena ihm nach einigen Jahren einen zweiten Brief geschrieben hatte, den er damals kurz entschlossen wegwarf, ohne ihn zu öffnen. Dies bedauerte er nun, vielleicht hätte er die jetzige Situation vereinfacht. Er nahm einen Schluck von dem viel zu süßen Kaffee. Zuerst musste die Frage geklärt werden, ob es sich bei dieser jungen Frau überhaupt um das Kind von Elena und ihm handelte. Danach konnte er immer noch in Ruhe überlegen. Zudem würde Judiths praktische Intelligenz hier nützlich sein, auch wenn sofort Wut in ihm aufstieg, wenn er an sie dachte. Dass sie ohne eine Adresse zu hinterlassen hierher geflogen war, ärgerte ihn maßlos.

Als die Fähre den Hafen von Tinos ansteuerte, warf er erstmals einen Blick auf die karge Landschaft. Der Vorfall am Flughafen passte zu dieser vertrockneten Ziegeninsel. Im Gedränge des Hafens achtete er permanent auf seine Brieftasche, hielt den Koffergriff fest umklammert, bis er schließlich einen Taxistand fand. Die Mittagshitze trieb ihm den Schweiß aus den Poren. Auf dem Platz gegenüber war Markt, es herrschte dichtes Gedränge und plötzlich sah er für den Bruchteil einer Sekunde ein bekanntes Gesicht, er blickte genauer in die Richtung und da tauchte es an einem Fischstand wieder auf. Karl meinte, ein Gespenst zu sehen. In zwanzig Meter Entfernung stand sein Bruder Paul und sprach mit einem Händler. Er erinnerte sich, dass Paul vor langer Zeit auf eine griechische Insel gezogen war. Wohnte Torsten etwa bei ihm? Die aufsteigende Wut beschleunigte seinen Puls, er spürte sein Herz hämmern. Mit finsterer Miene bestieg er ein Taxi, das ihn nach Pyrgos brachte. In der Pension erwartete ihn eine ältere Frau an der Rezeption. Er fragte sie auf Englisch, ob sie Paul Baumann kenne, einen hier lebenden deutschen

Künstler. Sie lachte vielsagend und antwortete, dass den hier fast jeder kenne. Er wohne gleich im nächsten Ort. In seinem Kopf begann es zu hämmern, während die Frau einen Blick in seinen Pass warf. Sie zögerte kurz und sagte dann in freundlichem Ton, dass es schön sei, ein Familientreffen des Künstlers mitzuerleben, er sei schon der Zweite, dem sie Unterkunft gebe.

Er blickte sie fragend an.

»Mrs. Judith Baumann.«

Karl reagierte schnell:

»Oh yes, my wife, I'm here to surprise her. You can keep this secret?«

Sie lächelte ihn verunsichert an und gab ihm den Pass zurück.

»You want another room?«

Er bejahte und bat nochmals um ihre Verschwiegenheit. Sie nickte ihm zu und erklärte sich zudem bereit, seine Hemden und Poloshirts zu bügeln. Auf seinem Zimmer packte er seinen Koffer aus, gab die zerknitterte Wäsche an der Rezeption ab und ließ sich danach auf das Bett fallen. Torsten wohnte bei seinem Bruder und Judith verheimlichte diesen Kontakt vor ihm. Er fühlte sich verraten, seine Wut wich allmählich kalter Verachtung. Das würde sie büßen, so ließ er sich nicht hintergehen. Wusste sein Bruder möglicherweise bereits von seiner alten Geschichte mit dem Kind?

Allmählich überkam ihn die Müdigkeit, die Hitze tat den Rest und er fiel in einen unruhigen Schlaf.

Am frühen Abend stand er benommen auf und duschte sich ausgiebig. Da er seine Ankunft nicht lange würde verbergen können, musste er umsichtig vorgehen. Er aß reichlich zu Abend und erkundigte sich danach bei seiner Vermieterin nach der Adresse seines Bruders. Sie beschrieb den Weg und war sogar bereit, ihm den Hotelroller auszuleihen. Damit fuhr er im Schutz der Dunkelheit nach Panormous, stellte ihn am Ende der Hafenstraße ab und machte sich mit seiner Taschenlampe auf den Weg zu Paul. Zweimal verlief er sich, ehe er die Lichter des Hauses entdeckte. Er sah Judith auf der Veranda sitzen, sein Bruder kam gerade mit einer Pfanne an den Tisch. Sie aßen, lachten und schienen sich bestens zu verstehen. Bald stand Paul nochmals auf, holte eine neue Flasche Wein, öffnete sie und schenkte ein. Er umarmte Judith von hinten und sie küssten sich lange. Karl wandte sich ab. Das war mehr als nur ein Verrat.

-16-

Paul setzte sich wieder. Judith sah ihn lange an und sagte:

»Es ist immer das Gleiche. Wir brauchen drei Tage, um uns aufeinander einzustellen, und dann ...«

»... und dann?«, unterbrach sie Paul, während er den frisch eingeschenkten Wein kostete.

»... frage ich mich am vierten Tag, wie ich es mit Karl so viele Jahre aushalten konnte. Obwohl mir die ersten Tage klar ist, dass ich es mit dir genauso wenig ausgehalten hätte.«

»Das ist dein Dilemma.«

»Das kann man wohl sagen.«

»Bleibe heute Nacht einfach bei mir.«

»Ich weiß nicht ... ich traue Karl zu, dass er herausfindet, wo ich bin. Und dann ist das Chaos perfekt.«

»Ein guter Zeitpunkt, um alles offenzulegen.«

Judith sah Paul traurig an.

»Es ist nicht so einfach.«

»Du hast Mitleid mit ihm? Ist es das?«

»Ja, auch. Meine Zerrissenheit zwischen euch beiden macht mich unfähig zu einer Entscheidung. Zuerst waren es die Kinder, deretwegen ich bei ihm blieb. Und dann diese Dankbarkeit, als er zustimmte, dass wir meine kranke Mutter im Haus aufnahmen. Dies hat uns über fünf Jahre belastet und er verlor nie ein Wort darüber. Das hättest du nie gemacht.«

»Stimmt.«

»Eigentlich war der Moment für eine Entscheidung noch nie so nahe wie jetzt. Wenn Karl wirklich hierherkommt, wird er alles erfahren.«

»Höchste Zeit.«

»Ich weiß nicht.«

In diesem Augenblick meldete das Faxgerät den Eingang einer Nachricht. Paul seufzte:

»Das hört sich nach Arbeit an.«

Er ging ins Haus. Kurz darauf läutete das Telefon und Judith hörte ihn in seinem geschäftlichen Tonfall sprechen. Dann kam Paul auf die Veranda und sagte:

»Ich muss dringend etwas fertig machen, dauert etwa eine Stunde.«

Judith nickte ihm zu, sie kannte inzwischen die Anrufe zu den ungewöhnlichsten Zeiten. Er verschwand in sein Büro. Sie dachte an Karl und ihr Mitleid für ihn, welches mit seiner Geduld gegenüber ihrer Mutter zusammenhing. Sein Verhalten damals versöhnte sie für vieles. Sie hatte nicht erwartet, dass er sie so lange in seinem Haus dulden würde, selbst als sie im Sterben lag und tagelang eine Frau vom Hospiz mit im Haus wohnte. Karls Eltern waren bereits Jahre zuvor gestorben, zuerst sein Vater Ludwig an einem Herzinfarkt. Bis zum Schluss war er der korrekte Mensch mit dem strengen Blick geblieben, dessen Güte dahinter sich kaum erahnen ließ. Er wirkte kerngesund und vital – sein plötzlicher Tod kam unerwartet, vor allem für seine Frau Mara, die ihn schließlich nur um ein Jahr überlebte.

Kurz nach Ludwigs Beerdigung sagte Mara zu ihr, dass sie Paul auf Tinos besuchen wolle. Sie wäre sogar bereit gewesen, sie zu begleiten, wenn Mara gefragt hätte, doch bald verschlechterte sich deren Gesundheitszustand. Mara hatte ihr gegenüber zeitlebens Abstand gehalten, doch nach Ludwigs Tod begann sie sich zu öffnen. Sie erzählte ihr von der Bürde, ein untrügliches Gespür für Verborgenes in sich zu tragen. Schließlich ging es ihr immer schlechter und der Arzt warnte sie eindringlich vor einer beschwerlichen Reise. Judiths Vorschlag, Paul nach Deutschland kommen zu lassen, lehnte Mara mit den Worten ab, dass nur eine Begegnung auf Tinos sinnvoll sei, denn ausschließlich dort könne sich ihr Lebenskreis wieder schließen. Sie litt sichtlich darunter, diese Reise nicht mehr antreten zu können. Judith rief Paul an und berichtete ihm vom Gesundheitszustand und der merkwürdigen Äußerung seiner Mutter, doch er lehnte einen Besuch seiner Mutter kategorisch ab, obwohl ihre letzte Begegnung über fünfzehn Jahre her war. Damals war er wie üblich einige Tage nach ihrem Geburtstag aufgetaucht und erzählte ihr in einem Nebensatz von seinem Umzugsplan auf die Insel Tinos. Sie wurde blass und verließ überstürzt das Zimmer. Kurze Zeit später kehrte sie zurück, entschuldigte sich für ihre Unpässlichkeit und redete wie gewohnt weiter. Eine Begegnung mit seinem Vater, dem er seit Jahren aus dem Weg ging, vermied er, da dies grundsätzlich in einem Streit endete. Pauls mit äußerster Vehemenz dargelegte politisch-moralische Ansichten vergifteten die Stimmung binnen Minuten, weshalb Ludwig sich seit langem weigerte, mit Paul zu debattieren.

Judith nahm einen Schluck aus ihrem Weinglas und blickte zu dem blau erleuchteten Fenster, hinter dem Paul am Computer vermutlich irgendeinen Auftrag bearbeitete, um ihn dann per E-Mail zu versenden.

Diese Art von Beschäftigung passte exakt zu ihm. Zurückgezogen von der Welt erledigte er die Arbeit für seine Auftraggeber, so konnte er persönliche Kontakte auf ein Mindestmaß reduzieren, denn von ihr abgesehen brauchte er niemanden. Darin war er derart konsequent, dass er nach dem Tod von Mara dem Nachlassverwalter schriftlich mitteilte, nichts von dem elterlichen Erbe annehmen zu wollen und wenn sein Bruder Karl aber auch nur einen Funken Anstand besitze, solle er das Geld einer wohltätigen Stiftung vermachen. Karl, der mit dem eigenen Erbanteil sein Haus abbezahlte, wobei eine nicht unbedeutende Summe übrig blieb, folgte Pauls Aufforderung schweren Herzens, doch er wagte es nicht, das Erbe für seine Söhne zu behalten. Paul kam später nie mehr auf die Verwendung des Erbes zu sprechen. Nun erschien er lautlos auf der Veranda und erschreckte sie fast.

»Da bin ich wieder. Eine Änderung an der Titelseite eines Messeprospekts, war schnell erledigt.«

Seine Stimme brachte sie in die Gegenwart zurück.

-17-

Torsten schlief schlecht. Weder der Gedanke an Anna noch an Elke waren seinem Wohlempfinden förderlich. Er fragte sich zudem, ob sie heute Nacht beide im selben Appartement schliefen. Eigentlich unvorstellbar, aber vielleicht machten sie ihn zum Objekt ihrer Belustigung und versöhnten sich darüber, was ihn ebenfalls nicht erheiterte. Da er mit seinem Grübeln nicht weiterkam, beschloss er, Onkel Paul aufzusuchen, um seine Meinung zu hören. Er verstand ihn vielleicht.

Am Morgen war das Atelier jedoch verschlossen, ungewöhnlich für einen notorischen Frühaufsteher wie Paul. Er sah in die Garage, sein Roller sowie das Auto standen da. Wahrscheinlich schlief Judith bei ihm, warum also sollte er aufstehen. Als er in seine Wohnung zurückging, wurde er fast vom Schlag getroffen. Sein Vater stand vor ihm. Er sah nicht gut aus.

»Vater, was machst du hier?«

»Es steht wohl eher mir an, das zu fragen«, sagte Karl kalt.

»Woher weißt du ...?«

»Das tut nichts zur Sache. Ich weiß, was hier läuft, und werde meine Konsequenzen ziehen, vor allem Judith gegenüber. Bevor ich wieder abreise, möchte ich wissen, was es mit dieser jungen Frau auf sich hat.«

»Welche junge Frau?«

»Deretwegen Judith hier ist.«

Torsten blickte ihn fragend an.

»Was interessiert ihr euch alle für Anna? Was soll das? Schon Mutter sagt kein Wort darüber. Sie will immer nur wissen, wie alt sie ist.«

»Und?«

»Keine Ahnung. Das musst du Mutter fragen, die hat es sicher schon herausgefunden.«

»Wir gehen jetzt gemeinsam zu dieser Anna und fragen sie selber. Wenn du nicht mitmachst, dann brauchst du nie mehr unter meine Augen zu treten, ist das klar?«

Die kalte Entschlossenheit in der Stimme seines Vaters ließ ihn zusammenzucken.

»Gehen wir«, sagte Karl.

Sie liefen schweigend zu Annas Appartement. Torsten legte sich etliche Sätze zurecht, wie er das Anliegen seines Vaters an Anna weitergeben sollte. Doch ihm fiel nichts ein. Torsten klopfte an der Tür, doch zum Glück reagierte niemand. Unter dem entschlossenen Blick seines Vaters klopfte er mehrmals lauter. Irgendwann öffnete sich die Tür und Elke streckte verschlafen ihren Kopf heraus.

»Was willst du?«

»Ist Anna da?«

Elke wurde schlagartig wach, sah ihn giftig an und schlug die Türe wieder zu. Torsten klopfte nochmals.

»Verschwinde endlich! Anna ist zu ihrem Vater gezogen«, rief Elke wütend durch die geschlossene Tür. Er wusste, wo Annas Vater wohnte. Auf dem Weg dorthin erklärte Torsten seinem Vater, dass Elke schlecht auf ihn zu sprechen sei, er sich zudem mit Anna zerstritten habe und es ihm daher äußerst unangenehm sei, sie aufzusuchen. Sein Vater schwieg. Als sie zu der Treppe gelangten, die zu dem Appartement führte, sagte Karl:

»Du gehst alleine. Ich warte hier.«

Torsten sah immer noch keine Möglichkeit, sich dem zu entziehen. Er ging wie benommen die vielen Stufen hoch. Als er oben ankam, sah er einen Mann auf der Terrasse sitzen. Er war froh, Anna nicht selber anzutreffen. Torsten fragte, ob er Annas Vater sei.

»Das bin ich.«

Joachim blickte Torsten offen an.

»Und Sie müssen Torsten sein, richtig?«

»Ja.«

»Anna hat mir von Ihnen erzählt. Der Schluss war wenig ruhmreich!«, lächelte Joachim.

»Ja, leider. Darf ich Sie was fragen?«

»Nur zu.«

»Wie alt ist Anna?«

Joachim schaute ihn kritisch an.

»Das hat mich doch Paul schon gefragt? Warum interessiert sich hier jeder für Annas Geburtstag?«

Torsten war es peinlich.

»Tut mir leid, mich ärgert dieser Zirkus selber. Inzwischen ist auch noch mein Vater hier und er will es ebenfalls wissen.«

»Dann sagen Sie Ihrem Vater, er soll mich selber fragen.«

Damit beendete er das Gespräch. Torsten ging die Treppe hinunter, um seinen Vater hochzuschicken, doch von ihm fehlte jede Spur. Seine Suche blieb ohne Erfolg. Daraufhin ging Torsten wieder in seine Wohnung, er fühlte sich elend.

-18-

Als Judith im Atelier erwachte, schlief Paul noch neben ihr. Der Abend war wunderschön gewesen, sie hatten sich innig geliebt und der Zauber war zurückgekehrt. Sie verlangte von ihm, vollständig auf seine Frauengeschichten zu verzichten, wenn sie bei ihm bliebe, denn beim ersten Fehltritt sei sie sofort wieder weg. Er antwortete, dass er auf jungen Wein verzichten könne, wenn der beste Grand Cru bei ihm lebe. Außerdem werde er auch nicht jünger. Dann stellte sie eine weitere Forderung: sein Zaun, der ihr schon immer missfiel, müsse weg. Paul sah sie zuerst bestürzt an, doch dann lächelte er und meinte, er wisse bereits einen Käufer.

Später am Vormittag fuhren sie mit dem Roller hinunter ins Dorf. Als sie in die Hafenstraße einbogen, meinte sie für einen kurzen Augenblick ihren Mann Karl zu sehen, der zwischen zwei Häusern verschwand. Sie fragte Paul, dem aber nichts aufgefallen war. Judith blickte sich immer wieder um. Als sie zurück im Atelier waren, fragte Paul:

»Also, du bleibst hier?«

»Kann sein.«

»Du bist jetzt zweiundfünfzig und ich bin vier Jahre älter. Wir könnten noch ein gutes Stück Leben miteinander verbringen. Deine Familienplanung ist abgeschlossen, deine Kinder sind versorgt und niemand braucht Pflege. Alle Streitpunkte sind damit vom Tisch. Das war mein letztes Wort. Jetzt warte ich auf deine Antwort.«

Judith lachte.

»Dass du warten kannst, weiß ich bereits.«

Sie ging auf die Terrasse, wo sie sah, wie Torsten sich aufgeregt dem Haus näherte.

»Vater ist hier!«, rief er ihr zu.

Judith wurde bleich. Paul kam aus dem Haus und Torsten erzählte beiden von seiner Begegnung.

»Dann war er es doch. Und du meinst, dass er bereits etwas ahnt?«, fragte Judith.

»Ja, er sagte, er wisse Bescheid. Außerdem sah er ziemlich mitgenommen aus.«

Judith ließ sich auf einen Terrassenstuhl fallen und schlug die Hände vor das Gesicht.

»Dann wird es die nächsten Tage viel Ärger geben.«

»Das glaube ich nicht. Er wollte so schnell wie möglich wieder abreisen, sobald er diesen bescheuerten Geburtstag von Anna kennt. Vater wird dich fragen und dann nach Hause fliegen.«

Judith stand auf.

»Wo wohnt er? Ich gehe zu ihm.«

»Keine Ahnung.«

Paul sagte:

»Es gibt in Pyrgos doch nur die eine Pension, wo du wohnst, ich rufe dort an.«

Judith nickte nervös. Torsten sah seine Mutter nachdenklich an. Was sie hinter Vaters Rücken getan hatte, war nicht zu rechtfertigen, so sehr auch er selber mit ihm stritt und sie unterschiedlichste Meinungen vertraten. Paul kam aus dem Haus und sagte:

»Er wohnt tatsächlich dort.«

»Kann es sein, dass er uns gestern Abend hier gesehen hat?«, fragte Judith.

»Davon müssen wir ausgehen.«

Torsten sagte:

»Auf mich ist er genauso wütend, schließlich habe ich euer Verhältnis gedeckt. Er muss sich wirklich hintergangen vorkommen, und das völlig zu Recht.«

Torsten erwartete eine Reaktion seiner Mutter, doch sie wandte sich an Paul:

»Leih mir deinen Roller. Ich fahre sofort zu ihm und kläre alles, sonst sitze ich hier wie auf Kohlen.«

»Pass auf dich auf«, rief er ihr hinterher.

-19-

Joachim saß mit seiner Tasse Kaffee seit dem frühen Morgen auf der Terrasse. Anna war nach ihrem Besuch bei Torsten gestern Abend zu ihm gezogen, da Elke sich strikt weigerte, aus dem Appartement auszuziehen.

Beim Aufstehen sah er Anna in dem anderen Bett liegen. Als sie noch klein war, hatte er jeden Abend vor dem Schlafengehen ins Kinderzimmer geschaut. Bei dem Anblick versank er in alten Erinnerungen.

Kurz nach der Hochzeit kündigte er seine Orchesterstelle, woraufhin sie sich stark einschränken mussten. Durch Elenas freiberufliche Anstellung im griechischen Konsulat und die unregelmäßigen Arbeitszeiten verbrachte sie oft mehrere Tage in Frankfurt und konnte daher keine Rücksicht auf Joachims Proben und Konzerte nehmen. Oft hütete er Anna tagsüber trotz der abendlichen Auftritte. Da sie als Kleinkind oft krank war, musste er sie pflegen, zum Kinderarzt bringen, Medikamente holen und die Babysitterin organisieren. Erstmals erschien ihm das Musizieren fast als Erholung. Die Kollegen begannen seine Nervosität und die gelegentlich mangelnde Vorbereitung zu kritisieren. Besonders viel Kraft kostete ihn das nächtliche Aufstehen, wenn Elena nicht da war und Anna schlecht geträumt hatte. Dann stand sie mit ihrer Schlafpuppe in der Hand am Bett und wollte zu ihm. Ihr unruhiger Schlaf hielt ihn dann die halbe Nacht wach. Wie gerädert stand er aber trotzdem zu seiner frühmorgendlichen Zeit auf und begann sein Übungspensum, auch wenn Anna irgendwann ins Zimmer kam und ihm munter irgendeine Geschichte erzählen wollte. Er brachte sie so weit, dass sie sich in einer Spielecke beschäftigte, bis er mit dem Üben fertig war. Danach frühstückten sie. Abends, wenn er zeitig das Haus verlassen musste und die Babysitterin kam, protestierte Anna meist lautstark. Dies trieb ihn zur Verzweiflung und brach ihm gleichzeitig das Herz. Auch wenn er Anna gut behütet wusste, wünschte er sich in diesen Augenblicken nichts sehnlicher als geregelte Arbeitszeiten. Einmal – Elena musste beruflich einige Tage weg – verabschiedete sich Anna zufrieden und ohne Tränen von ihm. Joachim hoffte, dass sie gereift war und diese Abende von nun an besser verkraftete.

Bereits bei der Anspielprobe im Konzertsaal hörte Joachim einen veränderten Klang an seinem Cello. Er fand jedoch kaum Zeit, dem nachzugehen, da er unbedingt vor Konzertbeginn noch mit Anna telefonieren wollte.

»Papa, heute ist es nicht so schlimm, weil Uschi bei dir ist.«

Uschi war Annas kleine Lieblingspuppe.

»Warum?«, fragte Joachim nach, »wo ist Uschi denn?«

»In deinem Cello. Sei nicht böse, bitte, bitte.«

Joachim blieb ruhig, beendete das Telefonat und untersuchte sein Cello. Anna hatte die kleine Puppe durch die F-Löcher in das Innere des Cellos gedrückt. Er balancierte die Puppe in eine Lage, wo er sie sehen konnte. Das Problem waren die kleinen Hände aus Hartplastik. Wenn diese während des Spielens an das schwingende Holz gerieten, würden sie ein hässliches Geräusch verursachen. Er wurde unruhig und versuchte mit Hilfe seiner Kollegen, Uschi aus dem Cello zu befreien, doch es gelang ihm nicht. Seine Nervosität steckte die anderen an und sie spielten das schlechteste Konzert seit langem. Tags darauf brachte Joachim das Cello zum Geigenbauer, der die Puppe mit seinem Werkzeug befreite und sie Anna mit strengem Blick übergab. Seither legte sie Uschi immer in den Cellokoffer und die Abschiede gestalteten sich unproblematischer. Wenn Elena zu Hause war, kam ihm das wie ein Urlaubstag vor. Als Anna in den Kindergarten und schließlich in die Schule kam, konnte Joachim erstmals wieder im gewohnten Umfang üben und sie legten die Quartettproben auf den Vormittag. Ihre häufiger werdenden Engagements wurden besser bezahlt, so dass Elena ihre freiberufliche Tätigkeit reduzieren und endlich selber möglichst viel bei ihrer Tochter sein konnte. An seinen freien Abenden nahmen er und Elena sich zwar Zeit füreinander, doch meist saßen sie nur todmüde auf dem Sofa, um bei einem Glas Wein die Termine des nächsten Tages zu klären. Joachim musste über Jahre hinweg mit wenig Schlaf auskommen, die Musik wurde dadurch zur harten handwerklichen Arbeit. Im Nachhinein gestand er allerdings ein, dass diese Mühen seinem Cellospiel nie geschadet hatten. Die Kunst, ein Kind zu erziehen, bereicherte auch seine Fähigkeit, Musik zu machen.

Während er in Erinnerungen versunken dasaß, kam Anna auf die Terrasse. Sie stellte sich zu ihm und trank einen Schluck aus seiner Kaffeetasse. Joachim lächelte, setzte nochmals Kaffee auf und frühstückte dann mit ihr.

»Torsten war vorhin da.«

Anna sah ihn überrascht an.

»Was wollte er?«

»Dein Geburtstag scheint in dieser Familie auf großes Interesse zu stoßen. Weißt du warum?«

»Nein. Hast du Torsten nicht danach gefragt?«

»Er sagte, dass er auch keine Ahnung habe. Sein Vater sei hier und habe ihn geschickt. Ich wollte selber mit ihm sprechen, aber er kam bislang nicht.«

»Sein Vater ist auch hier? Was soll diese Heimlichtuerei? Ich gehe heute Abend zu Torsten und kläre das.«

»Tu, was du für richtig hältst.«

-20-

Karl sah Paul mit Judith auf dem Roller kommen und verschwand schnell in einer Seitengasse. Der Anblick seines Bruders zusammen mit Judith hatte schon am Vorabend Mordgelüste in ihm geweckt. Da ein Mord jedoch kein gangbarer Weg war, wollte er lieber aus dem Hintergrund agieren und nun selber derjenige sein, der handelte. Er fuhr zurück nach Pyrgos, packte seinen Koffer, zahlte bei der verwunderten Frau und bat sie, ihm ein Taxi zu bestellen, da er dringend wieder abreisen müsse. Damit fuhr er zum Hafenort, nahm sich ein Hotelzimmer und versuchte mehrmals, Max in Deutschland anzurufen, dessen Hilfe er in Anspruch nehmen wollte, da auf Torsten offensichtlich kein Verlass war. Er erreichte ihn am frühen Abend und forderte ihn auf, sofort zu kommen. Als Max die Finanzierung der Reise ansprach, brüllte Karl ins Telefon, er solle nun endlich seinen Hintern hochkriegen und alleine etwas organisieren. Dann legte er sich aufs Bett und dachte nach. Dass Judith ein Verhältnis mit einem anderen Mann unterhielt, schloss er schon lange nicht mehr aus, letztlich war es ihm egal, wichtig war ihm ihre Diskretion. Solange sie nach außen hin als Ehepaar galten, konnte er ihr diese Freiheit, die er sich selber auch nahm, zugestehen. Er war Judith nach dem Eklat wegen Elenas Brief viele Jahre treu geblieben, während sie sich längere Zeit distanziert zu ihm verhielt. Erst Torstens Geburt lenkte sie wieder ab und kurz darauf erfolgte seine lang ersehnte Versetzung in das Ministerium sowie der Umzug in das Haus. Die Geburt von Max bedeutete für ihn schließlich die endgültige Wiederversöhnung. Judith wurde ihm gegenüber wieder offener und ihr Eheleben pendelte sich ein, wenngleich es inzwischen an einem sehr unpersönlichen Punkt angelangt war. Er nahm es hin, das Leben mit ihr gestaltete sich erträglich und er vertrat die Meinung, dass Judith dies genauso sah, sie konnte wie er äußerst pragmatisch sein. Bis vor einigen Tagen schien seine Schuld Judith gegenüber ausgeglichen zu sein, er hatte viel dafür getan, um die Geschichte mit Elena wiedergutzumachen. Doch nun musste er sich eingestehen, dass Judith ihm entglitten war. Das Verhältnis mit Paul stellte einen unumkehrbaren Bruch dar. Der Gedanke, dass sie ihn verlassen würde, schreckte ihn nicht. Er lebte haushaltstechnisch bequem mit ihr, doch er würde problemlos eine geeignete Zugehfrau finden oder sogar Petra, eine junge Studentin, mit der er sich gut verstand, zu sich nehmen. Wegen dieser Anna brauchte er sich zudem keine Gedanken mehr zu machen. Wenn Torsten tatsächlich mit ihr im Streit lag, konnte er die Sache als erledigt betrachten und er sah keinen Anlass dafür, diese junge Frau zu sehen, selbst wenn sie seine Tochter sein sollte. Diese Information wollte er zwar noch haben, doch das sollte Max für ihn herausfinden. Außerdem würde ab sofort *er* der Handelnde sein und Judith über seine Pläne im Ungewissen lassen. Dann würde *sie* den Ereignissen hinterhereilen müssen. Er ging auf den kleinen Balkon seines Hotelzimmers und sah das warme Abendlicht über dem Hafen. Am besten wäre es, er könnte Paul geschäftlich und damit finanziell ruinieren und er, Karl, könnte Judiths Bitte um Rückkehr genüsslich ablehnen.

-21-

Zur gleichen Zeit saßen Judith, Paul und Torsten auf der Veranda. Judith hatte, nachdem sie mit Karl reden wollte, von ihrer Vermieterin erfahren, dass dieser bereits wieder abgereist sei. Nun wurde Judith von beiden bedrängt, endlich mit ihrer Geheimniskrämerei aufzuhören. Sie dachte nach. Nachdem Karl nun das meiste wusste, würde der Rest auch bald ans Tageslicht kommen. Sie brauchte Karl nach dessen Abreise nicht mehr vor Pauls Spott zu schützen, zumal Anna ja nicht sein Kind sein konnte. So erzählte sie beiden die alte Geschichte von Karl, Elena und dem Kind sowie dem unglaublichen Zufall, dass Torsten hier auf die Tochter Elenas traf. Paul fing, wie erwartet, sofort mit seinen Bemerkungen an. Torsten, ständig damit beschäftigt, sein Elternbild um weitere Aspekte zu revidieren, meinte schließlich, dass es dieses Kind doch irgendwo geben müsse. Judith äußerte ihre großen Bedenken, Anna und ihrem Vater die Wahrheit zu sagen.

»Du musst dir im Klaren darüber sein, dass Elena vielleicht ein Geheimnis in ihre Ehe mitgenommen hat.«

Paul sagte, dass dieser Joachim ein bewundernswert heller Kopf sei, der werde keine Ruhe geben in dieser Sache. Es sei doch absurd, seiner verstorbenen Frau ein heimliches Kind anzuhängen.

»Da würde ich alle Hebel in Bewegung setzen, um diesen Blödsinn zu klären.«

»Ich wünschte, es wäre ein Blödsinn, dann wäre meine Ehe wohl anders verlaufen«, antwortete Judith. Paul schüttelte verständnislos den Kopf:

»Das glaubst auch nur du.«

»Da kommt Anna«, sagte Torsten plötzlich.
Judith wurde schlagartig blass.
»Ich glaube, ich bin nicht zu sprechen.«
Sie blieb aber sitzen.
Anna kam näher, stellte sich vor Torsten und sagte:
»Guten Abend. Ich höre, dass man sich ständig über mein Alter erkundigt. Ich gehe erst wieder, wenn ich den Grund erfahren habe.«
Torsten sah Anna an und fragte:
»Willst du es wirklich wissen?«
Er sah kurz zu seiner Mutter.
»Gut, dann erzähle ich es dir. Aber um Missverständnisse auszuräumen – ich habe es auch gerade eben erst erfahren.«
Judith fügte leise hinzu:
»Glauben Sie mir, Anna, dies ist mir alles sehr unangenehm. Doch wenn Sie die Hintergründe kennen, werden Sie mich besser verstehen. Und noch etwas: Torsten weiß wirklich erst seit zehn Minuten Bescheid.«
Anna nickte ihr zu, während Torsten aufstand und mit ihr in die Gästewohnung ging. Er bot ihr etwas zu trinken an, was sie jedoch ablehnte. Ihr ganzes Verhalten war kühl und distanziert. Er erzählte ihr die Geschichte, danach stand Anna wortlos auf und ging hinaus. Als sie an Judith vorbeikam, sagte Anna zu ihr:
»Sind Sie sicher, dass es wirklich meine Mutter war, mit der Ihr Mann damals ...?«
»Ja«, antwortete Judith und erzählte von Elena, was sie wusste. Anna nickte.
»Ja, das war sie, eindeutig.«
Anna sah Judith durchdringend an und sagte:

»Von diesem angeblichen Kind weiß ich nichts. Ich werde meinen Vater fragen.«

Judith antwortete:

»Es tut mir so leid. Aber Sie sollten bedenken, dass der eigentliche Auslöser all dieser Unannehmlichkeiten der Umstand ist, dass mein Mann und Ihre Mutter damals Kontakt hatten. Ich musste annehmen, dass Sie vielleicht die Halbschwester von Torsten sind. Wie hätte ich es anders herausfinden sollen, als nach Ihrem genauen Alter zu fragen? Und so kam der Stein ins Rollen. Es ist ein Eingriff in das Gedenken an Ihre Mutter, das Gleiche gilt für Ihren Vater. Erklären Sie ihm bitte, dass ich nicht anders konnte, nachdem die Möglichkeit bestand, dass Torsten sich mit seiner Halbschwester anfreundet und ...«

»... ich habe schon verstanden«, unterbrach sie Anna und verschwand in der Dunkelheit.

-22-

Karl sah das Schiff von seinem Hotelfenster aus anlegen. Max hatte ihn angerufen und mitgeteilt, dass er die Fähre um zwölf Uhr nehmen würde, so dass er am Spätnachmittag auf Tinos ankomme. Als Karl sich am vereinbarten Treffpunkt einfand, wartete Max schon auf ihn.

»Pünktlich wie ein Beamter«, sagte Max grinsend.

Karl erläuterte ihm, was er zu tun habe und betonte, dass die kleinste Indiskretion Judith gegenüber ihn teuer zu stehen käme. Er gab ihm etwas Bargeld, setzte ihn in ein Taxi nach Panormous, wo er sich ein Zimmer nehmen solle. Spätestens am Abend erwarte er dann einen Anruf mit den maßgeblichen Informationen.

»Wo wohnst du?«, fragte Max seinen Vater.

»Das brauchst du nicht zu wissen. Die Telefonnummer reicht aus.«

Als Max in Panormous eintraf, fragte er in einer Taverne nach einem Privatzimmer und mietete sich dort ein. Der Grieche blickte in seinen Pass und lächelte:

»Baumann!«

Max fragte ihn nach dem Weg zu Pauls Haus, was er ihm mit wenigen Worten auf Englisch erklärte. Als Max dort ankam, war es fast dunkel, doch Pauls Haus war hell erleuchtet. Es beeindruckte ihn und er stellte sich vor, wie es wäre hier zu leben – ein Traum. Er sah seine Mutter mit Paul auf der Terrasse sitzen. Aus der hinteren Wohnung kam Licht, er ging vorsichtig weiter und sah wie vermutet, dass sein Bruder in der Küche hantierte. Leise öffnete er die Tür. Torsten war verblüfft, seinen jüngeren Bruder zu sehen.

»Was willst du hier?«

Max ließ sich auf einen Stuhl fallen und sagte:

»Wir leben in einer völlig durchgedrehten Familie. Ich fasse es kaum.«

Torsten setzte sich zu ihm an den Tisch.

»Da gebe ich dir vollkommen Recht.«

»Ich brauche zuerst dein Ehrenwort auf Verschwiegenheit. Kein Wort zu Mutter, dass ich hier bin, klar? Vater hat mich herkommen lassen.«

»Vater ist doch bereits wieder heimgeflogen?«

»Nein, er ist hier und wohnt irgendwo am Hafen. Ich soll den Geburtstag einer gewissen Anna erfragen.«

»Du kannst ihm Entwarnung geben. Es ist nicht seine Tochter.«

Max blickte ihn verständnislos an.

»Max, ich habe die letzten Tage viel Neues über unsere Eltern erfahren. Willst du es hören?«

Max nickte nur und Torsten klärte ihn auf. Danach berichtete er noch von Anna und Elke und seinen eigenen Problemen. Irgendwann fiel Max ein, dass er Karl anrufen musste und telefonierte kurz mit seinem Vater. Danach bat er Torsten, ihm den Weg zurück zu zeigen. Als sie im hell erleuchteten Dorf ankamen, kannte er sich wieder aus. Er verabschiedete sich von Torsten und bat ihn, Judith gegenüber zu schweigen.

»Keine Sorge, ich halte dicht«, sagte Torsten.

-23-

Als Anna ihrem Vater die ganze Geschichte erzählte, hörte dieser ungläubig zu.

»Selbst wenn es Elena war, kann es dieses Kind nicht geben. Eine Fehlgeburt oder Ähnliches hätte sie mir erzählt.«

»Hat Mutter nie etwas von ihrer Zeit vor der Ehe erzählt?«

»Doch öfters.«

Er hielt kurz inne.

»Mir fällt eine Bemerkung von ihr ein. Einmal – wir machten Urlaub – sagte sie, dass es eine Sache gebe, die sie nicht erzählen wolle, weil sie sich schäme, eine Dummheit, die sie in ihrer Unreife einmal gemacht habe. Sie habe das aber aufgeklärt, wenn auch erst Jahre später.«

»Sie hat Torstens Vater einen Brief geschrieben, dass sie ein Kind von ihm erwarte.«

»Das war wohl diese Dummheit.«

»Mutter hätte so etwas doch nie gemacht.«

»Sie wird ihre Gründe gehabt haben.«

»Machst du dir denn wirklich keine Gedanken darüber, dass dir Mutter etwas verheimlicht hat?«

»Nein. Elena war immer offen. Besonders damals ... während unseres Urlaubs auf diesem Weingut.«

»Erzählst du mir davon?«, fragte Anna ihren Vater.

»Zu unserem fünfzehnten Hochzeitstag verbrachten wir eine Woche in einem florentinischen Weingut, der Empfehlung eines Musikerkollegen. Elena liebte das Anwesen sofort. Die Villa Busini lag nordöstlich von Florenz, ein großes restauriertes Anwesen aus der

Frührenaissance. Das Familienwappen zierte auch die Etiketten des vorzüglichen Weins, den sie anbauten. Überall in der Villa hingen Kunstwerke aus allen Epochen, die Familie hatte über die Jahrhunderte eine offensichtliche Sammlerleidenschaft entwickelt. Elena war die ersten Stunden ausschließlich damit beschäftigt, alles genau zu erkunden, während ich bereits mit Lucio, dem Sohn der Besitzerin, den Wein der letzten Jahrgänge probieren durfte. Es gab etliche Zimmer mit antiken Möbeln sowie über das Gut verstreute kleine Häuser, die für Gäste umgebaut worden waren. Wir wohnten im größten Zimmer – des Namens wegen: Es hieß *Camera Anna* nach der Tochter der Besitzerin. Das hat dir damals gefallen, als wir dich anriefen.«

»Ja, ich erinnere mich«, sagte Anna.

»Du durftest während unserer Abwesenheit bei einer Schulfreundin wohnen, was dich begeisterte. Die Besitzerin des Weinguts, deren Mann im Jahr zuvor gestorben war, hieß Maria-Rosaria und kochte jeden Abend köstliche Gerichte für ihre Gäste, wozu es hauseigenen Rotwein gab. Angerichtet wurde im Garten. Die Villa, die alten Bäume sowie die verwitterten Skulpturen wurden dezent angeleuchtet, was eine unnachahmliche Atmosphäre erzeugte. An der mit weißen Tischdecken und Kerzen gedeckten Tafel genossen wir in der angenehmen Septembermilde das vorzügliche Essen. Vormittags unternahmen wir kleine Ausflüge hinunter in das Tal oder ins nahe gelegene Florenz. In der Mittagshitze zogen wir uns aufs Zimmer zurück, redeten ein wenig, lasen und schliefen oft bis in den Spätnachmittag hinein. Nach dem Abendessen begannen wir dann unser Ritual. Wir wollten uns Zeit füreinander nehmen und all das erzählen, was wir uns bislang verschwiegen oder einfach nie erwähnt hatten. Für mich war es eine Art Zwischenprüfung unserer Ehe, Elena sah darin eher die Chance, die vielen im Alltag verlorenen und niemals ausgesprochenen Gedanken, Wünsche und Komplimente vor dem Vergessen zu bewahren, so sie nicht schon im Dickicht des Alltäglichen verschwunden seien, wie sie es ausdrückte. Wir ahnten beide, dass wir uns nichts wirklich Bedeutendes verschwiegen hatten, dieses Versprechen war die Grundlage unseres gegenseitigen Vertrauens. In der Zurückgezogenheit des Zimmers legten wir uns bei Kerzenschein aufs Bett, jeder hing seinen Gedanken und Erinnerungen nach, bis sich immer mehr zwischen uns offenbarte. Wir riefen uns kleine Szenen ins Gedächtnis zurück, an etliche erinnerten wir uns beide noch, Augenblicke, die jeder am anderen oder an sich selbst kannte, für die wir den anderen so sehr mochten und liebten, aber auch Vorfälle, die Mühe und Geduld kosteten. Es war ein bereinigendes, manchmal auch beunruhigendes Ritual, wenn wir unsere in Anspruch genommenen Freiheiten aussprachen, von denen der andere bislang nichts ahnte. Darunter fiel auch ihre Bemerkung über diese Dummheit, wie sie es nannte. Dazu brannte immer die Kerze auf dem Tisch. Die Vertrautheit dieses Rituals brachte uns nahe, unsere in die Jahre gekommene Anziehungskraft erhielt neuen Auftrieb, wir sahen uns wieder mit anderen Augen, vertrauter und inniger. Bevor wir das Kerzenlicht löschten ...«

Joachim blickte Anna an, sie nickte leicht mit dem Kopf und lächelte.

»... liebten wir uns jedes Mal aus einem gemeinsamen Impuls der Nähe heraus. Elena meinte, ihr sei, als ob sie mich fünfzehn Jahre lang nur zum Teil wahrgenommen hätte, mit all dem, was sie erfahren habe. Mir erging es ähnlich. Dann kam sie auf eine Idee, die mich im Nachhinein noch oft beschäftigt hat und von der ich dir noch nie erzählt habe. Elena schlug vor, so zu tun, als würden wir uns nach diesen Tagen nie wieder sehen und fragte mich, was ich ihr in dieser Situation zu sagen hätte. Unser Ritual mit der brennenden Kerze erhielt nun eine eigenartige Dynamik, wir flüsterten uns innige Sätze ins Ohr und liebten uns danach mit einer fast schmerzlichen Leidenschaft, lag doch der Hauch eines endgültigen Abschieds über uns.«

Er hielt kurz inne.

»Nach ihrem Tod habe ich zu keinem Zeitpunkt daran gezweifelt, dass Elena damals eine Art Vorahnung hatte.«

Er bemerkte eine Träne auf Annas Wange.

»Meinst du wirklich?«, fragte sie ihn.

»Vielleicht war es ein Fehler, dir das zu erzählen.«

»Nein, mach dir keine Gedanken wegen mir.«

Sie schwiegen. Schließlich fragte Anna:

»Was genau hat Mutter dir wegen diesem Streich erzählt?«

»Sie sagte, dass sie ihn Jahre später schriftlich aufgeklärt habe.«

»Dann müsste sie einen zweiten Brief an diesen Karl geschrieben haben.«

Sie überlegte kurz.

»Ich will das klären, und zwar mit allen Beteiligten.«

»Mach das, Anna, wenn es dir guttut.«

-24-

Joachim mietete sich am nächsten Morgen einen Roller, um die Orte gemeinsamer Erinnerungen aufzusuchen. Zuerst fuhr er zu der Stelle, an der ihm bei ihrer ersten gemeinsamen Rollerfahrt der Koffer aus der Hand geglitten war. Sie hatten später immer lächeln müssen, wenn sie an der Stelle vorbeikamen, daher fand er sie ohne Mühe. Es hatte sich so gut wie nichts verändert, womöglich existierte sogar noch das Schlagloch, dem Elena plötzlich ausweichen musste. Ihr Lachen erfüllte damals die mondhelle Nacht, sie war ihm vorgekommen wie ein Engel. Er trocknete sich die Augen. Der Ausblick über den Hang aufs Meer hinaus beruhigte ihn wieder. Schließlich stieg er wieder auf den Roller und fuhr weiter. In einer windgeschützten Straßenenge überfiel ihn der Geruch der Insel: der gleiche intensive Duft, wie bei seiner Ankunft auf der Treppe zum Appartement. Er wagte noch nicht anzuhalten, es kamen zu viele Erinnerungen hoch. Genauso hatte Elena gerochen, wenn sie sich liebten oder sie etwas mit Hingabe und Leidenschaft tat. Bilder tauchten auf, wie sie feucht unter einem dünnen Laken verweilten und er ihr zuflüsterte, dass ihr Duft ihn verrückt mache, wie sie ihre Hände auf seine Wangen legte und ihn sanft küsste, wie bei jedem ihrer Inselaufenthalte die erste Nacht von besonderer Intensität war, wie der Glanz in ihren Augen blieb, bis sie eng umschlungen einschliefen.

Schließlich hielt er in einer engen Kurve an, wo zahlreiche Gewächse und Kräuter wucherten. Er kletterte in eine grottenartige Vertiefung, der Duft wurde mit jedem Atemzug intensiver und er dachte an ihre letzte intime Nacht, ihre Hände, die ihn suchten, wie er ihr sanft über den Rücken strich, diese samtene Haut, die er so liebte. Nach fünf Jahren konnte ihm Elena immer noch so entsetzlich fehlen.

-25-

Max beschloss, noch einige Tage in Panormous zu bleiben. Judith würde er irgendetwas über sein unerwartetes Auftauchen erzählen, in dem Geflecht aus unhaltbaren Ehrenwörtern, in das seine Eltern ihn verstrickt hatten, fiel eine weitere Lüge nicht ins Gewicht. Am frühen Abend wollte er zu Torsten. Beim Verlassen seines Appartements begegnete er einer jungen Frau, die nebenan wohnte. Sie blickte ihn kurz an, schloss ihre Tür ab und verschwand. Er lief in die andere Richtung und gelangte ungesehen zu Torsten.

»Gut, dass du kommst, ich wollte eben zu dir. Es gibt Neuigkeiten. Heute Abend um acht ist Krisensitzung, da du zur Familie gehörst, bist du herzlich eingeladen.«

»Krisensitzung?«, fragte Max.

»Ja, Anna macht Druck. Sie will über dieses unauffindbare Kind unseres Vaters sprechen. Mutter ist das alles nur noch peinlich. Sie ist obendrein total sauer, dass Vater sich davongemacht hat, sie weiß ja nicht, dass er noch hier ist. Er müsste heute Abend eigentlich dabei sein, schließlich dreht es sich ja um sein Kind. Ich habe ihr nichts verraten. Das überlasse ich jetzt dir, du musst es ihr sagen.«

»Danke, nein. Das würde meinen Bankrott bedeuten.«

Torsten sah ihn halb ernst, halb belustigt an.

»Wenn Mutter erfährt, dass Vater noch auf der Insel ist und du es ihr verschwiegen hast … und außerdem soll er sich ruhig seiner Vergangenheit stellen. Du musst ihm sofort Bescheid geben.«

Max ließ sich auf das Sofa fallen.

»Unsere Eltern sind ein einziges Chaos.«

»Das stimmt. Kannst du ihn anrufen?«
»Ja, ich habe seine Telefonnummer.«
Er rief an und legte wieder auf.
»Abgereist.«
»Das muss nicht stimmen.«
Torsten überlegte kurz. Dann gingen sie zu Paul, der das plötzliche Auftauchen von Max, den er nicht kannte, amüsiert zur Kenntnis nahm, sich aber nicht weiter darum kümmerte. Sie recherchierten im Telefonbuch, zu welchem Hotel die Nummer gehörte. Paul lieh Max den Roller und dieser fuhr zum Hafenort Ormos Agios. Im Hotel erhielt er die gleiche Auskunft – Karl sei gegen Mittag abge- reist. Misstrauisch fragte er nach dessen Zimmer- nummer, bis die Frau an der Rezeption ihm freundlich die unterschriebene Hotelrechnung seines Vaters zeigte. Max hatte keine Ahnung, was in seinem Vater vorging. Zuerst ließ er ihn anreisen und dann verschwand er plötzlich ohne eine Nachricht. Er fuhr zurück und kam als Letzter zu der Krisensitzung. Judith wusste inzwischen von seinem Eintreffen und war derart leichenblass geworden, dass Paul eine ungeahnte Fürsorglichkeit an den Tag legte. Sie verlor über den Grund ihres Schrecks kein Wort und hoffte, dass sich im bevorstehenden Tumult niemand weiter darum kümmerte. Anna fragte mit Blick auf Max:
»Wer ist das?«
Torsten antwortete:
»Mein Bruder Max.«
Sie saßen zu sechst um den Verandatisch – Anna neben ihrem Vater, gegenüber Judith mit Paul und jeweils dazwischen Torsten und Max. Anna ergriff das Wort:

»Jeder weiß, warum wir zusammensitzen. Frau Baumann, Ihr Mann hatte offensichtlich eine Affäre mit meiner Mutter. Daraus soll ein Kind entstanden sein, wie meine Mutter es Ihrem Mann geschrieben hat. Mein Vater weiß nichts davon. Ich bin mir inzwischen sicher, dass es dieses Kind nicht gibt. Wir hätten uns alle viel Ärger ersparen können.«

Joachim fuhr fort:

»Anna ist sehr gereizt. Ich selbst vermutete zuerst irgendeine Verwechslung. Inzwischen will ich selber wissen, was es damit auf sich hat. Durch dieses Verwirrspiel kam mir ein Gespräch mit Elena in den Sinn. Sie deutete vor Jahren einmal an, nach der Rückkehr von ihrem Studium in Deutschland einen unüberlegten Fehler gemacht zu haben, den sie nicht im Detail verraten wollte, da sie sich schämte. Ich gehe davon aus, dass dies der Brief an Ihren Mann war. Sie habe die Sache einige Jahre später aber aufgeklärt. Wir vermuten nun, dass ein zweiter Brief an Ihren Mann existieren muss, worin sie die Lüge klarstellte.«

»Davon weiß ich nichts«, sagte Judith.

Joachim sah sie an.

»Kann es sein, dass Sie es nicht bemerkt haben oder Ihr Mann Ihnen nichts davon erzählt hat?«

»Gut möglich.«

Anna sagte:

»Aber Ihr Mann war doch hier. Wenn er den zweiten Brief kannte, hätte er sich doch nicht nach mir erkundigt.«

Joachim erwiderte:

»Vielleicht hat er ihn nie erhalten oder zumindest nie geöffnet. Judith, können Sie ihn fragen? Ich glaube wir wären alle erleichtert, wenn das geklärt wäre.«

Judith dachte nach. Konnte sie Karl einfach anrufen? Nach all dem, was geschehen war? Nein, sie musste nach Hause und selber mit ihm sprechen. Sie sagte:

»Ich kümmere mich darum.«

Joachim stand auf:

»Bitte melden Sie sich, wenn Sie mehr wissen.«

Er reichte ihr die Hand und stand auf. Judith ging mit Paul und Max ins Haus. Anna und Torsten blieben allein am Tisch zurück.

»Nun klärt sich dieses Durcheinander endlich auf«, sagte er.

Anna sah ihm zum ersten Mal in die Augen.

»Ein komisches Gefühl, dass dein Vater und meine Mutter was miteinander hatten.«

Sie erhob sich und sagte:

»Ich reise ab, sobald deine Mutter das geklärt hat.«

Torsten wollte etwas erwidern, doch sie lief bereits zu ihrem Vater, der ein Stück abseits auf sie wartete. Er blieb noch lange sitzen und starrte in die flackernden Kerzen.

-26-

Das unerwartete Auftauchen von Max brachte Judith vollkommen aus dem Gleichgewicht. Plötzlich war ihr, als ob die ganze Aufregung um Elenas Brief nur einen Sinn habe: alles Verborgene ans Tageslicht zu zerren. Max und Paul waren sich noch nie begegnet. Wie sie die beiden nun zusammen auf dem Sofa sitzen sah, stockte ihr der Atem. Max schien beeindruckt von Pauls Künstlerexistenz und löcherte ihn mit allen möglichen Fragen, und Paul zeigte sogar vages Interesse, als Max ihm von seinen schriftstellerischen Neigungen erzählte. All die Jahre hatte sie die künstlerischen Ambitionen von Max mit Bangen verfolgt. Dass sie sich im Verfassen von Kurzgeschichten erschöpfte, die gelegentlich in der Hochschulzeitung erschienen, beruhigte sie. Doch nun erzählte er Paul etwas von einem Romanprojekt. Als Max zu ihm sagte, wie motivierend er es finde, einen richtigen Künstler in der Familie zu haben, beschloss sie, möglichst bald mit Paul zu reden. Doch zuvor musste sie nach Hause und mit Karl sprechen. Sie wusste, dass jener zweite Brief von Elena noch das angenehmste Thema werden würde.

Am übernächsten Tag flog sie. Sie empfand den Aufwand für das anstehende Gespräch mit Karl als gerechtfertigt, da ein Telefonat zu diesem Zeitpunkt und mit diesem Berg gegenseitiger Vorwürfe unvorstellbar für sie war. Als sie mit dem Taxi vor ihrem Haus vorfuhr, sah sie einen Handwerker an der Haustüre stehen. Sie kramte auf dem Weg dorthin ihren Schlüssel hervor, doch der Handwerker winkte ab:

»Nicht notwendig, Sie haben ein neues Schloss.«

Im Hausflur sah sie Umzugskartons stehen, öffnete einen davon und entdeckte ihre eigenen Kleidungsstücke. Wütend ging sie die Treppe hoch ins Schlafzimmer und traf dort auf eine junge Frau, die ihren Kleiderschrank ausräumte.

»Was machen Sie da?«, fragte Judith.

Erschrocken fuhr die Frau herum und starrte sie an.

»Ich ... Karl hat mich beauftragt, diese Kleidung auszuräumen.«

Judith sagte in kaltem Ton:

»Sie verschwinden sofort aus meinem Haus!«

Die Frau fing sich erstaunlich schnell.

»Das ist nicht Ihr Haus, es gehört Karl.«

»Ich kann auch die Polizei rufen.«

Mit spöttischer Miene verließ die Frau das Schlafzimmer und kurz darauf das Haus. Judith ging wieder nach unten zu dem Handwerker, der gerade seine Werkzeuge einpackte. Er überreichte Judith vier neue Schlüssel und bat sie, den Empfang zu unterschreiben. Danach setzte sie sich aufs Sofa. Karl schien entschlossen zu sein, sich zu rächen. Die Zeiten der Lüge und der Unfähigkeit, eine Entscheidung zu treffen, gehörten damit der Vergangenheit an, auch wenn dies nun Karl entschieden hatte. Sie würde, sobald er nach Hause kam, reinen Tisch machen und all die Verletzungen, die Lügen, das gegenseitige Betrügen zumindest ansatzweise klären. Vielleicht konnte sie so leichter aus dem Haus ausziehen. Sie ging wieder hoch und fuhr fort, ihre Umzugskisten einzuräumen. Nebenbei versuchte sie Inge, ihre beste Freundin, zu erreichen. Als sie endlich ans Telefon ging, fragte Judith nach, ob sie sich für einige Wochen bei ihr einmieten dürfe.

»Du weißt, unsere Gästewohnung steht seit langem für diesen Anlass bereit. Wann kommst du?«

Judith musste lachen.

»Vielleicht schon heute Abend.«

»Kein Problem, melde dich. Ich kann dich auch mit dem Auto holen.«

Judith konnte es kaum glauben, es ging alles so einfach. Sie packte weiter ihre Sachen in die Kartons. Etwas Wehmut überkam sie bei den Fotoalben – von Karl immer akkurat und streng chronologisch eingeklebt, er würde sie ihr nicht kampflos überlassen. Dann richtete sie sich einen Koffer für die nächsten Tage.

Am frühen Abend klingelte es. Durch die Glasscheibe hindurch erkannte sie Karls Statur. Er kam nicht ins Haus wegen der neuen Schlösser. Judith lächelte kurz. Sie öffnete ihm und Karl sah sie mit eisigem Blick an. Judith sagte:

»Mach nicht mich verantwortlich dafür, dass du nicht in dein Haus kommst. Wegen mir hättest du das Schloss nicht austauschen müssen.«

Er legte ab.

»Du bist sehr wohl dafür verantwortlich. Du hast mich belogen und betrogen!«

Judith blieb ruhig.

»Ja, das stimmt. Doch deshalb bist du kein Engel. Wer war denn das Mädchen, das sich an meinen Privatsachen vergriffen hat?«

»Ich bin dir keinerlei Rechenschaft schuldig.«

»Ich dir auch nicht.«

»Das sehe ich anders.«

»Du vielleicht. In unserer Ehe hatte jeder seine Freiheiten, seine Lügen und seine eigenen Entscheidungen. Und jeder nutzte sie auf seine Art.«

»Ihr habt mich alle schändlich hintergangen. Das ist ein endgültiger Bruch und unverzeihlich.«

Judith sah ihn an und erwiderte mit ruhiger Stimme:

»Es gab noch mehr Unverzeihliches in unserer Ehe, dein Verhältnis mit dieser Elena zum Beispiel. So haben wir im Grunde ein ideales Gleichgewicht des gegenseitigen Betrugs gefunden. Perfekter kann man sich doch gar nicht trennen.«

Karl wurde bei diesen Worten noch aufgebrachter und brüllte:

»Du redest wirres Zeug. Fängst du jetzt an, verrückt zu werden? Wahrscheinlich hat dich mein charakterloser Bruder dumm und dämlich gefickt.«

Judith gab ihm eine Ohrfeige. Karl sagte kalt:

»Da lag ich wohl richtig.«

Sie blickten sich für einige Sekunden hasserfüllt an, bis Judith sagte:

»Dein Niveau ist erbärmlich.«

Karl erwiderte:

»Verschwinde, ich möchte dich in meinem Haus nie mehr sehen.«

»Du kannst mich nicht hinauswerfen, ich gehe von allein. Dich nicht mehr sehen zu müssen, bedeutet für mich Lebensqualität. Ich hole nächste Woche meine Sachen. Und wehe, deine Freundin rührt nochmals einen meiner persönlichen Gegenstände an. Den Rest wird dein Anwalt regeln, der sicher schon alle Beweisstücke in der Hand hat, damit du bei der

Scheidung als Opfer glänzen kannst. Er bekommt es dann übrigens mit meiner Anwältin zu tun.«

Sie nahm ihren bereitgestellten Koffer und ging mit einem der neuen Hausschlüssel in ihrer Jackentasche aus dem Haus. So wollte sie sich eigentlich nicht verabschieden. Doch auf diesem Niveau ließ sie nicht mit sich reden. Sie hielt ein Taxi an und fuhr zu Inge, die ihre Rechtsanwaltskanzlei zusammen mit ihrem Mann in einem geräumigen alten Haus betrieb. Dort läutete sie und eine Angestellte öffnete. Kurz darauf erschien Inge und umarmte sie. Sie gingen nach oben in ihre Wohnung und während Inge etwas zum Trinken holte, kamen Judith plötzlich die Tränen. Sie erzählte das Geschehene in aller Kürze, da Inge wenig Zeit hatte. Dann unterschrieb sie noch eine Vollmacht für Inge, die sich als ihre Rechtsanwältin mit Karl in Verbindung setzen würde. Sie fragte Judith nach gemeinsamen Bankkonten oder Kreditkarten, die jedoch schon seit Jahren getrennt liefen. Inge zeigte ihr die Gästewohnung im Souterrain, wo sie wohnen konnte.

Am nächsten Morgen rief sie Karl bei der Arbeit an und fragte ihn nach dem zweiten Brief von Elena. Er wollte gleich wieder auflegen, doch sie konnte ihm klarmachen, dass Elenas Familie ein Recht darauf habe, die Wahrheit zu erfahren. Karl gab daraufhin zu, tatsächlich einen weiteren Brief erhalten zu haben, und zwar an einem Samstag im März 1981. Das wisse er noch genau, weil sie an diesem Tag eine wichtige Beförderung feierten und er sich den Anlass nicht verderben lassen wollte. Er habe den Brief ungeöffnet in die Mülltonne geworfen. Dann legte er wortlos auf.

Zwei Tage später traf sie am frühen Abend auf Tinos ein, wo Paul am Hafen auf sie wartete. Sie fuhren direkt zu Joachim und sie berichtete ihm, was sie von Karl erfahren hatte. Joachim blickte zu Anna:

»März 1981, zu der Zeit war Elena schwanger mit dir.«

Er hielt kurz inne und fuhr dann fort:

»Schade, der Brief hätte mich interessiert, ich frage mich noch immer nach den Gründen. Doch in meinem Keller steht eine Kiste mit Elenas persönlichen Sachen, die ich bislang nie angerührt habe. Wenn ich wieder zu Hause bin, werde ich sie öffnen, vielleicht finde ich etwas dazu.«

Auf dem Weg zurück zum Haus erzählte Judith schließlich von ihrer Begegnung mit Karl. Sie war erstaunt, dass Paul sich mit Spott zurückhielt.

»Wo bleiben deine Kommentare?«

Paul sah sie nachdenklich an.

»Karl ist mir egal, das weißt du. Mich macht vielmehr nachdenklich, dass du keine eigene Entscheidung treffen konntest. Wenn du nun zu mir ziehen solltest, so auch deshalb, weil du kein Zuhause mehr hast.«

»Und das ist dir zu wenig?«

»Es wäre seltsam, wenn du zu mir kämst, ohne dich wirklich entschieden zu haben. Das hat Karl für dich erledigt.«

Judith sah ihn an.

»Es gibt noch andere Möglichkeiten. Ich habe einen neuen Lebensabschnitt vor mir und kann frei entscheiden, wie ich ihn gestalte. Ich kann auch in Deutschland bleiben.«

»Ich dachte, du kannst ohne einen der Baumann-Brüder nicht leben.«

Sie lachte.

»Ich werde das Richtige tun, keine Sorge. Vorerst wohne ich bei Inge.«

In diesem Moment waren Stimmen zu hören. Torsten und Max näherten sich dem Garten und Judiths Gesichtsausdruck verdüsterte sich.

»Jetzt muss ich die neue Situation erst einmal meinen Söhnen erklären. Sie sind nicht zu beneiden.«

Paul erwiderte:

»Die beiden haben die letzten Tage so viel Neues über euch erfahren, glaubst du im Ernst, sie werden über eure Trennung überrascht sein?«

»Der Kopf ist eine Sache, das Herz eine andere.«

Paul stand auf und ging ins Haus. Judith rief ihre Söhne zu sich. Beide nahmen ihre Erklärungen wortlos zur Kenntnis und verschwanden danach in der Gästewohnung. Judith blieb noch lange mit einem schalen Geschmack im Mund sitzen. Irgendwann bemerkte sie, wie Max sich von Torsten verabschiedete, um zu seinem Appartement zu gehen. Dabei vermied er es, ihrem Blick zu begegnen. Sie sah Max noch nach, als er bereits lange in der Dunkelheit verschwunden war.

-27-

Am nächsten Morgen hörte Max aus dem Appartement nebenan Geräusche, als ginge Geschirr zu Bruch. Er stand auf, zog sich etwas über und klopfte an der Nachbartür.

»Wer ist da?«, hörte er eine wütende Stimme. Sie musste dieser Elke gehören, Torsten hatte ihn am Abend zuvor über seine Nachbarin aufgeklärt.

»Alles in Ordnung?«, fragte er.

»Nein, alles beschissen«, rief sie zurück.

Kurz darauf öffnete Elke die Tür, sah Max mit verheulten Augen an und fragte ihn, wer er sei.

»Max. Ich bin der Bruder von Torsten.«

Sie fing laut an zu lachen.

»Noch ein Baumann!«

Max antwortete trocken:

»Du wirfst Geschirr durch das Zimmer?«

»Das war kein Geschirr, das waren Weinflaschen.«

»Hoffentlich waren sie leer, Rotwein macht üble Flecken.«

»Das war Weißwein, du Idiot.«

Max roch ihren Atem.

»Du bist total betrunken.«

Elke wollte gerade zu einer Ohrfeige ausholen, als sie plötzlich stöhnend ihr Gleichgewicht verlor. Um ein Haar wäre sie auf den mit Scherben bedeckten Fliesenboden gestürzt. Max fing sie auf und legte sie auf ihr Sofa. Er fand einen Besen und kehrte die Scherben auf. Dann legte er ihr ein feuchtes Handtuch auf die Stirn und setzte sich neben das Sofa. Nach geraumer Zeit schlug sie die Augen auf.

»Wer bist du?«, fragte sie benommen.

»Ich wohne nebenan.«

Sie richtete sich mühevoll auf und griff sich dabei an den Kopf. Dann sah sie ihn prüfend an.

»Warst du nicht vorhin schon mal da?«

»Ja. Dann bist du umgekippt. Zu viel Weißwein.«

Sie blickte auf den Boden.

»Hast du die Scherben weggekehrt?«

»Kein Problem, dafür lädst du mich heute Abend zum Essen ein.«

»Bist du dir da sicher?«

»Absolut.«

»Wie heißt du?«

»Habe ich doch vorhin schon gesagt.«

Elke dachte scharf nach und wurde rot.

»Du bist ein Baumann!«

»Genau, der Baumann-Clan, einer abgebrühter als der andere.«

Elke lachte und hielt gleichzeitig ihren vor Schmerzen pochenden Kopf.

»Ich glaube, ich muss mich erst mal erholen.«

»Tu das, du kannst mich abends dann zum Essen abholen.«

»Ich habe noch nicht zugesagt.«

»Aber auch nicht abgelehnt.«

Max stand auf:

»Gute Besserung. Bis heute Abend dann.«

»Vielleicht.«

-28-

Joachim saß mit Anna beim Frühstück auf der Terrasse, die noch im Schatten lag. Die Luft war an diesem Morgen vollkommen klar und der Blick über das tiefblaue Meer schien endlos weit.
»Du willst wirklich morgen zurückfliegen?«, fragte er.
»Ja, ich konnte gestern noch umbuchen. Der ganze Trubel in den letzten Tagen tut mir nicht gut.«
Joachim sah, dass sie feuchte Augen bekam und legte seine Hand auf ihren Arm.
»Elena fehlt uns beiden, Anna.«
»Ist es schlimm, wenn du deinen Geburtstag alleine verbringst?«
»Das macht nichts. Es wäre viel schlimmer für mich zu wissen, dass du dich eine Woche lang hier unwohl fühlst.«
Anna sah ihn mit traurigen Augen an:
»Ehrlich?«
»Ganz ehrlich.«
Sie gab ihm einen Kuss auf die Wange, räumte das Frühstück ab und ging ins Haus. Er würde nach wie vor alles dafür geben, dass Anna besser mit Elenas Tod zurechtkam. An dem Abend, als der Unfall geschah, hatte sie sich nicht mehr von ihr verabschieden können. Er erinnerte sich noch immer deutlich an den Schreck, als er von einem Konzert nach Hause kam und ein Polizeiauto vor seiner Einfahrt stehen sah. Er rannte zur Haustüre, wo ein Polizist ihm von dem Autounfall berichtete. Auf seine Bitte hin fuhr ihn der Polizist ins Klinikum. Vergeblich versuchte er, während der Fahrt Anna zu erreichen, ebenso zwei ihrer Freundinnen, er

sprach allen eine Nachricht auf die Mailbox, doch sie verbrachten den Abend auf irgendeiner der zahllosen Abiturpartys, bei denen jedes Klingeln im Lärm unterging. Elena lag auf der Intensivstation und rang zwischen Schläuchen aufgebahrt mit dem Leben. Der diensthabende Arzt äußerte wenig Hoffnung. Joachim bat, mit ihr alleine sein zu dürfen und sprach mit ihr. Wie das Konzert war, was sie morgen vorhätten. Tränen liefen über sein Gesicht, während er redete und redete, als könne er sie damit wieder ins Leben zurückholen. Er erzählte ihr, dass sie am nächsten Tag bei Freunden eingeladen waren und frühzeitig losfahren wollten, um noch ein Geschenk zu besorgen. Er nahm ihre Hand und legte sie an seine Wange. Der Arzt kam herein und bat ihn, sie jetzt ruhen zu lassen. Joachim ging zur Pforte, um erneut Anna anzurufen, doch er konnte sie abermals nicht erreichen. Panik überkam ihn. Wenn Elena starb und Anna würde sie nicht mehr sehen? In dem Augenblick rief ihn der Nachtpförtner mit Namen, er solle sofort auf die Intensivstation kommen. Ein weiterer Arzt, der sich gerade einen weißen Kittel anzog, sah ihm entgegen. Als Joachim näher kam, schien dieser ihn zu erkennen. Der diensthabende Arzt erklärte Joachim, dass er den Chefarzt geholt habe. Der gab Joachim die Hand und fragte:

»Wollen Sie es genau wissen?«

Joachim nickte.

»Wir haben einen Eingriff gewagt, der die inneren Blutungen zum Stillstand brachte. Doch die Kopfverletzungen sind zu schwerwiegend. Sie wird sterben.«

Joachim wurde schwindlig. Der Chefarzt sagte leise:
»Nehmen Sie Abschied von ihr. Kann ich Sie alleine lassen?«

Joachim verspürte Übelkeit. Er gab der Nachtschwester Annas Telefonnummer mit der Bitte, es weiterhin zu probieren. Dann war er allein mit Elena und hielt ihre Hand. Irgendwann hörte sie auf zu atmen. Anna war nicht mehr gekommen.

Später fuhr ihn der Chefarzt persönlich nach Hause. Joachim fragte durch den Nebel seiner Wahrnehmung:
»Warum machen Sie das?«
»Ich war heute in Ihrem Konzert.«

Anna rief erst am nächsten Morgen zurück. Er fuhr sofort zu ihr. Sie wollte unbedingt ins Klinikum, um Elena noch zu sehen. Danach stand sie wie unter Schock und Joachim brachte sie zum Stationsarzt, der ihr eine Spritze verabreichte. Später gingen sie zur Polizei, um Einzelheiten über den Unfallhergang zu hören. Dort erfuhren sie, dass Elena aus noch ungeklärten Gründen im Wald von der Fahrbahn abgekommen sei. Die Unfallursache konnte auch später nie geklärt werden.

Joachim musste bereits nach einer Woche wieder Konzerte geben. Seine Kollegen taten ihr Bestes, um ihm beizustehen. Joachim bat sie um Nachsicht, er wisse selber noch nicht, wie es weitergehe. Dass er schon bald wieder relativ gefasst wirkte, erstaunte viele, doch der Grund dafür lag vor allem in seiner quälenden Sorge um Anna. Als sie dann besser zurechtkam, schien ihm die eigene Trauer wie begraben zu sein. Oft saß er bei

Einbruch der Dämmerung zu Hause auf seinem gewohnten Platz im Wohnzimmer und starrte auf den leeren Ledersessel, wo Elena für gewöhnlich ihre Abende verbrachte. Sie fehlte überall im Haus, das plötzlich leer, still und leblos ohne sie war. Ein gemeinsames Dasein, eine gemeinsame Zukunft hatte schlagartig aufgehört und ein anderes Leben begann. Wie dieses Leben aussehen sollte, war ihm völlig unklar.

Die Sonne kam über den Giebel des Vordaches. Wie versteinert saß er in seinen Gedanken versunken auf der Terrasse. Von drinnen hörte er seine Tochter das Geschirr aufräumen. Anna, sie glich Elena in vielem, allein ihre dunklen Augen, die so viel Lebendigkeit ausstrahlen, oder die Angewohnheit, morgens einen Schluck Kaffee aus seiner Tasse zu nehmen. Plötzlich überkam ihn die Lust, Cello zu spielen. Elena hatte diesen Klang geliebt und allein an seiner Art zu spielen gehört, wie es ihm ging. Das Instrument war ihm nach ihrem Tod noch vertrauter geworden. Zudem wollte er eine Art Requiem für sie schreiben, schlicht und ihrer wunderbaren Art angemessen, eine Komposition mit dem Titel *Elegie für Elena*. Doch er zögerte noch, die Klänge, die sich unmittelbar nach dem ersten Konzert seit ihrem Tod zu formen begannen, aufzuschreiben. Jenes Konzert fand in einer für ihre besondere Akustik gerühmten Kirche statt. Auf dem Programm stand die *Kunst der Fuge* von Johann Sebastian Bach, dessen Original-Handschrift inmitten des Contrapunctus 14 jäh endet, was in der theoretischen Einführung näher erläutert wurde. Während des Vortrags saß Joachim im Kirchenschiff und zitterte am ganzen Leib, weil er erstmals zum Nachdenken kam. Die Organisation der Beerdigung, die Sorge um Anna, die vielen Angelegenheiten, die es zu regeln gab, hatten ihn vor dieser Hölle geschützt, doch nun drängten sich die Bilder in sein Denken. Vor genau einer Woche waren Elena und er das letzte Mal zusammen aufgestanden. Wegen eines frühen Aufnahmetermins reichte die Zeit für ein gemeinsames Frühstück nicht mehr aus. Zum Mittagessen bereitete Elena ein Fischgericht zu, für das er sie überschwänglich lobte. Dann legte er sich hin, um für das abendliche Konzert ausgeschlafen zu sein. Elena konnte nicht mitkommen, da sie für den Abend zum fünfzigsten Geburtstag ihrer engsten Freundin eingeladen war. Am frühen Abend fuhr er zur Anspielprobe. Sie verabschiedeten sich und keiner ahnte, was geschehen würde.

In diesem Moment schreckte sein Kollege ihn aus seinen Gedanken, da sie wegen der problematischen Temperaturverhältnisse in der Kirche ihre Instrumente nochmals stimmen mussten. Joachim stand auf, hörte noch einen Satzfetzen des Redners über die »Kepler'sche Weltenharmonie, die bei Bach zweifellos ...«, doch das Schließen der Türe ließ die Stimme verstummen und er folgte Stefan in die Mesmerstube. Nach dem Stimmen gingen die anderen voraus und Joachim blieb allein zurück und fragte sich, wie er das Konzert – zumal Bach, diesen gigantischen Berg musikalischer Herausforderung – durchstehen sollte. Als er das Kirchenschiff betrat, hörte er die letzten Sätze des Redners, die ihn erstarren ließen:

»... auch wenn der Mythos des über der Vollendung seines Meisterwerks gestorbenen Bach inzwischen widerlegt ist, so bleibt die Kunst der Fuge weiterhin ein mythenumwobenes Rätsel, welches – hätte Bach genug Lebenszeit zur Verfügung gehabt – auch vollendet ein solches geblieben wäre, mit Worten allein nicht fassbar. Schumann schrieb das komplette Werk zum Zwecke des Selbststudiums Note für Note ab und notierte in sein Tagebuch: ›Fertig geschrieben am Ostermorgen 1837, zerreißt einem die Ohren.‹ Dies umschreibt meiner Meinung nach hörbar den Abbruch im Takt 239 des letzten Contrapunctus: die jäh einsetzende Stille, das unvollendete Werk, letztlich also der Tod, er zerreißt einem die Ohren.«

Joachim spürte den kalten Schweiß auf seiner Stirn, als er vor dem Altar Platz nahm. Das Konzert begann, er spielte für Elena, von wo auch immer sie ihm zuhörte. Als Joachim die letzte Fuge mit seinem Cello einleitete, hatte er Tränen in den Augen und Mühe, die Noten zu erkennen. Schließlich brach die Musik jäh ab und die letzten Töne nahmen ihren Weg durch das Kirchenschiff, um in einem langen Nachhall zu verklingen. Es herrschte anhaltende Stille, niemand im Publikum rührte sich. Die Szenerie mutete fast unheimlich an. Irgendwann wagten die ersten Zuhörer in den hintersten Bänken leise aufzustehen, bis Joachim schließlich allein mit seinem Cello in der menschenleeren Kirche saß und die Trauer sein Herz zerriss.

-29-

Judith und Paul saßen beim Abendessen und redeten über ihre gemeinsame Vergangenheit.

»Du hättest dich ein weiteres Mal für mich entscheiden können.«

Paul sah sie an:

»Das ist lange her. Wir haben seither nie mehr darüber gesprochen.«

»Worüber du sicher sehr froh warst.«

»Herrgott noch mal, ja.«

»Ich schrieb dir drei Tage nach meiner Hochzeit, dass ich bereit wäre, Karl zu verlassen und zu dir zu ziehen, wenn du mich und mein Kind aufnehmen würdest. Daraufhin erhielt ich eine eiskalte Absage von dir.«

»Ich war nur ehrlich.«

»Ja, das warst du. Ich war weniger traurig über die paar Worte, die du geschrieben hast, als über all das, was du nicht geschrieben hast.«

Paul sah sie kritisch an:

»Was hättest du hören wollen?«

Judith lächelte:

»Es ist zu spät, du bist bis heute der Gleiche geblieben. Es gibt dich, deine Freiheit, deine Kreativität und irgendwann noch mich.«

»Ich habe dir in dieser Hinsicht nie etwas vorgemacht.«

»So kann man es auch ausdrücken. Du hattest aber noch nie ein Interesse an meinem Leben. Auch wenn deine Skulptur im Garten mich wirklich bis in die – wie du es immer verächtlich nennst – Seelenverästelungen hinein trifft, so zeigt sie mir gleichzeitig, dass du

Gefühle nur in Stein schlagen kannst, andere Wege sind dir verwehrt.«

»Mit dieser Eigenschaft bin ich nicht der Einzige in meiner Branche.«

»Deine Branche ist mir gleichgültig. Außerdem hat es weniger damit zu tun als mit deiner Familie. Karl ist im Grunde genauso.«

»Mit meiner Familie habe ich nichts zu tun.«

»Du wiederholst dich. Du warst noch nicht einmal am Grab deiner Eltern.«

»Bei allem Anstand, aber muss ich ihnen mein Leben lang verbunden sein?«

»Du bist es sowieso nicht, weil du es nicht kannst. Familiäre Bindungen sind dir verhasst, weil sie mit Verpflichtungen verbunden sind.«

»Meine Eltern sind tot, mein Bruder ist die letzte Verbindung und auf die verzichte ich gerne.«

»Du hast noch eine andere familiäre Verbindung.«

»Welche?«, fragte Paul.

Judith holte tief Luft:

»Es ist wohl der richtige Zeitpunkt dafür gekommen, es dir jetzt zu sagen. Max ist dein Sohn.«

Paul wurde blass.

»Was sagst du da?«

Judith schwieg.

»Bist du dir sicher?«

»Ja.«

»Weiß Karl das?«

»Nein, Karl hat sich nie für meine Schwangerschaften interessiert, Max kam einfach vier Wochen zu früh.«

»Wer weiß davon?«

»Niemand außer dir und mir. Es passierte bei einer unserer ersten gemeinsamen Nächte in deinem Atelier.«

»Warum hast du mir nie etwas gesagt?«

»Sollte ich mir etwa noch eine weitere Absage von dir einhandeln, in der gestanden hätte: ›Ich kann es nicht. Ich bin ehrlich zu dir.‹ Zwei Sätze, die mit *ich* beginnen, in denen du nur von *dir* redest und ich, geschweige denn unser Kind, gar nicht vorkommen? Also hab ich es gelassen.«

Paul stand auf und lief unruhig hin und her.

»Und was soll ich deiner Meinung nach jetzt tun? Soll ich Max adoptieren, soll ich Karl um Verzeihung bitten? Soll ich plötzlich Vatergefühle für ihn haben, obwohl ich ihn so gut wie nicht kenne?«

Judith schwieg weiter und Paul wurde lauter.

»Du machst es dir ja verdammt leicht. Du trägst jahrzehntelang dieses Geheimnis mit dir herum, entschließt dich irgendwann, es zu lüften, und erwartest dann eine souveräne Reaktion, die alle Unstimmigkeiten aus der Welt schafft.«

Judith erwiderte:

»Meinst du, es hat mir Spaß gemacht, Karl, dich und Max so lange zu belügen?«

»Hättest du ein Wort gesagt ...«

Judith wurde laut:

»Jetzt tu nicht so, als hättest du vor fünfundzwanzig Jahren Verantwortung übernommen. Du hättest mir eine Abtreibung in Holland empfohlen und erklärt, dass du mit diesem Kind nichts zu tun hast.«

»Wenn du alles so genau weißt, warum zum Teufel hast du es mir dann überhaupt gesagt, jetzt, wo alles zu spät ist und du mir nur Übelstes unterstellst?«

Sofort stand Judith auf.

»Du verstehst nichts«, sagte sie wütend und verschwand.

»Dafür weißt du immer alles«, rief er ihr hinterher.

-30-

Sie setzte sich auf Pauls Roller und fuhr zu der Kapelle, um in Ruhe nachzudenken. Max war keine Absicht, sondern ein Unfall gewesen. Nach dem Schwangerschaftstest und den ersten Untersuchungen hatte es keinen Zweifel gegeben, wer der Vater sein musste. Dass Karl Verdacht schöpfen würde, hielt sie für ausgeschlossen, denn als er von der Schwangerschaft erfuhr, brachte er ihr tags darauf einen Blumenstrauß mit nach Hause. Judith beschloss zu schweigen, denn Karl die Wahrheit zu sagen hätte die sofortige Trennung bedeutet, und ihre Familie wollte sie um der Kinder willen auf keinen Fall auseinanderbrechen. Von Paul konnte sie keinerlei Unterstützung erwarten. Sorge bereitete ihr Maras Instinkt, doch außer kritischen Blicken kam nie ein Wort des Verdachts über ihre Lippen. Judith zog Max mit besonders viel Liebe und Zuneigung groß. Wenn er schon nicht um seine wahre Herkunft wusste, sollte es ihm an nichts fehlen. Glücklicherweise fügte er sich äußerlich nahtlos in die Baumann'sche Galerie ein. Max war von klein auf ein Schmeichler, der Judith mit außergewöhnlichem Geschick um den Finger wickelte. Sie ging davon aus, dass er diese Fähigkeit inzwischen auch bei gleichaltrigen Frauen einsetzte – seine Freundinnen wechselten ständig, darin glich er Paul perfekt. Sie hatte ihre Söhne zwar zu gebildeten Menschen erzogen, was dabei aber an Männern herausgekommen war, erfüllte sie nicht mit Stolz: Max ein Frauenheld, Torsten ein komplizierter Kopfmensch.

Sie beschloss daher, wieder abzureisen, auch wenn sich dadurch ihre Rückkehr nach Tinos kaum gelohnt hatte. Der Streit mit Paul würde die nächsten Tage sowieso nicht beizulegen sein, außerdem musste sie ihren Umzug vorbereiten und ihr neues Leben einrichten.

-31-

An Joachims fünfundfünfzigstem Geburtstag rief Anna ihn an, um zu gratulieren. Sie berichtete, dass ihr ehemaliger Freund sich mit ihrem Entschluss abgefunden habe und ohne zu klagen im Wohnzimmer schlafe. Trotzdem wolle sie so bald wie möglich ausziehen. Am Abend feierte Joachim seinen Geburtstag mit Paul. Die darauf folgenden Wochen saßen sie oft zusammen, wobei Paul immer redseliger wurde. Er erzählte von den Qualen des Künstlers am Werk, die Joachim zur Genüge kannte, leitete über zur fragwürdigen Grenze zwischen Kunst und Prostitution, sprach schließlich von seinem Leben ohne Judith und trank auffallend viel Wein dazu. Mit jedem Glas wurde er offener, sprach über seine Launen wegen Judith, über ihre gemeinsame Zeit. Die Umstände seien immer gegen ihn gewesen. Wie hätte er Judith ernähren sollen, vielleicht als Kunsterzieher am Gymnasium? Wahrscheinlich würde er dann heute mit seinem Bruder Karl jeden Sonntag golfen und abends ins Stadttheater gehen. Judith würde zwar bei ihm wohnen, doch als Künstler wäre er vor die Hunde gegangen. Irgendwann verfiel er in düsteres Schweigen. Schließlich öffnete er eine dritte Flasche Wein und lüftete ein Geheimnis: Es existierten Skulpturen und Bilder, die er im Nebengebäude aufbewahre. Sie seien das Kernstück seines künstlerischen Schaffens, das bislang aber noch niemand zu sehen bekommen habe, nicht einmal Judith wisse davon. Joachim kannte Paul inzwischen gut genug, um zu wissen, dass ihm damit eine besondere Ehre widerfuhr. Paul schien ihm zu vertrauen, seine Offenheit war trotz des angetrunkenen Zustands von Grund auf ehrlich. Paul beschrieb Judith nun in einem langen Monolog als seine sinnliche *Femme fatale*, deren unergründlicher Blick ihn zu zermalmen drohe. Mit jedem weiteren Glas Wein, das Paul in beängstigendem Tempo in sich hineinschüttete, wurde er radikaler, sein Tonfall immer drängender. Joachim hörte gespannt zu. Paul hatte in Judith damals ein ideales Modell gefunden, die Natürlichkeit, in der sie sich vor ihm zeigen konnte, machte ihn ebenso verrückt wie ihre gemeinsamen Nächte. Dass Judith ihn wegen seinen anderen Frauengeschichten verließ, hatte ihn tief getroffen. Sie verkörperte seine erotische Erfüllung, die Quelle seiner Lust und seiner Kreativität, war künstlerische Muse und bittere Niederlage in einem. Niemand nach ihr konnte ihn derart inspirieren. Als sie sich dann nach Jahren wieder trafen, erlebte er das Explodieren eines erotischen und kreativen Staus. Das Wissen, seinen Bruder zu betrügen, steigerte zudem seine Lust um ein Vielfaches. Er begehrte sie wie nichts anderes. In der Zeit ihrer heimlichen Treffen zeichnete er sie und begann, weitere Skulpturen von ihr zu bearbeiten. Niemand sollte von seinem Schaffensrausch erfahren. Der Transport der sieben bereits damals existierenden Skulpturen auf die Insel kostete ihn ein halbes Vermögen. Paul trank die dritte Flasche fast alleine. Dann gingen sie in das Nebengebäude. Joachim sah, wie in einer Ausstellung angeordnet, zahlreiche Skulpturen und er erkannte sie sofort: Judith – dreißig Jahre in Stein geschlagene Leidenschaft. Tief beeindruckt begann er Pauls Drama zu erahnen: Ohne Judith an seiner Seite hatte er kein künstlerisches Thema und litt gleichzeitig an seiner Einsamkeit. Joachim besah sich die Werke, alle besaßen die Qualität und Sinnlichkeit von Judiths Skulptur in Pauls Garten. Die Augen immer geschlossen, umgab sie vereinzelt eine Art Seidentuch, durch das sich Brüste und Scham abzeichneten. Manchmal lag ihre Hand auf einer ihrer Brüste, manchmal zwischen ihren Beinen. Eine Skulptur lag rücklings gebeugt auf einem von einem fallenden Stoff verdeckten Felsen, Kopf und Haare hingen nach unten, das Profil des Gesichts führte über den Hals wie ein sanft ansteigender Hügel hin zu ihrer linken Brust, deren aufrechte Spitze den höchsten Punkt der Skulptur bildete. Plötzlich begann Paul zu sprechen:

»Dieser Zweifel, durch ein Leben mit ihr meine Freiheit zu verlieren und gleichzeitig ohne sie mein Leben zu vergeuden.«

Er hielt kurz inne.

»Andererseits vergeudet oder verliert man immer irgendetwas. Selbst die jungen Mädchen werden mir immer unerträglicher, ich habe nur noch dies hier, mein Werk, eine einzige sterbende Judithhoffnung.«

Joachim kam der Gedanke, dass ihn und Paul ein ähnliches Schicksal verband. Beide sehnten sie sich nach dem Unerreichbaren, beide litten sie an einer Abwesenheit. Paul schuf sein Werk damit, immerhin. Und er? Sollte er seine *Elegie* fertig schreiben? Ein Klanggewebe, hörbar, sichtbar und letzlich nichts anderes als Trauer und Liebestaumel, Elenas Leben, ihr Tod, halb dunkles Grab, halb strahlendes Licht, Requiem und Liebeserklärung in einem. Wie bei der Skulptur im Garten fiel Joachim erneut die ungewöhnliche Ausdruckskraft von Judiths weißen Marmorkörpern auf, eine Sinnlichkeit, wie Elena sie auch im Klang des Cellos gehört hatte. In Gedanken versunken bemerkte er irgendwann, dass Paul nicht mehr im Raum war. Er betrachtete die liegenden Akte, deren erotische Eindeutigkeit fast an Pornografie grenzte. Er verstand Pauls Zerrissenheit nun, gleichzeitig schien ihm, er müsse ihn wachrütteln, ihn ins Leben zurückholen. Er löschte das Licht und ging hinüber zum Haus. Paul saß auf der Veranda und öffnete gerade die vierte Flasche Rotwein. Joachim riet ihm ab, weiterzutrinken und sagte, er solle lieber schlafen gehen und die nächsten Tage einen Brief an Judith schreiben, in dem er seine Werke in Worte fassen solle, damit sie endlich erfahre, was er niemand außer ihm zu zeigen wagte. Wenn er meine, weiter so leben zu müssen, dann solle er das tun und gleich noch ein weiteres Nebengebäude für die nächsten hundert Jahre Einsamkeit errichten lassen. So könne er in höchster künstlerischer Freiheit sterben! Ob er das wirklich erstrebenswert fände? Also solle er endlich seine Freiheitsphobie vergessen, Judith zu sich holen und dann endlich das tun, wonach alle seine Werke förmlich schrien. Paul blickte ihn erstaunt an und bemerkte, dass dies Joachims erste Bemerkung über Sex gewesen sei. Joachim erwiderte verärgert, ob er immer noch nichts verstanden hätte? Doch Paul saß nur da und schenkte sich Wein nach. Joachim stand auf und ging. Paul schwieg, trank und starrte in eines der Kerzenlichter, das im aufkommenden Wind hektisch zu flackern begann, bis es schließlich erlosch.

Einige Tage darauf überraschte Paul Joachim mit dem Plan, eine große Ausstellung zu organisieren. Sie werde auf Tinos stattfinden und die Eröffnung solle mit einem

Konzert gekrönt werden. Joachim dürfe es nicht wagen, ihm abzusagen, sondern müsse seine *Elegie* fertig komponieren, damit sie dort uraufgeführt werden könne. Paul redete sich in Rage und Joachim bekam das ungute Gefühl, dass er es ernst meinte. Er hatte Paul irgendwann von seiner geplanten Komposition erzählt, was auf kein sonderliches Interesse gestoßen war, doch der hatte es nicht vergessen. Paul dachte an einen Termin im Mai des kommenden Jahres, und die Idee gewann für Joachim schnell an Reiz. Die geäußerten Bedenken, ob Judith damit einverstanden sei, ignorierte Paul mit dem Satz, dass er möglicherweise sogar seinen Bruder Karl einladen werde, damit der endlich merke, was für eine Frau er sein armseliges Leben lang übersehen habe. Er hoffe nur, dass sein Bruder ihn dafür nicht ermorde, Motive habe er schließlich genug. Dann erzählte er Joachim in einem Nebensatz, dass er seit kurzem einen Sohn habe: Max.

Joachim fiel aus allen Wolken, doch Paul tat es als Nebensächlichkeit ab.

»Ich habe Max bis vor wenigen Wochen weder gekannt noch wusste ich irgendetwas davon, was sollte mich also plötzlich mit ihm verbinden? Auch meine Eltern habe ich die letzten fünfzehn Jahre ihres Lebens nicht mehr gesehen.«

Joachim bemerkte provokant:

»Wahrscheinlich bist du nicht einmal zu deren Beerdigung gegangen.«

»Exakt.«

Joachim sah ihn entsetzt an.

»Für dich scheint Freiheit und Gleichgültigkeit dasselbe zu sein.«

»Unterstell mir, was du willst. Ich kann nichts mehr daran ändern. Für Max ist es zu spät, genauso wie für meine Eltern.«

Er sah Joachim ungewohnt hart an und sagte:

»In vielen Dingen sind wir von Grund auf verschieden.«

Als Joachim an diesem Abend ins Bett ging, beschloss er, Pauls persönliche Konflikte endgültig zu ignorieren. Beide schnitten sie dieses Thema nicht mehr an. In den darauf folgenden Tagen konkretisierten sie ihr geplantes Projekt, die Umsetzung lag überwiegend in Pauls Verantwortung. Die letzte Woche vor seiner Abreise zog sich Joachim zurück, um an seiner Komposition zu arbeiten. Er fertigte sich mit Lineal und Bleistift Notenpapier und begann, Fragmente der *Elegie* zu notieren. Als Joachim am Abend vor seiner Abreise Paul besuchte, überraschte ihn dort ein frisch ausgehobener Graben um sein Grundstück: Der Zaun war verschwunden.

-32-

Joachim stand an der Schiffsreling und nahm zufrieden Abschied von Tinos, auch wenn manches an seinem Aufenthalt anders geplant gewesen war. Dafür nahm die *Elegie* konkrete Form an. Er sah Tinos im Morgendunst verschwinden, in wenigen Stunden würde er auf dem Festland ankommen. Seine Gedanken schweiften erstmals wieder nach Hause und damit zu Susanne, an die er den ganzen Inselaufenthalt über kaum gedacht hatte. Vermutlich war sie inzwischen aus seiner Wohnung ausgezogen.

TEIL 2

-1-

Susanne arbeitete in der Künstleragentur, bei der Joachims Streichquartett unter Vertrag stand. Bei ihren gelegentlichen Kontakten, die meist organisatorische Details ihrer Tourneen betrafen, brachte Joachim sie mit seinen ausgefallenen Übernachtungswünschen immer wieder zum Lachen. Nach Elenas Tod schrieb sie ihm einen langen Brief, woraufhin er sie anrief und sich für ihre tröstlichen Zeilen bedankte. Im Laufe des Jahres begegneten sie sich mehrmals, wagten aber beide nicht, näheren Kontakt zu suchen. Zwei Jahre nach Elenas Tod schrieb sie ihm erneut einen Brief und fügte ein Gedicht hinzu – eine Hymne an das Leben. Joachim kam tags darauf in die Agentur und fragte, ob er sie zum Essen einladen dürfe, was sie ohne zu zögern annahm. Nach dem Abend verabschiedete sich Joachim mit einem Kuss auf ihre Wange und sie ging mit der Gewissheit nach Hause, dass ihre Geduld sich gelohnt hatte. Einige Tage darauf rief er sie an und bat um ihre Hilfe, da er gedenke, sein Haus, das seit Annas Auszug zu groß geworden sei, zu verkaufen und eine Wohnung zu erwerben. Nach intensiver Suche fand er schließlich etwas Passendes. Der in einem ruhigen Vorort gelegene Neubau stand an einem Hang, die Wohnung erstreckte sich über zwei Stockwerke, so dass er im Souterrain zu jeder Tages- und Nachtzeit üben konnte, ohne die übrigen Hausbewohner zu stören. Susanne half ihm in diesen Wochen wo sie konnte, so verbrachten sie viel Zeit miteinander. Nachdem sie zum Einzug in die Wohnung von ihm bekocht worden war, fragte er sie, ob sie über Nacht bei ihm bleiben wolle. Susanne legte ihre Hand an seine Wange und sagte:

»Das nächste Mal, ja?«

Die Woche darauf musste Joachim auf Tournee, doch am nächsten freien Abend blieb sie bei ihm, ebenso die darauf folgenden Nächte. Nach einem Monat ihres neu gewonnenen Glücks flogen sie nach Rom, wo er ihr beim Besuch einer Modigliani-Ausstellung vor einem der liegenden Frauenakte ins Ohr flüsterte, dass sie große Ähnlichkeit mit der schönen Frau auf dem Bild habe. Susanne gab leise zur Antwort, dass ihre Beine aber selten so keusch beieinanderlägen. Ihre Blicke trafen sich und sie verließen die Ausstellung, gingen die wenigen Straßen zu ihrem Hotel und liebten sich dort. Danach kaufte Susanne im Museumsladen eine Kunstpostkarte jenes Modigliani-Akts.

Joachim gestand ihr später, dass dieser Liebesakt der erste gewesen sei, bei dem ihm Elena nicht mehr in den Sinn gekommen sei. Susanne reagierte zunächst irritiert, doch seine Erleichterung darüber war ihm mehr als deutlich anzusehen, was sie schließlich beruhigte. Joachim himmelte sie an und wiederholte ständig, ihr Lachen sei Balsam für ihn. Zuweilen meinte sie, ihr Herz würde überquellen vor Glück. Wenn sie in diesen Momenten ihr Gesicht im Spiegel betrachtete, wirkte es so jung und frisch, dass sie fast erschrak. Sie kannte die Kehrseite eines solchen Glücks. Ihre früheren, teils langjährigen Beziehungen waren alle daran gescheitert, dass ihr immer etwas Undefinierbares fehlte, was sie bei Joachim nun gefunden zu haben glaubte, spät genug, mit siebenundvierzig Jahren.

Den ersten Einbruch ihres Glücks konnte sie genau datieren: Elenas vierter Todestag. Susanne sah dem Tag, der auf einen Sonntag fiel, mit zwiespältigem Gefühl entgegen. Je länger sie darüber nachdachte, umso mehr Bedeutung bekam es für sie, dass er den Tag mit ihr verbrachte. Als sie an jenem Morgen aufwachte, lag Joachim nicht mehr neben ihr, was nichts Ungewöhnliches bedeutete – sie kannte seine morgendliche Arbeitsdisziplin. Doch die Stille beunruhigte sie. Sonst hörte sie sein Spiel, leise zwar, aber genug um zu wissen, dass er übte. Doch es blieb still. Beunruhigt ging sie in das Musikzimmer hinunter und sah, wie Joachim Fotoalben betrachtete und ihr einen befremdlichen Blick zuwarf, verschlossen und unzugänglich. Sie wollte ihn umarmen, doch seine ablehnende Geste ließ sie innehalten. Er versprach, nachher zum Frühstück zu kommen, sie solle sich daher noch etwas gedulden. Seine seltsame Wortwahl und die ungewohnte Kälte seiner Stimme erschreckten sie. Nach dem schweigsamen Frühstück sagte er:

»Ich gehöre das ganze Jahr zu dir, doch einen Tag behalte ich mir Elena vor.«

Daraufhin ging er aus dem Haus und kehrte erst nachts wieder zurück. Susanne stellte sich schlafend, als er sich zu ihr ins Bett legte.

Ab diesem Zeitpunkt begannen seine unvermittelt einsetzenden Stimmungen, ihre Beziehung zu belasten, hinzu kam, dass Anna sich Susanne gegenüber auffallend kühl verhielt. Es folgten wieder Wochen, in denen sie ihr Glück ungetrübt genießen konnten, und in eine solche Zeit fiel auch der Beschluss, dass Susanne bei ihm einziehen sollte. Sie staunte über ihren Mut und

Joachim bestärkte sie darin. Susanne brachte einige Möbel mit, den Rest stellte sie vorerst bei einer Freundin ab und bat Joachim liebevoll, einige Erinnerungsstücke an Elena in den Keller zu räumen. Ihre Bitte schien ihm verständlich, er brachte die Sachen nach unten und verpackte sie sorgfältig.

Als Anna von Susannes Einzug erfuhr, bat sie ihren Vater um Verständnis, dass sie ihn künftig nicht mehr in seiner Wohnung besuchen werde, sondern sich lieber woanders mit ihm treffen wolle. Susanne blieb dies nicht verborgen, sie wollte Joachim aber in keinen Zwiespalt bringen. Doch die Umstände gestalteten sich zunehmend schwieriger für sie. Einmal deutete sie Joachim gegenüber an, dass sie keine Chance habe, sich in dem Dreieck zwischen ihm, Elena und Anna gleichberechtigt zu fühlen, nach fast einem Jahr des Zusammenlebens komme sie sich immer noch als Außenseiterin vor. Joachim wusste nichts zu erwidern. Die Verstimmung hielt an, bis Susanne meinte, in der Wohnung nicht mehr atmen zu können. Joachims *Elena-Blick* machte ihn unerreichbar – sie gestand ihm seine Trauer zwar zu, doch sie selber blieb dabei auf der Strecke. Joachim tat die Situation jedes Mal aufrichtig leid. Kümmerte er sich dann besonders liebevoll um sie, warf sie ihm Mitleid vor, ignorierte er hingegen ihre Verletztheit, unterstellte sie ihm Kälte. Er gestand ein, dass es nicht leicht mit ihm sei, seine Ehrlichkeit schien sie aber keineswegs zu beschwichtigen. Schließlich deutete sie am Tag vor seiner Reise nach Tinos ihren Auszug an, um ihre Beziehung zu entlasten. Joachim, der getrennte Wohnungen tatsächlich als eine mögliche Option ansah, widersprach dem nicht, was sie verletzte. Seine Bemerkung, nur aufrichtig gewesen zu sein, quittierte sie mit einer Heftigkeit, die sie selbst überraschte: seine ganze Ehrlichkeit sei in Wahrheit nur Feigheit, er sei weit davon entfernt, sich jemals ganz für sie zu entscheiden, daher sei sie mit dem Verständnis, welches sie ihm entgegengebracht habe, nun an einem Punkt angelangt, der an Selbstverleugnung grenze. Und das tue weder ihr noch ihm noch ihrer Beziehung gut. In dieser Nacht schlief sie allein auf dem Sofa im Wohnzimmer. Tags darauf flog er nach Athen.

Eine Woche nach Joachims Abreise erhielt sie einen Anruf des Maklers, den sie wegen ihrer Wohnungssuche beauftragt hatte. Er habe ein passendes Objekt, sofort beziehbar, sie müsse sich daher rasch entscheiden. Nach der Besichtigung sagte sie zu und ab diesem Zeitpunkt ging es ihr schlecht. Die Woche darauf begann sie einzupacken, was ihr gehörte, ließ die neue Wohnung in einem antidepressiven Gelb streichen und holte die anderen Möbel aus dem Haus ihrer Freundin. Als sie endgültig hätte ausziehen können, zögerte sie noch. Joachim hatte sich bis zu diesem Zeitpunkt kein einziges Mal gemeldet, kein Brief, kein Anruf, keine E-Mail, keine SMS, nur Schweigen, abgesehen von ihrem missglückten Anruf bei ihm auf der Insel. Der Gedanke daran gab schließlich den Anstoß. Sie zog aus.

-2-

Judith steckte voller Pläne für ihr neues Leben. Der ungewöhnlich heiße Sommer mit den milden Nächten, die sie so mochte, schien ihr ein perfekter Zeitpunkt für einen Neuanfang. Lediglich der misslungene Abschied von Paul hemmte ihre Euphorie. Nach ihrem Streit wegen Max waren sie aufgrund ihres beidseitigen Starrsinns erstmals in eine ausweglose Sackgasse geraten. Der einzige Konsens hatte darin bestanden, Max gegenüber vorerst Stillschweigen zu bewahren.

Als sie ihre restlichen Sachen aus dem Haus holte, begegnete sie Karl. Das Gespräch verlief kühl und beschränkte sich auf formale Dinge. Judith überreichte ihm ihren Schlüssel, den sie noch vom Türdienst besaß, da sie nicht beabsichtigte, das Haus noch einmal zu betreten. Karl begann, ihr wegen der Mitnahme des Schlüssels Vorwürfe zu machen, worauf sie erwiderte, dass auf dem Lieferschein genau gestanden habe, wie viele davon ausgehändigt worden seien und wenn er nicht in der Lage sei, dies zu überprüfen, dann sei das nicht ihr Problem. Karl wurde lauter, bis sie ihm entgegenhielt, er habe noch viel mehr in seinem Leben nicht mitbekommen, da sei der Schlüssel lediglich eine unbedeutende Kleinigkeit. Wutentbrannt warf er ihr jahrzehntelanges Lügen vor und brüllte, sie sei die widerliche Hure seines Bruders und dies sei das einzig Ausschlaggebende für ihn. Judith drehte sich auf der Stelle um und eilte zur Haustüre. Im letzten Augenblick wandte sie sich um und schrie ihn an, in seiner blinden Ignoranz nicht einmal bemerkt zu haben, ob er überhaupt der Vater von Max sein könne. Dann schlug sie die Haustüre hinter sich zu und stürmte zum Auto.

»Als deine Rechtsanwältin kann ich nur sagen: Das war scheidungstechnisch verheerend, außer du widerrufst sofort«, sagte Inge.
»Nie im Leben!«, antwortete Judith.
»Gut so, auch wenn wir angesichts dieses Fehlers mit wehenden Fahnen untergehen werden.«
»Das ist mir gleichgültig, ich will sowieso kein Geld von ihm.«
»Das sagt sich leicht, spätestens wenn deine Ersparnisse aufgebraucht sind, denkst du anders darüber.«
Inge umarmte sie und verließ die Wohnung. Judith ärgerte sich über ihre unbedachte Bemerkung gegenüber Karl, er konnte sich denken, dass nur sein Bruder Paul als Vater in Frage kam. Nun hatte auch Max ein Recht darauf, die Wahrheit zu erfahren, und zwar von ihr. Doch mit Max konnte man über persönliche Dinge ebenso wenig reden wie mit Paul, zumal er sich seit Tinos außergewöhnlich kühl ihr gegenüber verhielt.
So begann sie, ihre Umzugskartons auszupacken. Die Wohnung im Souterrain gefiel ihr, im Oberparterre befand sich die Kanzlei von Inge und ihrem Mann Konrad, im ersten Stock deren großzügige Wohnung. Sie musste sich noch einige Möbel besorgen, dann konnte sie vorerst gut hier leben. Zudem würde demnächst die Reisesaison beginnen. Sie begleitete Kulturreisen in die Toskana und nach Umbrien, eine Arbeit, die ihr Spaß bereitete. Seit dem Studiumsabbruch hielt sie ihr kunstgeschichtliches Wissen auf

dem aktuellen Stand, abonnierte Fachzeitschriften, las neu erschienene Bücher und besuchte italienische Konversationskurse an der Volkshochschule. So war sie vor einigen Jahren an die Stelle gekommen, welche sie im Sommerhalbjahr etwa sechs Wochen beschäftigte. Ihre kunsthistorischen Ausführungen kamen bei den Reisenden gut an.

Nach dem Einrichten der Wohnung setzte sie sich an einem Vormittag mit dem Taschenrechner und ihren Unterlagen an den Küchentisch und überflog ihre finanzielle Situation. Sie rief ihren Chef an, ob sie noch mehr Reisen übernehmen könne, was er aber bedauernd verneinte. Sie rechnete bis in die Nacht hinein verschiedene Szenarien durch, wie sie ihren Lebensunterhalt sichern konnte. Das Haus gehörte Karl allein, da er einen Großteil der Finanzierung mit der Erbschaft seiner Eltern beglichen hatte. Judith waren über die Jahre lediglich Ausgleichszahlungen zugeflossen, doch von diesen Ersparnissen allein konnte sie auf Dauer nicht leben. Es schlug bereits Mitternacht, als sie ins Bett ging und in einen unruhigen Schlaf fiel.

Am nächsten Vormittag fand sie vor ihrer Wohnungstür einen Brief von Paul, dessen Post bereits all die Jahre an Inges Adresse gegangen war. Judith las ihn mehrmals durch. Von Max stand kein Wort darin, dennoch klopfte ihr Herz bis zum Hals. Sie ging nach oben. Inge war noch nicht in der Kanzlei, so setzten sie sich ins Wohnzimmer und Judith zeigte ihr den Brief. Inge las ihn und bemerkte trocken:

»So etwas bekommt man nicht alle Tage.«

»Was soll ich nun tun?«

»Willst du das wirklich wissen? Ich rate dir seit Max' Volljährigkeit dazu, Karl zu verlassen. Wenn ich dir jetzt rate, zu Paul zu ziehen und du brauchst wieder endlose Jahre zu diesem Entschluss, dann seid ihr uralt, bis ihr zusammenkommt.«

»Aber ich kann mich nicht so schnell entscheiden.«

»Mach diesen Sommer noch deine Reisen und ziehe dann zu ihm.«

Judith sah sie nachdenklich an:

»Er schreibt kein Wort von Max.«

»Was erwartest du? Soll er etwa die Zeit zurückdrehen? Judith, dein Leben steht an einem Wendepunkt. Ich habe kein Mitleid mit dir, denn angesichts dessen, was du dir gegenüber Karl, Paul und Max herausgenommen hast, stehst du relativ unbeschadet da und hast genügend Optionen. Mitleid empfinde ich, wenn überhaupt, nur für Max. Doch in seinem Alter wird ihn diese Nachricht nicht aus der Bahn werfen und wenn doch, dann hast du eben ein wirkliches Problem, bei dem dir aber niemand helfen kann. Auch ich nicht.«

Judith bedankte sich für ihre offenen Worte und ging zurück in ihre Wohnung. Inges Sichtweise war objektiv und sie musste ihr widerwillig zustimmen. Sie nahm Pauls Brief nochmals in die Hand.

Meine geliebte Judith,

die letzten zwei Monate ist vieles geschehen, was mit uns zu tun hat und mich ins Grübeln brachte. Nun ist das Nachdenken über mich nicht gerade meine Stärke, doch zwingen mich die Umstände und allen voran DU sowie – wundere dich jetzt nicht – Joachim dazu, ernsthafte Veränderungen in meinem Leben zumindest nicht mehr gänzlich auszuschließen.

Es gibt das Nebengebäude auf meinem Grundstück, das du noch nie betreten hast. Über die Jahre habe ich dort eigene Werke gelagert, die ich Joachim gezeigt habe. Er hat sie sich angesehen und mich dann aufgefordert, dir einen Brief zu schreiben. Vorangegangen war noch ein Streit zwischen uns über das Leben und dessen verpasste Möglichkeiten.

Ich habe mich nun entschlossen, auf das, was mir das Wichtigste im Leben ist, nicht mehr zu verzichten: auf DICH. Diesen Satz wirst du wieder als egoistisch abtun, da ich einen Besitzanspruch stelle, ohne dich zu fragen. Abgesehen davon, dass ich dies seit vielen Jahren erfolglos tue, gestehe ich dir dies zu. Doch ich habe noch etwas von dir, was du nicht kennst – zumindest bis auf eine Ausnahme, die seit deiner Abreise wieder wetterfest verpackt in meinem Garten steht.

Seit du mich damals verlassen hast, habe ich Hunderte von Skizzen und Aquarellen von dir gemalt. Sonst wäre ich vermutlich wahnsinnig geworden. Manchmal begann ich damit, als meine Hände noch nach dir rochen. Gelegentlich habe ich dich im Schlaf skizziert, doch meistens aus meinem erotischen Gedächtnis heraus. Und so entstand aus den vielen Skizzen fast jedes Jahr eine Marmorskulptur von dir. Alle zeigen dich – nackt, sinnlich und ausdrucksstark, wie du eben bist in deiner unvergänglichen Schönheit.

Ich habe beschlossen, nicht mehr ohne DICH zu leben. Das bedeutet, dieses Werk – also DICH – aus dem Nebengebäude in mein Leben zu holen.

Ich werde eine Ausstellung damit machen. Gleichzeitig wird Joachim, den ich inzwischen einen Freund nennen darf, eine Komposition von ihm uraufführen, ein Liebesvermächtnis an seine verstorbene Frau namens »Elegie für Elena«.

Ich habe das große Glück, mein eigenes Liebesvermächtnis an eine lebendige Frau weiterreichen zu können, an DICH.

Geliebte Judith, lebe mit mir. Ich werde dich lieben und verwöhnen. Ich will nicht weiter nur Skulpturen von dir aus dem kalten Stein heraussehnen, ich will dich lieben und mit dir leben.

Ich weiß, dass du im Moment andere Lebensbereiche zu klären hast. Du bekommst die nächsten Wochen die schönsten der Skizzen und Aquarelle zugeschickt, darin kannst du dich erkennen. Dich und unsere Liebesglut.

Stoß mich nicht zurück. Ich halte nicht mehr alles aus, DAS schon gar nicht.

Mit glutvollen Küssen

Dein dich liebender Paul

Judith legte den Brief zur Seite und beschloss spontan, ihn mit einer edlen Flasche Wein zu feiern. Schräg gegenüber gab es eine Weinhandlung. Über der Eingangstür stand *Vinobile* und als Judith den Laden betrat, war ein Mann gerade dabei, die Kasse abzurechnen.

»Haben Sie noch geöffnet?«, fragte sie.

Der Mann blickte auf. Er war in ihrem Alter, trug ein Jeanshemd, darüber eine elegante Seidenweste und schwarze Hosen. Er blickte hinter seiner Nickelbrille hervor und fragte:

»War die Tür offen?«

»Ja.«

»Dann habe ich geöffnet.«

Er unterbrach die Eingaben in seinen Kassencomputer und kam auf sie zu.

»Ach, Sie sind das! Sie sind gegenüber eingezogen, ja? Bei meinen endlosen Ladenöffnungszeiten konnte mir dies nicht verborgen bleiben, entschuldigen Sie, das ist indiskret von mir. Aber ich hatte heute einen langen Tag, eine fest zugesagte Lieferung kam nicht und eine andere war beschädigt. Zudem steht mein Sohn mit dem Kleinlaster kurz hinter dem Brenner, was erst erwähnenswert wird durch den Umstand, dass er mit Wein beladen ist und einen monströsen Getriebeschaden hat. Die Reparatur vor Ort kostet mich etwa so viel wie ein halbes Hektar Reben in der Qualität eines Montrachet Grand Cru, falls Ihnen dies etwas sagt, wovon ich aber ausgehe, da das der Hauswein Ihrer Vermieter von gegenüber ist. Darf ich mich vorstellen, ich heiße Robert, bin mindestens zwanzig Jahre jünger als ich aussehe, aber das hängt mit diesem Tag zusammen. Man arbeitet achtundvierzig Stunden ununterbrochen und macht dann, eher tot als lebendig, die Kasse, könnte schwören, dass man die Tür bereits abgesperrt hat und plötzlich taucht eine elegante Dame auf und muss sich mein ganzes Elend anhören, dabei wollen Sie doch sicherlich nur Kleingeld für den Parkautomaten, richtig?«

Sie lachte ihn an:

»Nein, eine Flasche für heute Abend.«

»Nur eine?«

»Ja, das genügt mir. Aber richtig gut muss sie sein.«

»Sie bezweifeln die Qualität meiner Ware? Und das nach so einem Tag? Und obendrein von einer Kleinkundin? Wissen Sie, was Sie mir antun?«

Judith musste über die unverwüstliche Laune dieses Mannes lachen.

»Wenn Sie mir sagen, was Sie heute noch essen, dann bekommen Sie den passenden Wein dazu.«

»Das weiß ich noch nicht.«

»Oh, das ist ein Problem.«

Er sah sie bestürzt an. Judith war kurz verunsichert, doch da lachte er bereits wieder. Sie kaufte eine edle Flasche aus dem Bordeaux.

»Beim Gehen nicht schütteln und am besten sofort öffnen und dekantieren.«

»In Ordnung, danke.«

Judith trug die Flasche vorsichtig über die Straße. Sie deckte den Tisch, ging noch in den Garten hinters Haus, pflückte ein paar Blumen und steckte sie in eine Vase, dann las sie nochmals den Brief von Paul. In Hochstimmung entkorkte sie die Flasche und roch daran, der kräftige Geruch des Weins weckte ihren Appetit. Da erst fiel ihr ein, dass nichts Besonderes zum Essen im Kühlschrank lag, bis jetzt war sie überwiegend bei Inge und Konrad eingeladen gewesen. Sie sah auf die Uhr – der Supermarkt war noch geöffnet. Schnell zog sie eine Sommerjacke über und ging nach draußen. Der Weinhändler schloss gerade den Laden ab. Als er in sein Auto stieg, entdeckte er Judith mit ihrem Einkaufskorb.

»Fehlt noch was?«, rief er ihr zu.

»Ja, ich habe vor lauter Umzugshektik nichts Passendes zum Essen daheim.«

»Und jetzt kaufen Sie sich irgendetwas? Nein, das hat der Wein nicht verdient. Wenn ich frech sein darf, mache ich Ihnen einen Vorschlag: Ich beende meinen schwarzen Tag im italienischen Restaurant eines

Freundes, der vorzüglich kocht. Kommen Sie doch einfach mit.«

»Aber ich habe die Flasche bereits geöffnet.«

»Macht nichts. Die nehmen wir mit.«

»Aber ich kann doch nicht ...«

»Sie können, keine Sorge.«

Er lachte sie an.

»Und? Gehen Sie mit?«

»Warten Sie kurz, ich komme gleich.«

»Aber bitte nicht umziehen, der Wein atmet bereits!«

Judith stürmte in die Wohnung, kleidete sich schnell entschlossen um, ging kurz ins Bad, registrierte mit zufriedenem Blick ihr Aussehen, nahm die Flasche Wein und erschien nach kurzer Zeit vor dem Haus, wo der Weinhändler inzwischen mit laufendem Motor auf sie wartete.

»Vorsichtig, nicht schütteln«, rief er ihr aus dem Auto zu, als er sie mit der Flasche in der Hand kommen sah. Sie stieg ein.

»Sie haben sich ja doch umgezogen, und das in dieser kurzen Zeit. Das habe ich noch nie erlebt. Meine Ex-Frau brauchte immer tagelang dafür.«

»Danke.«

»Ich heiße Robert.«

»Judith.«

Er fuhr los und nach fünf Minuten hielt er vor einem italienischen Restaurant, das sie noch nicht kannte.

»Sie fahren defensiv, das ist angenehm.«

»Der Wein.«

Lachend betraten sie das Restaurant und nahmen einen kleinen Tisch am Fenster. Judith fiel positiv auf, dass das Lokal wohltuend unitalienisch eingerichtet war,

nirgends hing ein Ölbild des Vesuv oder ähnliche Geschmacklosigkeiten. Plötzlich stand der Koch vor ihnen.
»Robert, heute in Begleitung?«
Robert stellte Judith vor und sie gab ihm lächelnd die Hand. Er hieß Mario, kam aus Neapel und lebte seit fünfzehn Jahren hier. Da sie die ersten Gäste waren, setzte er sich dazu und Robert erklärte die Situation mit dem offenen Wein. Mario besah kritisch die Flasche und winkte der Bedienung zu, die daraufhin drei Gläser brachte. Er sagte:
»Ich probiere einen Schluck.«
Zu Judith gewandt fuhr er fort:
»Er will mich seit Jahren mit französischem Wein beliefern, ausgerechnet mich!«
Sie stießen an und tranken. Mario analysierte mit flatternden Backen den Geschmack, ehe er den Wein hinunterschluckte und mit geschlossenen Augen den Abgang prüfte.
»Nicht ganz schlecht für einen Franzosen.«
»Das heißt, er schmeckt ihm vorzüglich«, erklärte Robert.
Im Laufe des Abends bestellten sie eine zweite Flasche aus Marios Privatkeller, dazu bekamen sie ein Vier-Gänge-Menü. Einmal klingelte Roberts Handy und er erfuhr von seinem Sohn, dass das Ersatzgetriebe innerhalb von drei Tagen an die Werkstatt geliefert werde. Außerdem habe er die gesamte Weinladung im Keller der Pension, wo er zwangsläufig übernachten müsse, kühl zwischenlagern können. Für die Heimfahrt bestellten sie ein Taxi, zudem bestand Robert darauf, Judith einzuladen. Als sie aus dem Taxi stieg, hatte sie Mühe, sich den getrunkenen Wein nicht anmerken zu

lassen. Robert begleitete sie bis zur Wohnungstür und sie verabschiedeten sich mit einer angedeuteten Umarmung.

Am nächsten Tag schlief sie bis in den späten Vormittag hinein und las beim Frühstück nochmals Pauls Brief. Es musste ihn endlos Überwindung gekostet haben, solche Sätze aufs Papier zu bringen. Die Existenz der Skulpturen machte sie sprachlos, sie begann zu ahnen, wie sehr er sie brauchte. Ihr fielen seine angekündigten Skizzen ein und wie sie ihn kannte, würde er nicht lange damit warten. Noch immer leicht benommen vom Wein fand sie tatsächlich einen großen Umschlag vor ihrer Tür liegen. Sie öffnete ihn und nahm ein Aquarell von Paul heraus. Ihre Hände begannen zu zittern, je länger sie es betrachtete. Ihr mit leicht gespreizten Beinen daliegender Körper – Pauls Ausdruck war unvergleichlich. Ihr wurde plötzlich heiß. Lag es nur an Pauls Aquarell oder – was sie seit dem Erwachen zu verdrängen versuchte – an Robert, mit dem sie einen der ausgelassensten Abende ihres Lebens verbracht hatte?

Robert. Diese Mixtur aus unverwüstlicher Lebensfreude und Witz kannte sie weder von Paul noch von Karl, die sich immer ernst und unendlich wichtig nahmen. Während des dritten Ganges hatte er aus seinem Leben erzählt, das im Großen und Ganzen aus Fehlern bestand, so dass er nun Weinhändler, beziehungsresistent und allwissend geworden sei. Er habe mit zehn Jahren angefangen, Gitarre zu spielen und bald den Ruf erworben, der schnellste Gitarrist im Ort zu sein. Da ihn sonst wenig interessierte, habe er seine heimatliche

Kleinstadt mit der großen Welt verwechselt und sein Aufstieg zum besten Gitarristen Europas verhinderte nur noch seine Schulpflicht sowie das fehlende Geld für ein Flugticket nach London. Denn dort, so seine damalige Überzeugung, wartete man auf ihn. Seine Motivation zum Üben wurde gespeist aus den wenig erbaulichen Annäherungsversuchen an Mädchen, die ihn zwar alle nett fanden, dann aber doch mit anderen Jungs flirteten, was ihn regelmäßig zurück an die Gitarre trieb. Er entwickelte einen Racheplan: Diese Mädchen sollten es später allesamt bitter bereuen, spätestens wenn er ihnen vom Cover des *Rolling Stone* herab in ihre Augen blicken würde. Die Hingabe an die Rockmusik wirkte sich nachteilig auf seine schulischen Leistungen aus, so dass er das Gymnasium verlassen und eine Ausbildung beginnen musste. Es war ihm gleichgültig, welchen Beruf er erlernte, solange dies seine Finger nicht ruinierte. So wurde er Kaufmann. Die Popularität in seiner Heimatstadt indes war ungebrochen. Mit achtzehn Jahren bekam seine Sicht der Londoner Rockszene einen realistischen Knick. Nach der Lektüre von Kleinanzeigen sowie einiger Berichte aus der Nachwuchsszene, die er in einem britischen Rockmagazin abgedruckt fand, begann er zu ahnen, dass niemand auf ihn wartete, weder in London noch sonstwo. Mit fünfundzwanzig Jahren heiratete er überstürzt seine erste Freundin. Es dauerte nicht lange und sie bekamen ein Kind. Seine Frau stammte aus wohlhabendem Hause und ihre jahrelange Verachtung des elterlichen Vermögens hatte sie inzwischen abgelegt. Kurz, sie konnten sich mit dem Segen seiner Schwiegereltern ein eigenes Haus leisten. Nun widmete er seine ganze Leidenschaft dem Ausbau und der Verschönerung dieses Hauses, vernachlässigte darüber sogar seine Gitarre und, wie ihm erst später klar wurde, auch seine Frau, bis diese ihm an einem winterlichen Sonntagmorgen aus heiterem Himmel mitteilte, dass sie einen anderen Mann liebe. Damals lernte er, dass Vertrauen gut, Nicht-Vertrauen aber realistischer ist. Er verlor Frau, Haus und Kind an einen anderen Mann, der sofort bei ihr einzog. Mitten im Schmerz des Verlustes traf er eine Jugendfreundin, sie war eine von denen, die ihn vor zwanzig Jahren nett fanden, die sich dieses Mal aber in ihn verliebte. Gleich nach der Scheidung von seiner ersten Frau heiratete er sie und nach zehn Monaten Ehekrieg in einer gemeinsamen Wohnung trennten sie sich wieder. Damals lernte er, dass Heiraten gut, Nicht-Heiraten aber besser war. Nach all diesen Schlägen widerfuhr ihm dann doch noch Positives: Er erbte eine beträchtliche Summe Geld und fällte seine erste bedeutende Nicht-Fehlentscheidung, indem er eine florierende Weinhandlung übernahm, die der Vorbesitzer aus gesundheitlichen Gründen abgeben musste. Seine kaufmännischen Kenntnisse kamen ihm nun zugute und vielleicht war seine Rockmusikerkarriere sowieso daran gescheitert, dass er immer schon lieber Wein als Bier trank, es darin aber zu einer beachtlichen Kennerschaft gebracht hatte. Zudem stand ihm der Vorbesitzer mit Rat und Tat bei. Auch wenn die letzten Jahre alles andere als einfach waren, wollte er sich nicht beklagen.

Die Art, wie Robert all dies erzählte, gefiel ihr. Er nahm sich nicht so wichtig, vielmehr schien er zufrieden mit sich und seinem Leben. Gerade als sie ihn fragte, ob er noch Musik mache, setzte sich Mario an den Tisch. Robert meinte, für Mario sei er ein Genie, weil er einige Lieder von Adriano Celentano singen und dazu Akkorde schrubben könne, dabei seien dies lediglich feinmotorische Abfallprodukte seiner eingerosteten Virtuosität. Spät in der Nacht warf Mario sie aus dem Lokal, da er schließen wollte.

-3-

Nach Joachims Ankunft in Deutschland bestätigte sich seine Vorahnung. Die Garderobe seiner Wohnung war bis auf eine seiner Jacken leer, es fehlten vereinzelt Möbelstücke, die Susanne gehörten, und auf dem Wohnzimmertisch lag ein verschlossener Brief. Er stellte seinen Koffer ab und verspürte Erleichterung, dass ihm eine Aussprache vorerst erspart blieb. Nach der Zeit auf Tinos kam ihm seine Wohnung plötzlich ungewohnt ordentlich und steril vor, so dass er beschloss, wieder für mehr mediterranes Flair zu sorgen, der mit Susannes Einzug so gut wie verschwunden war. Er öffnete alle Fenster und ließ die Sommerhitze in die Wohnung. Dann öffnete er Susannes Brief.

Lieber Joachim,

sicher wunderst du dich nicht, dass ich gegangen bin. Ich vermute, dass du darüber eher erleichtert bist. Seit ich begonnen habe, die ersten Dinge aus dieser Wohnung hinauszutragen, spüre auch ich Erleichterung, wenngleich sie schmerzlich ist. Aber ich kann wieder atmen. Ich wünsche uns beiden, dass wir wieder den Rahmen finden, um unserer Beziehung eine neue Chance zu geben, so wir es beide wollen.

Denn wir haben hier keinen Platz zu dritt.

Alles Liebe
Susanne

Sie zählte Elena mit – zu Recht, wie er im Moment zugeben musste. Er steckte den Brief zurück in den Umschlag und begann, den Koffer auszupacken. Dann rief er Anna an und meldete sich zurück, aber ohne Susannes Auszug zu erwähnen. Er schaltete seinen Computer ein und rief die wenigen E-Mails ab, unter anderem eine von Paul:

Hallo Joachim, was treibst du dich schon wieder am Computer herum, du sollst komponieren! Wage es nicht, dich zu melden, ehe deine Elegie fertig ist. Kannst du mir dann eine Aufnahme zukommen lassen?

Mit ungeduldigen Grüßen
Paul

Joachim antwortete ihm, dass er lieber seinen Brief an Judith schreiben solle, anstatt ihn mit E-Mails vom Komponieren abzuhalten. Dann ging er daran, die bisherigen Entwürfe der *Elegie* zu sichten, er wollte keine Zeit verlieren, da in einer Woche der Quartettalltag erneut begann.

Er sah die Notenblätter durch. Das auf Tinos Komponierte passte sich dem bislang Geschriebenen nicht nur nahtlos an, sondern führte es intensiver als bisher fort. Im Musikzimmer holte er das Cello aus dem Wandtresor, den er sich bei seinem Einzug hatte einbauen lassen. Nach seiner langen Abwesenheit ging er davon aus, dass das Cello gekränkt war, mit alten Instrumenten war nicht zu spaßen. Er strich über die Saiten, spannte den Bogen und spielte einige Tonleitern. Der Ton blühte erst nach einer Stunde wieder auf und

Joachim empfand ungewohnte Freude am Spielen, die Pause war in jeder Hinsicht richtig gewesen.

Er komponierte fast die ganze Nacht hindurch. Die auf Tinos so tief empfundene Nähe zu Elena beflügelte seine Ideen – ein Wechselbad aus Trauer, Freude und musikalischer Schöpfung. Das Notenpapier lag verstreut am Boden, immer wieder variierte er die beiden Hauptthemen, hielt inne, um aufgewühlt Fotos von Elena zu betrachten. Frühmorgens fiel er ins Bett, schlief bis mittags und schrieb dann weiter bis in die Nacht hinein. Sobald der Schaffensrausch abebbte, überkam ihn Sehnsucht nach Elenas Wärme und die fast unerträgliche Liebestrauer drängte ihn erneut zum Weitermachen. Als eine besonders gelungene Variation von Elenas Thema fertig auf dem Notenblatt stand, hatte er das Bedürfnis, mit jemandem zu reden. Er wählte Annas Nummer, legte aber sofort wieder auf. Nein, sie konnte er nicht damit belasten. Ernüchtert bemerkte er, dass ihm sonst niemand einfiel. Er saß noch eine Zeit lang vor dem Telefon, um schließlich todmüde ins Bett zu gehen.

Am nächsten Morgen machte er eine provisorische Aufnahme der ersten beiden Sätze. Da sie für zwei Celli geschrieben waren, nahm er zuerst eine Stimme auf und spielte dann die andere dazu ein, was ausreichen würde, um die Struktur der Komposition zu beurteilen. Vor dem Abhören ging er zuerst auf die Terrasse und setzte sich in die Sonne, um sich zu beruhigen. Seine Hände zitterten. Er schloss die Augen und meinte, Elenas Schritte zu hören und erwartete ihre Arme, wie sie sich von hinten um ihn legten. Er versank in dieser Vorstellung, Müdigkeit überkam ihn und die flüchtigen

Traumbilder vermischten sich mit den Melodien der *Elegie*.

Erst Stunden später fühlte er sich in der Verfassung, die Aufnahme anzuhören. Schnell fiel ihm auf, was noch der Änderung bedurfte, überarbeitete am Abend die betreffenden Takte und nahm die gesamte Komposition erneut auf. Die ersten beiden Sätze waren so gut wie fertig, der letzte Satz erklang bereits in ihm, dort würde er die Themen der vorangegangenen Sätze in verschlungenen Variationen zum Höhepunkt führen, um in einem leuchtenden Finale direkt in Elenas sonniger Seele zu enden. Leider würde er vorerst weder Zeit noch Ruhe dafür finden.

Am nächsten Vormittag ging er nach dem Üben in den Keller und holte einige von den Erinnerungsstücken, darunter ein gerahmtes Foto von ihm und Elena sowie einige ihrer griechischen Vasen. Dann saß er vor Elenas Kiste, die er damals aus dem Haus in seine Wohnung mitgenommen hatte, ohne sie zu öffnen. Elena hatte viele Jahre Tagebuch geführt und er ging davon aus, in ihnen eine Erklärung wegen ihrer Briefe an Karl Baumann zu finden. Die Kiste enthielt ihre persönlichen Dinge und war für ihn während ihrer Ehe ebenso tabu wie sein Schreibtisch für Elena. Er zögerte kurz, doch dann begann er den Inhalt zu sichten: mehrere Schuhkartons mit Fotos, eine Mappe mit Postkarten und Briefen von Anna, ein Kästchen mit altem Schmuck sowie eine mit Leder überzogene Box. Darin fand er die vermuteten Tagebücher in griechischer Schrift verfasst. Sie umfassten den Zeitraum von Elenas Jugend bis zu ihrem Tod. Da die Jahreszahlen in arabischer Schrift geschrieben standen, fand er schließlich das Jahr 1976, der Zeitraum ihrer Affäre mit Karl Baumann. Er blätterte weiter bis 1981, Annas Geburtsjahr und der Zeitpunkt ihres vermutlich zweiten Briefes an Karl. Hier würden Anna und er wohl Erklärungen finden, sie müsste die Tagebücher allerdings übersetzen – ob sie bereit dazu war? Er legte sie zurück in die Lederbox und nahm einen der Schuhkartons mit den Bildern, worin Fotos von Elena und ihrer Familie lagen, die er bereits kannte. Ganz unten am Kistenboden entdeckte er einen weiteren Umschlag mit zwei vergilbten Fotos darin. Eines davon zeigte zwei Männer, wovon Joachim einen als Elenas Vater erkannte, der neben einem deutschen Soldaten stand. Er drehte das Bild um und las *1943* sowie zwei griechische Wörter. Auf dem anderen Foto sah er fünf Personen um einen Tisch sitzen. Auf der Rückseite stand nur eine Jahreszahl: *1951*. Hinter Elenas Vater und Mutter stand ein älterer Mann, den er als ihren Großvater mutmaßte. Seitlich am Tisch saß ein weiterer Grieche mit einem markanten Kinnbart, der eine junge, lachende Frau im Arm hielt, offensichtlich keine Einheimische. Er steckte die Fotos zurück in den Umschlag. Dann sah er nochmals die anderen Fotos von Elena durch. Schon auf den Kinderbildern hatte sie diesen wachen Blick, in den er sich während ihrer ersten Begegnung in Athen sofort verliebte und der gelegentlich auch in Annas Augen auftauchte. Auf zwei Bildern mit ähnlichem Motiv sah man Elena einmal als Kind mit ihrer Familie vor dem Hotel und später im Jugendalter, als das Hotel bereits modernisiert und erweitert worden war. Ein Foto zeigte den Umbau und einen Griechen auf einem Gerüst stehen, der mit Pinsel und Palette die Wände der Eingangshalle gestaltete. Beim genaueren Hinsehen erkannte er an ihm wieder diesen markanten Kinnbart. Joachim kramte das andere Foto wieder aus dem Umschlag hervor und verglich sie. Unverkennbar handelte es sich um denselben Mann, der auch die fremde Frau im Arm hielt. Irgendwoher kam ihm dieses Gesicht bekannt vor. Er ging nach oben zu den Fotoalben und durchsuchte die Hochzeitsbilder. Da erkannte er ihn. Dieser Grieche hatte ihnen als Freund von Elenas Eltern zur Hochzeit die kleine Marmorfigur geschenkt, die mit Susannes Einzug aus dem Wohnzimmerregal verbannt worden war. Im Keller fand er sie ganz oben auf dem Regal in Papier eingewickelt liegen. Sie stellte ein in sich verschlungenes Liebespaar dar. Elenas Vater hatte ihm über dieses Geschenk irgendwann erzählt, welche Besonderheit es darstelle, dass sein Künstlerfreund einem Deutschen so ein Geschenk mache, nachdem der Krieg und die Besetzung von Tinos ihm schlimm zugesetzt hätten. Joachim legte alles zurück in die Kiste. Er würde sie beizeiten Anna zeigen, dann konnte sie ihm die beschrifteten Fotos übersetzen. Die Marmorfigur nahm er mit in sein Musikzimmer und stellte sie aufs Fensterbrett.

-4-

Der Frauenanteil der Studenten an Max' Universität lag bei knapp achtzig Prozent, was seinen Neigungen mehr als entgegenkam. Nachdem er auf Druck seines Vaters vor zwei Jahren eine eigene Wohnung nehmen musste, baute er darin eine Art Doppelexistenz auf: ein Leben als Sohn und das eines selbstständigen Singles. Sein offenkundig perfekt geführter Haushalt beeindruckte nicht wenige der Frauen, die er zu sich einlud. Die Dienstleistungen seiner Mutter versuchte er so gut wie möglich zu verschleiern, was ihm aber nur selten gelang. Er verdankte es daher vor allem seinem attraktiven Aussehen, dass sein wachsender Ruf als »Muttersöhnchen« die Frauenkontakte an seiner Universität nicht einschlafen ließen. Irgendwann war ihm zu Ohren gekommen, dass das hochschulinterne *Referat für Lesben und kritische Frauen* ihm und seinesgleichen in seiner Halbjahresschrift ein wenig ruhmreiches Denkmal setzen wollte. Das Referat war bundesweit das letzte seiner Art und als nicht mehr zeitgemäß und antiquiert verspottet, jedoch tatkräftig am Leben gehalten von einer militant gesinnten Professorin, welche die Fahnen der radikalen Emanzipation gegen den Trend der Zeit noch immer hochhielt. Der Artikel stellte einen giftigen Angriff auf den *Muttersohn heute* dar. Im fett gedruckten Nachwort wurden männliche Leserbriefschreiber aufgefordert, sich Kommentare zu ersparen, dass die Autorinnen selber künftige Mütter seien. In der Lebensplanung der Autorinnen kämen weder Männer noch Kinder vor, so dass das an sich schon kraftlose Argument noch tiefer ins Leere greife.

Zwei Tage nach Erscheinen des Artikels hing an einer Damentoilettentür der Universität ein großflächiges Plakat mit der Überschrift *Entartete Frauen*. Darunter klebten zwei Fotos ehemaliger Redakteurinnen mit deren Männern und Kindern. Ein deutlicher Hinweis stellte klar, dass die »Entartung« sich nicht auf jene verheirateten, sondern auf die aktuellen Redakteurinnen bezog. Da das Plakat mit wetterfestem Industrieleim geklebt worden war, hängten die Redakteurinnen mit Hilfe des Hausmeisters die Tür aus und stellten sie in die Aula mit dem Hinweis, dass nationalsozialistisches Gedankengut die einzige Antwort sei, die Männer auf sachliche Kritik hervorzubringen imstande seien.

Max, der mit der Plakataktion gerne etwas zu tun gehabt hätte, klopfte an der Tür des Referats. Cora, eine attraktive Mitstudentin mit dunklem Kurzhaarschnitt, kam heraus und deutete wortlos auf ein angebrachtes Schild: *Wir müssen draußen bleiben*. Der darauf abgebildete Hund war mit einem Eddingstift durchaus gelungen und nicht ohne Ironie in einen Mann verwandelt worden.

Max sagte:

»Ich wollte mich lediglich bei euch bedanken. Euer Hetzartikel gegen mich beschert mir unverhofft viele Frauenkontakte. Jetzt bat mich ein Freund zu fragen, ob ihr in der nächsten Ausgabe speziell gegen ihn hetzen könnt.«

Sie sah ihn mit blitzenden Augen an:

»Dein Niveau ist erbärmlich."

Max fuhr unbeirrt fort:

»Aber er behandelt Frauen wirklich wie Vieh. Das könnt ihr nicht hinnehmen ...«

Mit angewidertem Gesicht schlug sie die Türe zu. Max war im höchsten Maße zufrieden.

Seit seine Mutter bei Inge wohnte, blieb ihre Unterstützung seines Haushalts aus, was Max mit aufkommender Unordnung und gähnender Leere im Kühlschrank zu spüren bekam. Im Grunde war er jedoch erleichtert darüber. Er konnte Judiths Verhalten seinem Vater gegenüber nicht akzeptieren. Im Vergleich dazu kamen ihm seine eigenen Frauengeschichten geradezu harmlos vor, zumal er keinerlei Verlangen mehr danach verspürte, so seltsam es ihm auch anmutete, dass ausgerechnet das Verhalten seiner Mutter ihn bekehren würde. Seit seiner Rückkehr aus Tinos hatte sie ihn einmal angerufen, doch er war wortkarg und kühl geblieben. Der Widerwille gegen sie bestärkte seine Absicht, sein Leben endlich selber in die Hand zu nehmen. Eine nicht unbedeutende Rolle dabei spielte Elke, die nur eine halbe Stunde entfernt wohnte. Nach ihrer Rückkehr aus Griechenland hatten sie sich sofort getroffen und euphorisch beschlossen, weiterhin zusammenzubleiben. Sie verbrachten drei Tage und Nächte in ihrer winzigen Wohnung. Max erzählte ihr ausführlich von seinem Familienchaos. Irgendwann begann Elke zu heulen und erzählte ihrerseits nun die halbe Nacht aus ihrem Leben. Danach kam ihm seine eigene Familie harmlos vor.

-5-

Karl verspürte seit Wochen immer wieder Herz-Rhythmus-Störungen, was er anfangs auf die hochsommerlichen Temperaturen schob, bis er schließlich seinen Arzt konsultierte, der jedoch nichts Auffälliges feststellen konnte. Da jener gleichzeitig sein langjähriger Golfpartner war, sprach er Karl offen auf seine Probleme an. Karl berichtete ihm von seiner Trennung, seinem verhassten Bruder, der ungeklärten Vaterschaft von Max und schließlich von dem Umstand, dass man ihn bei der Besetzung des Ministerialdirektorpostens zugunsten eines Jüngeren übergangen habe, was ihn außerordentlich geärgert habe. Karl redete sich in Rage, bis sein Arzt nachfragte, ob er der Einzige sei, mit dem er solche Probleme besprechen könne, was Karl bejahte. Mit dem Ratschlag, einen Gesprächstherapeuten aufzusuchen, ging Karl deprimiert nach Hause. Er legte sich auf das Sofa im Wohnzimmer und dachte nach, doch die Stille wurde ihm nach kurzer Zeit so unerträglich, dass er das Radio einschaltete. Wieder spürte er sein Herz.

Die letzten Jahre hatte er auf diesen letzten Karriereschritt hingearbeitet, doch es war anders entschieden worden. Karl kannte ihn – zehn Jahre jünger und verheiratet mit der Nichte des Staatssekretärs. Obwohl mit den Gepflogenheiten bei der Besetzung hoch dotierter Stellen vertraut, kam die Niederlage dennoch überraschend. Nun bemerkte Karl, wie er auf dem Dienstweg immer häufiger übergangen wurde. Sein Herz begann heftig und unregelmäßig zu pochen. Er stand auf und schenkte sich ein Glas Wein ein, was ihm die Bemerkung eines anderen Golfpartners in Erinnerung rief. Dieser hatte ihm beiläufig erzählt, dass er Judith in eindeutiger Pose mit dem Inhaber der Weinhandlung *Vinobile* gesehen habe. Karl kannte ihn, doch der Ärger der letzten Wochen war ihm derart über den Kopf gewachsen, dass er beschloss, sich erst später darum zu kümmern.

Er dachte an Petra, seine Freundin. Sie studierte und er unterstützte sie finanziell, dafür besorgte sie einen Tag in der Woche seinen Haushalt. In letzter Zeit war aber auch sie seltsam distanziert, er fühlte sich jedoch zu träge und zu stolz, um nachzufragen. Sie übernachtete an zwei Tagen in der Woche bei ihm, da sie bei ihrer Mutter wohnte und diese seit dem Tod ihres Vaters mitversorgte. Er schlief mit ihr und erfreute sich an ihrer unbeschwerten Art, die ihm die letzten Wochen nun zu fehlen begann. Der Gedanke, sie zu verlieren, versetzte ihn in schlechte Laune, auch wenn es absehbar schien, schließlich war sie über dreißig Jahre jünger.

Er nahm einen Schluck aus dem Glas. Ihm fiel Max ein. Der Gedanke, dass er nicht sein leiblicher Sohn sein sollte, verbitterte ihn. Bei aller Kritik, die er Max gegenüber vorzubringen hatte, war er immer der fleißigere und zielstrebigere seiner beiden Söhne gewesen. Seinem Charme konnte auch er manchmal nur mit Mühe widerstehen, ein Punkt, an dem Judith vom ersten Tag an gescheitert war. Max war also das Ergebnis von Judiths unglaublichem Betrug. Hätte er es bemerken können? Sie schliefen damals miteinander, selten zwar, aber oft genug, um ein Kind zu zeugen.

Er hatte Judith über seinen Anwalt aufgefordert, genaue Angaben zu machen, ansonsten bestehe er auf einem Vaterschaftstest. Judiths Anwältin schrieb zurück, dass diese Äußerung Judiths im Rahmen eines heftigen Streits gefallen sei und lediglich eine Möglichkeit, wenngleich eine äußerst wahrscheinliche, darstelle. Sein Anwalt riet ihm daraufhin zu einem Vaterschaftstest, doch Karl bestand nur darauf, wenn Max selber dies wolle. Er hegte inzwischen kaum noch Zweifel an der Vaterschaft von Paul. Es wurde zudem vereinbart, dass Judith Max bei passender Gelegenheit darüber aufklären würde und Karl dann sofort Bescheid zu geben habe. Er fasste an sein Herz, erneut spürte er diesen stechenden Schmerz. Setzte ihm diese Angelegenheit vielleicht doch am meisten zu? War Paul derjenige, der ihn krank machte?

Am nächsten Morgen, ein Montag, erwachte er nass geschwitzt und todmüde. Er rief im Büro an um mitzuteilen, dass er nicht kommen würde. Er fühlte sich nicht richtig krank, vielmehr bleiern müde und ging nach dem Frühstück sofort wieder ins Bett. Irgendwann im Laufe des Vormittags hörte er die Haustüre. Das musste Petra sein, die nicht wissen konnte, dass er zu Hause war. Montags kam sie sonst nie, was wollte sie in seinem Haus? Er stand auf, ging leise die Treppe hinunter und sah die geöffnete Türe zu seinem Arbeitszimmer. Durch den offenen Spalt beobachtete er, wie Petra an dem kleinen Safe hantierte, der sich in seinem Eichenschreibtisch befand. Sie öffnete ihn und fasste hinein. In dem Augenblick betrat Karl das Zimmer.

»Was machst du da?«, fragte er.

Petra sah erschrocken zu ihm auf, fing sich aber gleich wieder.

»Ich wusste nicht, dass du hier bist, sonst hätte ich dich fragen können. Ich brauche dringend Geld, du bekommst es in zwei Wochen zurück.«
»Woher kennst du den Code?«, fragte er misstrauisch.
Petra legte das Geld wieder hinein, schloss die Safetüre und sagte:
»Soll das ein Verhör sein? Entweder du vertraust mir oder nicht«, sagte sie in einer Bestimmtheit, die er ihr nicht zugetraut hätte.
»Du nimmst Geld aus meinem Safe, zu dem nur ich Zugang habe. Den Code musst du gezielt in meinen persönlichen Unterlagen gesucht haben. Wenn du meine Frage daher als Verhör ansiehst, dann zeugt das vor allem von deinem schlechten Gewissen.«
Petra wurde laut:
»Willst du mir etwa Diebstahl unterstellen?«
Sie sah ihn scharf an und fuhr fort:
»Das habe ich nicht nötig, ich hole meine Sachen und gehe!«
Sie rannte an Karl vorbei aus dem Zimmer und packte ihren Koffer. Dann warf sie ihm ihren Schlüssel vor die Füße und sagte:
»Du kannst dir jemand anderes fürs Bett suchen.«
Sie verließ das Haus mit einem kräftigen Schlagen der Haustür. Karl hob den Schlüssel auf und ging zurück in sein Arbeitszimmer, wo er den Safe öffnete und das Geld nachzählte: Es fehlten zwölfhundert Euro. Die hatte Petra sich wohl schon früher ausgeliehen. Er schleppte sich nach oben ins Badezimmer, sein Herz schlug wieder unregelmäßig und sein Kopf schmerzte. Wut stieg in ihm hoch, vor allem Wut auf Judith, die ihm letztlich sein ganzes Leben durcheinandergebracht

hatte. Sollte er Petra anzeigen? Bei dem Gedanken daran überkam ihn noch mehr Müdigkeit – die Situation war entwürdigend genug, zuletzt würde Petra noch behaupten, das Geld sei der Lohn für ihre Liebesdienste. Im Medizinschrank fand er Schlaftabletten. Das Haltbarkeitsdatum war seit sechs Monaten überschritten, doch es war ihm egal. Er nahm zwei davon, spülte sie mit Wasser hinunter und fiel wieder ins Bett. Er wollte nur noch schlafen.

-6-

Max hatte sich während seines Biologiestudiums wiederholt mit Reptilien beschäftigt, insbesondere aber mit den Geckos, deren Bodenhaftung ihn faszinierte. Sie konnten – und das war in Relation zu ihrem Körpergewicht einmalig – senkrechte Glaswände hochkriechen ohne Spuren zu hinterlassen. Der Vater seiner damaligen Freundin arbeitete in der Forschungsabteilung eines Unternehmens mit dem Ziel, diese Hafttechnik industriell zu nutzen. Max, froh darüber, dem ermüdenden Biologiestudium einen interessanten Aspekt abzutrotzen, fand die Unterstützung eines Professors, was schließlich in seine Diplomarbeit mündete. Die geplante Doktorarbeit, die seine Forschungen über die Gecko-Haftung vertiefen sollte, stockte jedoch seit geraumer Zeit aufgrund der zahlreich benötigten Versuchsreihen, deren Verwertbarkeit ebenso ungewiss war wie deren Finanzierung. Angesichts dieser Widrigkeiten wandte er sich seiner eigentlichen Leidenschaft zu: Er hatte einen Gecko-Roman geschrieben. Die Idee dafür war ihm beim Lesen von Mario Puzos *Der Pate* in den Sinn gekommen. Das Buch stand früher im elterlichen Bücherregal und mit Einsetzen der Pubertät wies ihn Torsten auf eine Stelle am Beginn des Buches hin. Beinahe atemlos las er die Szene, in welcher eine Brautjungfer wilden Geschlechtsverkehr im Stehen hat. Eher zufällig fiel ihm das Buch als Student ein zweites Mal in die Hände, genau in der Zeit, als der Gecko ihn zu faszinieren begann. Die Idee für den Plot eines Gecko-Romans war geboren. Fortan erzählte er Torsten, den er als Einzigen in sein Projekt einweihte, immer wieder Details, bis dieser ihn irgendwann fragte, ob er sich einen Plagiatsprozess an den Hals schreiben wolle.

Gecko nostra, so der geplante Buchtitel, stellte eine wild verwickelte Geschichte um einen sizilianischen Gecko-Clan im Migrantenmilieu dar, der sich mit mehreren Reptilienclans der einheimischen Sizilianos anlegt, um seinen Einfluss auszubauen. Sein strategischer Vorteil war – neben der ungewöhnlichen Intelligenz und Bedachtheit von Luigi, dem Gecko-Paten – die Fähigkeit zur spurenlosen Fortbewegung, mit deren Hilfe er kaltblütig Zwietracht säte, bis der Clan schließlich die erstrebte Führung an sich riss. Der Machterhalt wurde jedoch gefährdet durch die ebenso leidenschaftliche wie verbotene Liebe Luigis zu Gianna, der Geliebten des verfeindeten Sizilianopaten Marlon, der diese auf der Hochzeit seines Bruders stehend entjungferte. Auf jenem Fest war auch Luigi anwesend und Giannas atemberaubende Schönheit machte ihn sofort verrückt nach ihr. Max hatte Luigis an innerer Zerrissenheit kaum zu überbietenden Schicksalskampf spannend entwickelt, doch verlangte die Dramaturgie der Geschichte von Luigi, dass er nach dem Bekanntwerden seiner skandalösen Affäre mit Gianna verschwinden musste, und zwar ohne seine Geliebte und zudem spurlos. Dieser Schluss befriedigte Max aber nicht und er schrieb ihn um. Nun ließ der Ausbruch des Ätna kurz vor Luigis erzwungener Flucht offen, wer überlebte und wie es überhaupt weitergehen würde. Dies hatte Max kühl geplant, um – sollte das Genre des Reptilienkrimis Erfolg haben – eine oder mehrere Fortsetzungen schreiben zu können. Max wusste allerdings um eine nicht unbedeutende Schwäche des Stoffes: zu wenig Sex. Bei aller Mühelosigkeit, für Luigis herbe Latino-Geckohaftigkeit Worte zu finden, versagte ihm bei der Bemühung, Giannis reptilieneigene Erotik zu beschreiben, die Sprache. Er ließ die betreffenden Absätze weg. Den fertigen Roman gab er einem befreundeten Germanisten, der in den letzten Zügen seiner Doktorarbeit über die »Inflationäre Ausbreitung des Belanglosen in der zeitgenössischen Literatur« lag, was Max nicht wusste. Dementsprechend ernüchternd lautete dessen Kommentar, wenngleich er Max ein nicht gänzlich fehlendes Talent zum Schreiben bescheinigte. Max bedankte sich für seine Mühe und beschloss, ihn nie wieder anzurufen. Da jedoch dieses Buch alleine seine Einkommensverhältnisse kaum ändern würde, plante er zudem, sein Fachwissen journalistisch zu nutzen. So saß er seit Wochen an einem Artikel für ein populärwissenschaftliches Magazin mit kleiner, aber konstanter Auflage, dem er das Thema der Gecko-Haftung angeboten hatte. Er hoffte nun, sein Studium und seine schriftstellerische Neigung in einer freiberuflichen Tätigkeit vereinen zu können. Wenn es ihm gelänge, würde er die Doktorarbeit abblasen und endlich Geld verdienen, um mit Elke in eine gemeinsame Wohnung zu ziehen.

-7-

Joachim fand problemlos in die Quartettarbeit zurück, vor den ersten Konzerten Mitte Juli war eine zehntägige Vorbereitungszeit eingeplant. Er berichtete seinen Kollegen gleich beim ersten Treffen von dem geplanten Konzert auf Tinos und tags darauf erklärten sie ihre einvernehmliche Bereitschaft, dort zu spielen. Er dankte ihnen, bestand allerdings darauf, die Kosten für die Flüge und die Unterkunft zu übernehmen.

Bei Susanne wollte er sich eigentlich schon längst melden, doch er scheute die Begegnung. Ihren Auszug betrachtete er inzwischen als Trennung – eine Deutung, die sich aus ihrem Brief aber nicht zwangsläufig ergab und daher der Klärung bedurfte. An einem Sonntag stand sie dann überraschend bei ihm vor der Tür. Ihr Besuch kam ihm ungelegen, da er erst tags zuvor übermüdet von den Strapazen einer Konzertreise zurückgekehrt war. Er bat sie herein.

»Möchtest du etwas trinken?«, fragte er.

Sie sah ihn befremdet an.

»Du behandelst mich wie einen Gast. Ich habe bis vor kurzem hier mit dir gelebt.«

Joachim holte zwei Gläser, schenkte Wasser mit etwas Orangensaft ein und setzte sich zu ihr.

»Du bist seit über drei Wochen wieder hier und hast dich nicht gemeldet«, sagte Susanne.

»Ich weiß. Es tut mir leid.«

»Es braucht dir nicht leidzutun, offensichtlich wolltest du es nicht.«

»Ich war die erste Zeit nach meiner Rückkehr sehr beschäftigt und dann begannen sofort die Proben und Konzerte.«

»Für einen Anruf wäre immer noch genug Zeit geblieben.«

Er wusste, dass sie Recht hatte.

Sie fuhr fort:

»Wahrscheinlich ist es dir angenehm, dass ich ausgezogen bin und du wolltest vermeiden, es mir zu sagen.«

»Da ist etwas Wahres dran.«

»Mein Auszug bedeutete für mich nicht, dass wir uns trennen.«

»Ich habe den Auszug nicht von dir verlangt, er war deine Entscheidung. Doch seit ich zurück bin, scheint mir, dass es besser so ist.«

Sie sah ihn an und trocknete mit einem Taschentuch ihre Augen. Joachim stand auf, nahm sie in seine Arme und sagte, dass es ihm leid tue. Er habe nie einen Hehl daraus gemacht, was Elena für ihn bedeute. Bei diesen Worten machte sie sich von ihm los und warf ihm mit bebender Stimme vor, mit seiner Ehrlichkeit kein bisschen besser zu sein, als wenn er sie betrogen hätte. Sie könne seine Ehrlichkeit, seine Mitleid heuchelnden Entschuldigungen und seine mystische Liebe nicht mehr hören, diese unerträgliche Treue zu seiner Elena, in deren Schatten sie ab und zu vor seine Augen treten dürfe, sie wolle ihn und seinen Trauerblick nie mehr sehen, solle er doch ungestört von anderen Frauen weiterhin seine Elena vergöttern.

Sie stand auf und ging zur Tür. Schon nach zwei Schritten tat ihr jeder Satz leid und sie hoffte, Joachim würde mit einem Wort nochmals die Hand nach ihr ausstrecken, doch er schwieg.

In ihrer Wohnung ließ sie sich aufs Bett fallen. Allmählich begann sie einzusehen, dass sie es mit Joachims innerem Denkmal nicht aufnehmen konnte.

-8-

Judith und Robert schliefen miteinander, wachten anfangs aber nie zusammen auf. Er hatte mit der Weinhandlung zusammen ein kleines Appartement im selben Haus gekauft, damals mit dem Hintergedanken, dass er in umsatzschwachen Zeiten zur Not dort wohnen konnte, was inzwischen eingetreten war. Schlicht und geschmackvoll eingerichtet mit einer winzigen Küchenzeile, einem französischen Bett, einem kleinen Sekretär und einem Jugendstiltisch zum Essen, nannte Judith das Appartement inzwischen *Petit Cru*. Nach ihren Liebesstunden, die sie ausschließlich dort verbrachten, musste Judith lediglich über die Straße zu ihrer Wohnung – eine Idealsituation, an deren Veränderung sie keinerlei Interesse bekundeten.

Die Aquarelle und Skizzen von Paul, welche fast wöchentlich bei ihr eintrafen, erschwerten die Entscheidung, die zu treffen sie sich gezwungen sah, so sehr, dass sie sie schließlich ungeöffnet ließ. Aber auch die verschlossene Post nagte an ihren Selbstzweifeln, der Zwiespalt in ihr wuchs über die Monate hinweg weiter an und eine Entscheidung schien ihr unmöglich.

Erst allmählich bemerkte sie, wie viel Zeit Robert in sein Geschäft investierte. Oft, wenn sie ihn spontan besuchte, saß er über Abrechnungen und Bestellungen. Er arbeitete im Grunde fast rund um die Uhr, außer sonntags. Abends nahm er Bewirtungen für jeden noch so kleinen Anlass an, wenn er sich Folgeumsätze davon versprach. Sein Sohn entwarf ihm eine Website, mit der er seinen Wein über das Internet verkaufen konnte – ein wenig lohnender Bereich, die Preise waren ruinös niedrig. Robert arbeitete zu viel, war angespannt und derart nervös, dass Judith sich Sorgen um seine Gesundheit zu machen begann. Sie kochte für ihn, putzte das *Petit Cru* und inzwischen sogar den Laden, brachte ihm jeden Tag ein warmes Mittagessen oder blieb im Geschäft, wenn er etwas ausliefern musste. Doch viel mehr konnte sie nicht für ihn tun, denn am meisten bedrückte ihn der rückläufige Umsatz.

Mit Inge und Konrad vereinbarte sie, binnen eines halben Jahres wieder auszuziehen. Bis dahin hoffte sie entschieden zu haben, ob sie zu Paul ziehen oder hier bleiben würde. Im letzteren Fall müsste sie sich zusätzliche Arbeit suchen. Inge fragte sie irgendwann, warum sie nicht gleich in der Weinhandlung mitarbeite. Judith antwortete:

»Er könnte mich nicht bezahlen. Er ist in ständiger Sorge wegen seines Umsatzes. Außerdem braucht er absolute Unabhängigkeit.«

»Warum gerätst du eigentlich grundsätzlich an Männer, die unfähig sind, Nähe zu ertragen? Und wenn wir schon bei dem Thema sind: Ehrlich gesagt finde ich es nicht fair, was du mit dem Weinhändler treibst. Du hältst dir Paul warm und gleichzeitig fängst du etwas Neues an, natürlich vollkommen unverbindlich. Es tut mir leid, das sagen zu müssen, aber du wirst richtiggehend chaotisch.«

Judith sah sie herausfordernd an.

»Du bist hart zu mir.«

»Ich sorge mich um dich, das ist alles«, sagte Inge in versöhnlichem Ton.

»Ich kann nicht allein sein.«

»Musst du auch nicht. Bisher hattest du zwei Männer. Nun ist Karl weg und statt endlich zu Paul zu ziehen, holst du dir wieder einen zweiten.«
»Ich habe ihn mir nicht geholt.«
»Er stieß aber auf keinerlei Widerstand.«
»Das stimmt.«
»Also.«
Damit ließ Inge sie allein. Judith dachte nach. Sie hatte Robert nicht gesucht, er war ihr begegnet, sie verliebte sich und konnte inzwischen nicht mehr auf ihn verzichten.

Mitte August fuhren sie für eine Woche ins Burgund. Robert wollte einige Winzer aufsuchen und neue Kontakte knüpfen, Judith freute sich hingegen auf romanische Kirchen und die Zisterzienserabtei Fontenay. Bei den Winzern wurden sie jedes Mal zum Essen eingeladen. Sie übernachteten in kleinen Landhotels und gewöhnten sich daran, gemeinsam aufzuwachen. Am vierten Tag besuchten sie Werner, einen alten Freund von Robert aus Studienzeiten, der inzwischen mit seiner französischen Frau Sylvie in deren Heimat, das Burgund, gezogen war. Werner war als Produzent von alter Musik fast zwanzig Jahre lang erfolgreich gewesen, nach zwei Hörstürzen aber ausgestiegen. Judith spürte schnell, dass Werner und Robert eine besondere Freundschaft verband. In Gegenwart von Werner legte er alle Scheu ab, sie philosophierten über Weinanbau, das ideale Leben und die ersten Filme von Godard. Bevor sie zu Bett gingen, sagte Werner:

»Ich bin glücklich hier, Robert. Die Menschen, die Landschaft, die Ruhe und natürlich Sylvie. Ich bin ein Franzose geworden – die höchste Stufe des Glücks.«
Robert sah ihn lange schweigend an.

Am nächsten Morgen wachte Judith ungewohnt früh auf, da die Sonne durch das Dachfenster direkt in ihr Gesicht schien. Robert schlief neben ihr, seine Hand lag auf ihrer Hüfte. Das kleine Gästezimmer unter dem Dach von Werners Haus strahlte eine behagliche Atmosphäre aus. Sie blickte zu Robert hinüber. Am Vorabend waren alle Vorsicht und Vernunft von ihm abgefallen und sie dachte an seinen Satz, den er ihr vor dem Einschlafen zuflüsterte:
»Hier wäre unser Platz, genau hier.«
Nach dem gemeinsamen Frühstück fragte sie Robert:
»Kannst du dir vorstellen, dich mir gegenüber jemals so frei zu fühlen wie bei Werner?«
Robert sagte lange nichts. Schließlich blickte er sie kurz an und antwortete:
»Nein.«
»Und warum nicht?«

Spät am Abend verabschiedeten sie sich von Werner und Sylvie und machten sich auf den Weg nach Fontenay, wo sie in seinem Kombi übernachten wollten, um am frühen Morgen das berühmte Bauwerk zu besichtigen. Über dem Parkplatz bei der Klosteranlage lag vollkommene Ruhe, die nur von vereinzelt vorbeifahrenden Autos auf der nahen Landstraße gestört wurde. Judiths Aufregung, als sie sich der Abtei näherten, dessen

Größe und Schönheit selbst im fahlen Mondlicht beeindruckend wirkte, erheiterte Robert.

Eine ungewohnte frische Brise kam auf. Sie saßen eng in eine Decke gewickelt auf einer Bank und ließen die seltsam entrückte Atmosphäre des Tales und der Abtei auf sich wirken. Irgendwann zogen Wolken auf und verdunkelten die Gegend. Sie richtete gerade die Schlafstätte in seinem Kombi, als Robert vorschlug, noch etwas zu trinken, er habe extra für diesen Augenblick eine kleine Flasche Wein dabei. Er stellte eine Kerze auf den kleinen Campingtisch und füllte die Gläser. Dann sagte er:

»Ich habe mich bei unserem ersten Kontakt als beziehungsresistent bezeichnet, weißt du noch?«

Judith lächelte ihn an.

»Das ist wie ein enges Korsett«, fuhr er fort, »aber es schützt.«

Er nahm einen Schluck aus seinem Glas und blickte ins Kerzenlicht.

»Doch mit einer Frau wie dir wird es zur Last. Damit beantworte ich auch deine Frage von heute morgen.«

Das Mondlicht kam zwischen den Wolken hindurch und erhellte die Umrisse der Abtei. Er sprach weiter:

»Vielleicht kann ich dir vertrauen, ich weiß es noch nicht.«

Judith suchte seinen Blick, doch er starrte unverändert in das Kerzenlicht und sagte:

»Ich kam ins Grübeln nach meinen zwei Ehen, nach denen ich mich beide Male wie am Boden zerstört fühlte. Ich glaube inzwischen, dass ich zu tolerant und verständnisvoll war, was Frauen zwar wünschenswert, aber wenig anregend finden. Sie scheinen daher auf die

Dauer jemand zu bevorzugen, der nicht viel fragt und sich einfach nimmt, was er will. Das ist zwar nicht erstrebenswert, aber umso anregender. Frauen sind da äußerst gespalten.«

Judith wurde durch seinen letzten Satz an ihr eigenes Chaos erinnert. Trotzdem wandte sie ein:

»Das ist sehr pauschal gesagt.«

»Es ist meine Lebenserfahrung.«

»Deswegen müssen nicht alle Frauen so sein.«

»Ich mache gerne eine andere Erfahrung.«

»Demnach waren die beiden Frauen schuld, dass deine Ehen in die Brüche gingen. Du hingegen wurdest als treuer Ehemann zum Opfer.«

Robert lächelte:

»Das habe ich nicht behauptet.«

»Und was war dein Beitrag zum Scheitern deiner Ehen?«

»Ich heiratete einfach die falschen Frauen.«

»Ist das alles?«

»Reicht das nicht aus?«

»Nein. Weil du alle Schuld ihnen gibst.«

»Das stimmt nicht. Meine Schuld war, dass ich sie geheiratet habe. Ihre Schuld war, dass sie sich haben heiraten lassen.«

Judith musste lachen. Er blickte sie gereizt an:

»Wie immer. Es bringt einfach nichts, darüber zu reden.«

Sie tranken und Robert schwieg lange, er wirkte verstimmt.

Plötzlich sah er sie überraschend offen an.

»Ich könnte es nochmals wagen.«

»Wenn ...?«, fragte Judith.

»Wenn du mir sagst, dass ich dir vertrauen kann.«
Judith stockte. Er bemerkte ihr Zögern und lächelte:
»Da gibt es etwas in deinem Leben, ja?«
Nun war sie es, die ins Kerzenlicht sah, um seinem Blick auszuweichen. Er sagte:
»Eigentlich bin ich erleichtert darüber, sonst wäre ich jetzt vorbehaltlos verliebt, was bislang immer im Chaos endete!«
Er küsste sie und plötzlich schämte sie sich für ihr Leben und das Durcheinander, das sie angerichtet hatte. Sie nahm seine Hand und sagte:
»Glaubst du im Ernst, ich wäre frei von Widersprüchen?«
»Nein. Aber ich habe die Hoffnung, dir vertrauen zu können.«
Bevor sie einschliefen, liebten sie sich in einer eigenartigen Stimmung. Judith brauchte danach lange, bis sie Schlaf fand.
Am frühen Morgen wachten sie von Hundegebell auf. Judith schlüpfte zu ihm und sie liebten sich erneut. Beim Kaffeekochen war Robert in ausgelassener Stimmung und machte ihr ständig Komplimente. Sie kamen als Erste in die noch menschenleere Klosteranlage und betrachteten beeindruckt die restaurierten Bauten. Das Licht der Morgensonne tauchte das leere Kirchenschiff in eine unwirkliche Atmosphäre. Sie verharrten andächtig und hingen ihren Gedanken nach. Als weitere Besucher die Kirche betraten, gingen sie weiter und erreichten schließlich den berühmten Kreuzgang, dessen Schönheit Judith tief bewegte. In die Stille hinein sagte Judith leise:
»Auch hier wäre unser Platz, genau hier.«

Während er das Herbstlaub vor seinem Laden zusammenkehrte, musste Robert eingestehen, dass er sich viel zu spät darum gekümmert hatte, wer Judiths Mann war. Die Tatsache, dass es im Telefonbuch über zweihundert Baumann-Einträge gab, minderte seinen Ärger kaum. Sie hatten bislang fast nur über seine zerrütteten Beziehungen gesprochen, Judith hielt sich mit Äußerungen über ihre eigene Ehe zurück. Es gab demnach zu keinem Zeitpunkt irgendeinen Hinweis, dass einer der unverzichtbarsten Kunden seiner Weinhandlung ausgerechnet Judiths Mann war, der die Bestellungen der Ministeriumsverwaltung bei ihm organisierte. Der Vorbesitzer der Weinhandlung hatte diese Verbindung aufgebaut und über die Jahrzehnte war daraus ein florierendes Geschäft entstanden, die vierteljährlichen Bestellungen überwiegend hochwertiger Weine machten zusammen mit den lukrativen Bewirtungsaufträgen bei behördlichen und privaten Feiern inzwischen rund ein Drittel seines Jahresumsatzes aus. Würde das wegfallen, hätte er ein echtes Problem. Vor einigen Jahren war ihm durch die Verlagerung eines EDV-Konzerns ein gut verdienender Kundenstamm über Nacht weggebrochen, von deren höchst lukrativen Firmenbewirtungen gar nicht zu reden. Viel mehr Umsatzrückgang konnte er nicht mehr verkraften.

Er betrachtete die eben per Fax eingegangene Großbestellung von Karl Baumann, der über den Personalrat an diesen Verbindungsposten gekommen war, was ihn zu regelmäßigen Verkostungen während der Dienstzeit zu berechtigen schien. Robert blätterte die sechsseitige Bestellung durch – sie kauften unverändert großzügig ein. Auf der letzten Faxseite stand, dass Karl Baumann um Rückruf bitte. Robert wählte die Nummer.

»Herr Baumann, ich sollte Sie anrufen.«

Er hörte ihn genüsslich Luft holen.

»Schön, dass Sie anrufen. Es gibt da etwas, das ich in Ihrem Interesse klären möchte. Wir erhalten inzwischen wiederholt Angebote anderer Weinhändler, die uns ebenfalls gerne beliefern würden. Ich persönlich bin jedoch äußerst zufrieden mit Ihrer Qualität, doch wie Sie wissen, sind wir etwa siebzig Weinliebhaber, und aus deren Reihen werden immer wieder Veränderungswünsche laut. Doch letztlich überlässt man die Entscheidung mir.«

Er machte eine Pause. Robert ahnte, was kommen würde.

»Wenn Sie weiterhin Bestellungen von uns erhalten wollen, sollten Sie mein Privatleben berücksichtigen. Warum sollte ausgerechnet ich Ihnen Geschäfte verschaffen, ich, mit dessen Ehefrau Sie ein Verhältnis haben, auch wenn wir inzwischen getrennt leben? Wenn das bekannt wird – und das wird es über kurz oder lang –, muss ich mich gegen Sie entscheiden, oder würden Sie sich in meiner Position zum Gespött Ihrer Mitarbeiter machen? Ich bin sicher, Sie verstehen das. Und noch etwas, fragen Sie Judith doch einmal nach meinem Bruder, sie kann Ihnen einiges erzählen, was Sie interessieren wird.«

Er hörte das Freizeichen. Robert legte auf und starrte auf die Bestellung, die vor ihm lag. Ihm hätten beim

Namen ›Baumann‹ sofort die Ohren klingeln müssen, stattdessen verliebte er sich in Judith. Er begann das Unvermeidliche zu ahnen – nämlich ein weiteres Mal der falschen Frau begegnet zu sein.

Ihm fiel die abschließende Bemerkung von Karl Baumann ein. Er würde Judith fragen, wenn sie am morgigen Abend zu ihm käme, um seinen Geburtstag zu feiern. Und er würde ihr etwas sagen müssen.

-10-

Judith fand keine Arbeit. Je länger sie suchte, umso deutlicher wurde, dass sie den Einstieg schon lange verpasst hatte, doch ohne Zusatzverdienst würde sie kaum sorglos leben können. Pauls wunderbare Liebeserklärungen hatte sie inzwischen weggesperrt und sich zu einem Brief an ihn durchgerungen, in dem sie ihm ihre Entscheidung bekannt geben wollte, ohne jedoch Robert zu erwähnen. Sie dankte Paul darin für alles, würdigte die Zeiten mit ihm und erklärte, dass sie in Deutschland bleibe, einen Schlussstrich unter ihr altes Leben ziehen wolle, um sich ein neues aufzubauen. Sie steckte den Brief in einen Umschlag mit Pauls Adresse und frankierte ihn. In der Nacht erwachte sie mehrmals aus unruhigen Träumen und zweifelte an ihrem Entschluss. Am nächsten Tag wollte sie den Brief gleich morgens zur Post bringen, doch auf dem Weg dorthin überfielen sie erneut schwere Zweifel. Sie machte einen Umweg und setzte sich schließlich in ein Café, um sich ein letztes Mal der Konsequenzen dieses Schrittes zu besinnen. Wie würde Paul reagieren? Wie standhaft würde sie bleiben, wenn er plötzlich vor ihrer Türe stände? Wie würde er auf Robert reagieren, sollte er von ihm erfahren? Und würde Robert die bislang vor ihm geheim gehaltenen Umstände einfach so hinnehmen? Jede Frage machte alles noch komplizierter, wie auch immer sie sich entschied. Die Situation konnte verfahrener kaum werden, es gab kein Richtig oder Falsch. Sie zahlte an der Theke, ging direkt zur Post und warf den Brief ein, doch die erhoffte Erleichterung blieb aus.

Am Nachmittag verpackte sie die Geschenke für Robert und schrieb eine Karte dazu. Sie freute sich auf den Abend mit ihm, er hatte Geburtstag und sie würde ihm sagen, dass er ihr vertrauen dürfe.

-11-

Joachim hörte sich die *Elegie* an. Der letzte Satz hatte ihn nicht mehr losgelassen. Eine zweiwöchige Konzertpause im November nutzte er dazu, die Feinheiten sowie das Ende auszuarbeiten. Mehrere Male komponierte er die Zusammenführung der beiden Hauptthemen im Finale, bis die letzte Fassung das von ihm ersehnte musikalische Leuchten zum Vorschein brachte.

Er würde das knapp zwanzigminütige Werk gemeinsam mit Alban uraufführen, einem befreundeten Cellisten, der Elena gut gekannt hatte. Alban war tief bewegt, als Joachim ihn fragte und sagte sofort zu, obwohl er es terminlich kaum unterbrachte. Joachim dankte ihm mehrmals dafür.

Er ging nach oben in die Küche. Anna würde ihn an diesem Abend wieder in seiner Wohnung besuchen. Bei der Zubereitung von Annas Lieblingsgericht, einem speziellen Moussaka aus Tinos, hatte er Elena oft über die Schulter geschaut. Er fragte sich beim Kochen, ob er Anna zumuten konnte, in Elenas Tagebüchern zu lesen. Bei aller Reife, die sie in den Jahren seit ihrem Tod gewonnen hatte, vermisste sie ihre Mutter immer noch. Annas Leiden konnten sein eigenes Leben schlagartig verdüstern – alles würde er geben, um ihr zu helfen.

Beim Essen erzählte Anna dann von ihrem Studium und erwähnte dabei auch einen neuen Bekannten namens Tom, mit dem sie sich gut verstand. So schwer es ihr gefallen sei, ihren langjährigen Freund nach der Rückkehr aus Tinos zu verlassen, so groß sei nun die Erleichterung, den Schritt gewagt zu haben, es gehe ihr gut und sie werde nächstes Wochenende mit Tom in die Berge fahren und ihre Skier mitnehmen.

Draußen war es früh dunkel geworden, der Schnee im Garten reflektierte das Licht aus der Wohnung matt zurück. Sie setzten sich ins warme Wohnzimmer, zündeten Kerzen an und redeten. Später bat Anna ihn darum, seine Komposition hören zu dürfen und umarmte Joachim danach wortlos. Dies sei das schönste Geschenk, das er ihr und Elena habe machen können. Er hatte erwartet, dass Anna heftiger reagieren würde, weniger der Musik als vielmehr Elenas Abwesenheit wegen. So wagte er es, im Laufe des Abends von den Tagebüchern zu erzählen.

»Der Inhalt der Kiste war immer Elenas Privatsphäre, ich habe sie selber erst vor einiger Zeit geöffnet, da ich mir nicht sicher war, ob es in ihrem Sinne gewesen wäre. Ich vermute, sie hätte dir die Kiste vererbt. Ihre Aufzeichnungen sind in griechischer Schrift geschrieben, daher müsstest du sie lesen und übersetzen. Es würde sich wohl einiges dadurch klären.«

Er fügte hinzu:

»Ich will aber nicht, dass du dich quälst.«

Anna sah ihn nachdenklich an.

»Überlege es dir in aller Ruhe.«

Sie übernachtete in Joachims Gästezimmer. Am nächsten Morgen beim Frühstück eröffnete sie ihm, dass sie gewillt sei, die Tagebücher zu lesen, sie brauche aber noch etwas Zeit. Dann verabschiedete sie sich, da sie zur Universität musste. Joachims Quartettprobe begann erst um zehn Uhr. Aus Freude darüber, dass

Anna wieder in seine Wohnung kam und übernachtete, hatte er sogar auf sein morgendliches Üben verzichtet.

Er brannte die *Elegie* ein weiteres Mal auf eine CD, packte sie in eine Versandtasche, schrieb Pauls Adresse darauf und warf sie auf dem Weg zur Probe bei der Post ein.

-12-

Der Holzofen im *Petit Cru* sorgte für behagliche Wärme. Robert hatte gerade alle Kerzen angezündet, als die Glocke läutete. Judith betrat mit leuchtenden Augen den Raum und gratulierte ihm zärtlich zum Geburtstag. Ihr elegantes Wollkleid, der anmutige Glanz in ihren Augen und vor allem ihre Umarmung schmerzten ihn. Noch vor dem Essen packte er die Geschenke aus, gerührt über Judiths Aufmerksamkeit. Neben einem warmen Pullover, der ihm sofort gefiel, bekam er einen Espresso-Kocher aus Edelstahl. Sein uralter Aluminiumkocher aus Italien funktionierte zwar noch, war aber alles andere als ansehnlich. Schließlich packte er eine CD-Box mit Chansons von Jacques Brel, seinem Lieblingssänger, sowie dessen Biografie aus. Nach dem Essen räusperte sich Judith plötzlich und nahm Roberts Hand. Sie war aufgeregt, als sie ihm sagte, dass sie ihn liebe, mit ihm leben wolle und er ihr zudem vertrauen dürfe. Sie spürte ein Zittern in seiner Hand, sprach aber weiter, dass es ihr nicht leichtgefallen sei, den Mut dazu aufzubringen, trotzdem sehe sie ihren Platz hier bei ihm, da er sie unendlich glücklich mache. Sie küsste ihn auf den Mund und ließ sofort wieder von ihm ab, als er den Kuss nicht erwiderte. Er sah sie mit traurigem Blick an, holte tief Luft und berichtete ihr von dem Telefonat mit Karl und erläuterte dann nüchtern seine Lage. Er habe bereits alle Rücklagen in das Geschäft gesteckt, stehe mit dem Rücken zur Wand und jeder weitere Umsatzeinbruch wirke sich verheerend aus, kurz, die Situation sei äußerst bedenklich und er sehe daher keine Möglichkeit, ihre Beziehung fortzuführen. Er habe sein

Herz im Moment auf Eis gelegt, sein Kopf regiere, was angesichts ihrer Worte, welche die schönsten seien, die er je gehört habe, ein elendes Drama darstelle. Judith hörte ungläubig zu, ihr Herz blieb stehen und sie begann zu weinen.

Nach langem Schweigen fragte Robert:
»Was ist mit dem Bruder deines Mannes?«
Judith wurde bleich.
»Was hat er dir erzählt?«
»Nichts, aber er meinte, es würde mich interessieren.«
Judith erschauerte, Karls Rache war gezielt und kalt. Nach kurzem Überlegen sagte sie mit gebrochener Stimme:
»Entschuldige Robert, ich bin nicht die Frau, die du zu kennen glaubst.«

Dann stand sie auf und ging ohne ein weiteres Wort zu sagen mit Tränen in den Augen hinaus. Robert sah ihr nach, holte seine Zigarillos, trank rauchend die Flasche Wein aus und legte dazu eine CD von Jacques Brel auf. Sein Blick fiel auf ihre noch ungeöffnete Geburtstagskarte, doch er legte sie beiseite, öffnete nochmals eine Flasche Wein und trank sie hastig leer. Er spürte nichts mehr, außer dass er ein weiteres Mal den Fehler begangen hatte, sich in eine Frau zu verlieben.

-13-

Judith saß vor dem winzigen Bäumchen, das sie mit Weihnachtsschmuck behängt hatte. Zum ersten Mal verbrachte sie Heiligabend alleine, bislang waren Torsten und Max zumindest noch stundenweise erschienen, um mit ihr und Karl zu essen. Wenigstens von ihnen hätte sie ein Lebenszeichen erwartet, doch sie wurde wie eine Aussätzige behandelt. Plötzlich ertrug sie die Stille in der Wohnung nicht mehr und zog sich warm an, um einen Spaziergang zu machen. Als sie aus dem Haus trat, sah sie im Obergeschoss den Lichtschein aus Inges Wohnung. In Roberts Weinhandlung auf der anderen Straßenseite leuchtete ein kleiner Weihnachtsbaum. Schnell ging sie weiter. Der gefrorene schmutzigbraune Schnee sah trostlos aus und Neuschnee war auch die nächsten Tage nicht angesagt. Sie lief durch die Straßen und sehnte sich nach einem Platz, wo sie hingehörte. Im Februar würde sie in einen anderen Stadtteil umziehen, weit weg von Roberts Weinhandlung, vielleicht würde sie sich dort zu Hause fühlen. Sie begann zu frösteln, die eisige Kälte drang durch den Wintermantel. Als sie wieder in ihre Straße einbog, sah sie Licht im *Petit Cru*. Sie rannte die letzten Meter zu ihrer Wohnung, warf den Mantel achtlos auf den Boden und ließ sich heulend auf das Sofa fallen.

-14-

Susanne verbrachte die Feiertage und den Jahreswechsel widerwillig bei ihren Eltern in Norddeutschland, nachdem ihr Vater so lange auf sie eingeredet hatte, bis sie ihr Kommen schließlich zusagte. Die Tage waren eine einzige Qual, auch wenn sie ihren Eltern daran keine Schuld gab. Vielmehr vergällte ihr den Aufenthalt Angelika, ihre Schwester, mit der sie nie einen Weg gefunden hatte, die Rivalitäten ihrer Kindheit und Jugend zu begraben. Angelika verschanzte sich hinter ihrem wunderbaren Ehemann und den drei Kindern, von denen sie unermüdlich schwärmte.

Auf der Rückfahrt im Zug sah sie die verschneiten Landschaften in trübem Grau vorbeiziehen und bei dem Gedanken an ihre Wohnung überkam sie eine fahle Stimmung. Sie konnte nicht mehr leugnen, dass sie von Joachim nicht loskam. Der Gedanke, wie er die Feiertage mit Anna verbrachte, schmerzte sie. Es gab lediglich einen Lichtblick, an den sie sich klammerte: Über Holger hatte sie erfahren, dass Joachim eine Elena gewidmete Komposition auf Tinos uraufführen würde. Sofort empfand sie heftige Eifersucht, kaum war sie aus seinem Leben verschwunden, gab er sich ausschließlich wieder Elena hin. Dennoch kam ihr der Gedanke, dass ihn dies von seiner Blockade erlösen und für einen neuerlichen Versuch mit ihr öffnen könnte. Dieser winzige Lichtblick, Hoffnung wagte sie ihn nicht zu nennen, blieb ihr, um die Zeit bis zum Frühjahr zu überstehen, wenngleich die wintergrauen Monate in ihrer Trostlosigkeit kaum zu ertragen waren. So holte sie sich von Holger unter dem Gelöbnis der Verschwiegenheit alle Details des geplanten Konzerts auf Tinos.

Ihr Entschluss stand fest.

-15-

Max zog bei Elke ein, in ihrer verliebten Euphorie beschlossen sie, trotz der Enge ihrer Wohnung, dort gemeinsam zu leben. Elke verdiente ihr Geld mit Nachhilfestunden und als Bedienung in einem Szenetreff. So fand sie genug Zeit zum Malen und stellte gelegentlich aus. Im Januar erschien dann die Zeitschrift mit dem Gecko-Artikel von Max und stieß auf überraschende Resonanz, woraufhin ihm der Chefredakteur einen Praktikumsplatz anbot, aus dem, so Max sich auch mit anderen Artikeln bewährte, eine Festanstellung werden konnte. Hintergrund war eine offene Stelle im naturwissenschaftlichen Ressort, wo schon lange kein Biologe mehr saß. Am Tag als er den Praktikumsvertrag unterschrieb, feierte er dies abends mit Elke und Torsten, zumal er eine weitere Neuigkeit loswerden wollte, deren Bedeutung ihm selber noch nicht klar war. Judith hatte ihn am Vorabend zu einem persönlichen Gespräch gebeten und ihm die Wahrheit über seinen Vater offenbart.

Der Duft von Elkes Lasagne durchzog die kleine Wohnung. Als sie Torsten zur Begrüßung umarmte, spürte sie sein unmerkliches Zittern.

»Alles in Ordnung?«, fragte sie.

Torsten sah sie an.

»Alles in Ordnung.«

Max begrüßte ihn ebenfalls. Sie setzten sich an den gedeckten Tisch und Elke erkundigte sich nach Torstens Arbeitssuche.

»Hundert Bewerbungen auf eine befristete und schlecht bezahlte Stelle. Bald werde ich dreißig, irgendetwas muss sich doch tun.«

Elke sagte:

»Auch Max hofft über sein Praktikum an eine Stelle zu kommen, so ganz hoffnungslos ist es also nicht.«

In der Küche klingelte ein Wecker. Elke gab Torsten spontan einen Kuss auf die Wange und verschwand, um das Essen zu holen. Torsten sah ihr hinterher, er erinnerte sich an ihre Stranderlebnisse, was seine Laune nicht besserte. Max sagte:

»Es tut mir leid für dich, aber ...«

»... vergiss es«, sagte Torsten.

Elke kam mit den Tellern, auf denen die Lasagne dampfte. Sie stießen an und begannen zu essen. Max berichtete von seiner Arbeit und beim Vanilleeis mit heißen Himbeeren eröffnete er dann die Neuigkeit.

»Ich war gestern bei Mutter, ihr geht es nicht besonders. Ihre Liebschaft mit dem Weinhändler ist vorbei und mit Paul hat sie wohl Streit. Und dann sagte sie mir plötzlich ins Gesicht, dass es da noch etwas gebe, was mich betreffe. Sie wisse, dass sie sich damit endgültig ins Abseits stelle, doch da sei sie sowieso bereits.«

Torsten und Elke blickten ihn gespannt an.

»Karl ist nicht mein Vater.«

Elke blickte Max erschrocken an und fragte.

»Wer dann?«

Er holte tief Luft.

»Paul ist mein Vater. Er weiß es selber erst seit letzten Sommer und Vater, ich meine Karl, hat es auch erst vor ein paar Tagen erfahren.«

Sie saßen schweigend am Tisch. Torsten stocherte mit seinem Löffel im Eis und fand schließlich als Erster wieder Worte:
»Wer ist diese Frau eigentlich?«
Elke sagte:
»Langsam, langsam. Sie ist eure Mutter und hat euch großgezogen ...«
»... mit einem Sack voller Lügen und Betrügereien«, sagte Max.
Torsten fragte:
»Hat sie verlauten lassen, wessen Sohn ich bin?«
»Nein, du standest nicht zur Disposition.«
Sie lächelten gezwungen. Elke fragte Max:
»Wie ist das für dich?«
»Keine Ahnung, ich hatte noch keine Zeit darüber nachzudenken. Ich bin verunsichert, schlagartig ist etwas anders, ohne dass ich sagen kann, was genau es ist. Wenn ich an Paul denke, hätte es auch weit schlimmere Nachrichten geben können. Ich bewundere ihn auf eine Art, auch wenn er und Mutter ... wie soll ich sagen ... letztendlich bin ich ein Produkt dieser ganzen Lügerei.«
Elke warf traurig ein:
»Immerhin bist du aus Liebe entstanden.«
Max blickte sie an, er hatte ihre Familiengeschichte nicht vergessen.
»Das stimmt.«
Sie verfielen in nachdenkliches Schweigen, das Torsten schließlich unterbrach:
»Es ist doch der Hammer. Vater hat dich großgezogen und nun das, ausgerechnet der eigene Bruder, für ihn hätte es niemand Üblerer sein können.«
Elke sagte:

»Ein Grund mehr, ihm beizustehen.«
Max nickte:
»Eigentlich muss er am meisten wegstecken und das alles wegen Mutters Chaos.«

Max' Verunsicherung wuchs in den folgenden Tagen. Er redete sich ein, dass sich im Grunde nicht viel änderte, er war nach wie vor ein Baumann, auch wenn er alles andere als stolz darauf war. Er kannte Paul kaum, sein Künstlertum zog ihn zwar an, doch die Lügen seiner Mutter, die seine wahre Herkunft zudem fünfundzwanzig Jahre lang verheimlicht hatte, überschatteten dies. Er war wütend auf sie, auf Paul, auf seine ganze Familie. Auch wenn Karl an dieser Ungeheuerlichkeit wohl noch mehr litt und er ihm irgendwie leidtat, so blieb er doch der Mensch, mit dem es selten ein unkompliziertes Zurechtkommen gab, der ihn nie wirklich ernst nahm und ihm im Grunde immer fremd geblieben war. Dass diese Fremdheit mit dem Umstand zu erklären sein sollte, dass Karl nicht sein tatsächlicher Vater war, bezweifelte Max. Wäre ihm Paul so viel näher gewesen? Auch dies zweifelte er an, Paul wirkte egozentrisch und verschlossen, außerdem wusste er schon länger davon und hatte sich noch nicht einmal bei ihm gemeldet. Was macht man in so einer Situation? Eigentlich müsste er zu Paul und einige Monate bei ihm leben, um ein genaueres Bild von ihm zu bekommen, möglicherweise würde ihm dies helfen, die abstrakte Tatsache seiner Vaterschaft besser zu verstehen. Er spürte neben all der Verwirrung aber auch eine positive Spannung, einen Künstler als Vater zu haben. Wenn er das Chaos seiner Mutter außer Acht ließ, brachte diese

Tatsache auch Bewegung in sein Leben und seine künstlerischen Ambitionen schienen ihm mit Paul als Vater plötzlich konkreter und ausbaufähiger denn als Sohn des Ministerialbeamten Karl. Da fiel ihm ein, dass er sich seit Tagen davor drückte, ihn zu besuchen, obwohl Elke dazu drängte. Spontan machte er sich auf den Weg.

Als Karl öffnete, erschrak Max. Er roch nach Alkohol und sah müde aus, obwohl es noch früh am Abend war.
»Hallo Vater, hast du etwas Zeit für mich?«
Karl sah ihn mit prüfendem Blick an.
»Komm rein.«
Im Wohnzimmer lief das Radio und am Sofatisch stand eine halbleere Flasche Wein. Sie setzen sich an den Esstisch und Karl bot Max ebenfalls Wein an, doch er lehnte dankend ab und sagte:
»Mutter hat mir vor einigen Tagen die Wahrheit über meine Herkunft eröffnet.«
Karl sah ihn schweigend an.
»Ich weiß noch nicht, was das für mich bedeutet. Doch bei allen Meinungsverschiedenheiten zwischen uns – du bleibst mein Vater.«
Max war überrascht von seinen eigenen Worten, unterdessen nahm Karl einen großen Schluck aus dem Weinglas.
»Wenn ich versuche, mich in deine Situation zu versetzen, dann musst du doch eigentlich platzen vor Wut«, fuhr Max fort.
Karl stierte auf den Boden und Max sah in ihm erstmals einen bedauernswerten alten Mann. Spontan ging er zu ihm und legte einen Arm um seine Schulter –

eine Geste, die bislang unmöglich gewesen wäre. Doch Karl machte sich los und sagte mit schroffem Ton:

»Lass mich in Ruhe.«

Er sah Max in die Augen und sein Tonfall änderte sich:

»Entschuldige Max, du kannst nichts dafür. Es ist ... zu viel.«

Max wollte noch etwas sagen, doch Karl schüttelte den Kopf, stand auf und brachte ihn wortlos zur Tür.

»Mach's gut, Vater«, sagte Max leise, doch das hatte Karl wohl schon nicht mehr gehört.

-16-

Anna nahm Elenas Tagebücher nach Weihnachten zu sich. Joachim fragte nie nach, bis sie ihn schließlich Ende Februar anrief, um ihm mitzuteilen, dass sie nun alles gelesen habe, was zur Klärung von Elenas Affäre mit Karl Baumann beitrage.

»Ich sage es dir aber gleich: Mutter hat die Tagebücher ausschließlich mir zugedacht, weshalb es eine Angelegenheit unter Frauen ist, verstehst du? Es geht darin viel um dich und daher brauchst du nicht alles zu wissen, sonst wirst du noch größenwahnsinnig.«

»Himmelt sie mich derart an?«, fragte Joachim nach.

»Nicht nur!«

Sie verabredeten sich für das Wochenende. Joachim fiel ein Stein vom Herzen, Anna schien mit den Tagebüchern gut zurechtzukommen.

Anna und Joachim genossen die ersten wärmeren Märztage auf der Terrasse und tranken Tee. Sobald die Sonne kurz hinter einer Wolke verschwand, wurde es jedoch sofort kühl. Anna begann:

»Ich habe die Tagebücher mehrmals gelesen. Mutter hat sich in Deutschland tatsächlich mit diesem Karl Baumann eingelassen, nachdem sie während ihres Studiums als exotische Griechin wohl bis in die Professorenschaft hinein umschwärmt worden war. Das hätte ihr offensichtlich Vorteile verschafft, die sie aber kategorisch ablehnte und nie einem Versuch nachgab. Doch dieser Karl Baumann mit seiner Mischung aus Korrektheit, Höflichkeit und Wagemut schien sie irgendwie interessiert zu haben, auch wenn sie sich später dafür schämte und sich fragte, wie sie so dumm sein konnte. Sie hatten gegen Ende ihres Studiums über Monate hinweg Kontakt in Restaurants und Cafés, was schließlich direkt vor ihrer Heimkehr in einem gemeinsamen Wochenende endete.«

Anna sah Joachim an.

»Ist das komisch für dich?«

Joachim lächelte:

»Nein, erzähle weiter.«

»Mutter beschreibt die Affäre und das Wochenende mit diesem Karl auch als Ausgleich für den ganzen Prüfungsstress. Der Abschied von Karl Baumann sei gründlich danebengegangen, er habe plötzlich in einer unglaublich selbstgefälligen Art von seiner schwangeren Verlobten und der bevorstehenden Hochzeit erzählt, was auf Mutter, wie sie schrieb, extrem erniedrigend gewirkt habe. Dieser Karl sei ihr schlagartig unerträglich gewesen, weshalb sie sofort abreiste. Als sie auf Tinos ankam, hatte sie sich vorgenommen, Karl Baumann möglichst schnell wieder zu vergessen. Doch nach wenigen Tagen traf sie sich mit einer engen Freundin, die ungewollt schwanger war und verzweifelt ihren Beistand suchte. Der Vater war ein österreichischer Tourist, der sie von Anfang bis Ende belogen hatte. Elena berichtete ihr von Karl, und ihre gemeinsame Wut steigerte sich bis in die Nacht hinein und gipfelte in der abstrusen Idee, einen Brief an Karl zu schicken. Sie setzten mehrere Briefe auf, doch Elena dachte nie ernsthaft daran, einen davon abzuschicken. Zum Abschied umarmten sie sich und ihre Freundin warf einen der Briefe noch in der gleichen Nacht in den Postkasten. Als sie am nächsten Abend den Einwurf gestand, war Elena entsetzt, doch der Brief hatte die

Insel bereits verlassen. Die anstehende Hektik wegen der Übernahme des Hotels ließ alles schließlich in Vergessenheit geraten und ihre Freundin konnte kurz darauf abtreiben lassen. Tatsächlich schrieb sie Karl dann während der Schwangerschaft mit mir einen zweiten Brief, worin sie alles klarstellte. Sie schickte ihn zuerst an ihre Freundin auf Tinos, die ihn dann dort erneut aufgab, da Karl nicht wissen sollte, dass sie inzwischen wieder in Deutschland lebte. Und jetzt wird es noch interessanter. Du hast mir ja bereits von den beiden vergilbten Fotos berichtet. Auf einem ist neben Großvater doch ein deutscher Soldat zu sehen.«

Joachim nickte gespannt.

»Das ist Karl Baumanns Vater«, sagte Anna.

»Was?«

»Aber es geht noch weiter. Stell dir vor, die fremde Frau auf dem anderen Foto von 1951 ist Karl Baumanns Mutter.«

Was Joachim daraufhin aus Elenas Tagebüchern erfuhr, machte ihn sprachlos. Er würde Paul nach seinem Konzert auf Tinos einiges zu berichten haben.

-17-

Karl fand den unbeschrifteten Umschlag in seinem Briefkasten, darin lag eine herausgerissene Seite aus einer Kunstzeitschrift. Die kurzen Artikel über verschiedene Ausstellungen sagten ihm nichts. Er drehte die Seite um und starrte auf ein ganzseitiges Porträt seines Bruders Paul und dessen für den nächsten Monat geplanten Ausstellung auf Tinos. Karl las den Text und betrachtete ungläubig die abgebildete Frauenskulptur, die offenkundig Judith darstellte. Nun lag dieser unselige Inselaufenthalt fast ein Jahr zurück, doch angesichts dessen, was er da las, kam ihm alles wieder in den Sinn.

Seit dem entwürdigenden Ende mit seiner Freundin waren neun Monate vergangen. Karl musste daraufhin wegen massiver Beschwerden ins Krankenhaus und danach fünf Wochen auf Kur. Sein Arzt legte ihm diese Aktion als Infarktprävention in letzter Sekunde nahe. Kurz vor der Abreise zur Kur bat er Max, während seiner Abwesenheit nach dem Haus zu sehen. Seit dieser nicht mehr sein leiblicher Sohn war, hatte sich ihr Verhältnis verbessert. Dessen Besuche empfand er anfangs zwar als unangenehm, doch Elke, die irgendwann mitkam, gelang es schließlich, das Eis zu brechen, sie verstand es glänzend, ihn in bessere Laune zu versetzen.

Den Kuraufenthalt trat er voller Skepsis an, auch wenn er wegen der eindringlichen Warnungen seines Arztes wusste, dass er nicht umhinkam, etwas zu ändern. Doch die Umstände des vergangenen Jahres schienen ihm alles andere als geeignet, seine Lebenshaltung in ruhigere Bahnen zu lenken. Obwohl er die medizinischen Anwendungen skeptisch über sich ergehen ließ und die Gesprächsrunden ohne wirkliche Teilnahme hinter sich brachte, konnte er einige positive Auswirkungen nicht leugnen. Er kehrte mit einem gewissen inneren Gleichgewicht zurück. In der Diele seines Hauses fand er einen großen Blumenstrauß von Elke vor. Er fragte sie daraufhin bei ihrem nächsten Besuch, ob sie bereit wäre, sich gegen Bezahlung um seinen Haushalt zu kümmern. Sie sagte spontan zu, Karl tat ihr leid, zudem konnte sie jede Zusatzeinnahme brauchen. Wenn Max sie gelegentlich bei ihm abholte, aßen sie dort meist noch gemeinsam zu Abend.

Als Karl nach der Kur erstmals wieder beim Dienst erschien, bemerkte er, dass seine Abwesenheit zu Spekulationen um seine Stelle geführt hatte, was er anfangs irritiert, dann aber mit zunehmender Gefasstheit zur Kenntnis nahm. Diese rührte unter anderem von seinen Kontakten zu Infarktpatienten während des Kuraufenthaltes her, die ihm Dinge erzählten, die er nicht hören wollte. Erstmals musste er lebensbedrohliche Zeichen seines alternden Körpers als Tatsache anerkennen und letztlich sogar froh sein, dass es bislang bei Warnzeichen geblieben war. Weder gewillt sein Leben grundlegend zu ändern noch einen Infarkt zu erleiden, entschied er sich auf der Kur für den Kompromiss, mehr Gelassenheit während seiner letzten Jahre im Dienst zu erlangen. Der Psychologe, dessen Gesprächstherapie er viermal in der Woche erdulden musste, bestärkte ihn in seinem Ansinnen und brachte es zum Abschluss fast jeder Sitzung auf den Punkt: Veränderung oder Infarkt. Karls innerer Widerstand bröckelte, zudem begann er die Entspannungsübungen, die er bei einer rothaarigen Therapeutin lernte, zu genießen. Einen Monat nach der Kur suchte er seinen Arzt auf. Dieser meinte, er wirke zehn Jahre jünger, was er aber binnen zweier Wochen wieder zunichtemachen könne.

Als er nun diese Seite in den Händen hielt, spürte er wieder das Stechen im Herz. Judiths Nacktheit auszustellen war ein Skandal. Sein Hass auf Paul, der es wagte, seine Ehe in der Öffentlichkeit durch den Schmutz zu ziehen, flammte in alter Stärke auf. Unvorstellbar, wenn seine Kollegen, die Judith fast alle kannten, davon erfuhren, es stand jedoch zu befürchten, dass es einer von ihnen war, der die Seite in den Briefkasten geworfen hatte.

Karl zog eine Jacke an und ging eine Stunde lang spazieren, die angenehme Luft dieses Maiabends tat ihm gut. Nach seiner Rückkehr fühlte er sich etwas besser, zudem ging ihm, was die Ausstellung betraf, ein Plan durch den Kopf.

-18-

Die Redaktion zeigte sich hochzufrieden mit Max. Seine ebenso gründlich recherchierten wie in lockerem Ton geschriebenen Artikel kamen gut an, so dass man ihm einen festen Arbeitsplatz anbot. Max saß nun oft bis spätabends im Büro um zu recherchieren, da seine Themengebiete umfangreich waren und er seine Artikel auf dem gewohnten Niveau halten wollte. Diese unbezahlten Überstunden machten ihm nichts aus, die Arbeit bereitete ihm Spaß und mit seinem Gehalt war er mehr als zufrieden, so konnte er jeden Monat einiges ansparen. Elke hatte ihn nämlich irgendwann in ihren Traum eingeweiht. Ihr kinderloser Onkel Hubert besaß einen renovierungsbedürftigen, aber bewohnbaren Landsitz, den er unbedingt in Familienbesitz halten wollte, weswegen er ihn verhältnismäßig günstig anbot. Darin gab es neben dem Wohntrakt noch genügend Platz für ein eigenes Atelier sowie ein Refugium für Max. Seit Elke seinen Roman gelesen hatte, kamen sie immer wieder darauf zu sprechen. Sie beschlossen, nach seiner Probezeit konkrete Schritte zu unternehmen.

 Eines Tages traf ein Brief von Paul bei ihnen ein. Zuerst drückte er seine große Freude über ihr Zusammensein aus und wandte sich dann an Elke mit der Bitte, nachsichtig mit ihm zu sein, sie habe inzwischen genügend Einblicke in die Innenverhältnisse der Familie Baumann, um seine damalige Reaktion beim Erscheinen Judiths nachvollziehen zu können. Dann fragte er ohne Umschweife nach, ob sie und Max ihm einen großen Gefallen tun könnten. Er schrieb ihnen von der geplanten Ausstellung sowie Joachims Konzert und bat sie dann darum, den Gästetransfer hierfür zu übernehmen. Dieser habe für ihn höchste Priorität und wie jeder tyrannische Diktator könne er dies nur dem engsten Familienkreis anvertrauen. Aus dieser Formulierung las Elke die einzige Botschaft, die ihm Paul als sein Vater übersandte. Max reagierte enttäuscht. War das alles? In diesem Tonfall? Kein einziger persönlicher Satz an ihn? Das Ausmaß der Enttäuschung überraschte ihn selber. Elke versuchte ihn zu trösten und meinte, Paul könne nicht anders. Sie wolle ihn nicht verteidigen, doch sie schätze ihn als einsamen Menschen hinter einer undurchdringlichen Fassade ein und der Brief zeige doch, dass er nicht einmal gewillt sei, diese Fassade seinem Sohn gegenüber abzulegen. Möglicherweise habe Judith dies zwar erreicht, doch wenn man die sonderbare Beziehung der beiden betrachte, sei dies alles andere als erstrebenswert. Vielleicht müsse er, Max, erst einen Weg finden, sich Paul zu nähern, denn von ihm werde nichts zu erwarten sein. Sie kamen nach langem Überlegen schließlich überein, die angebotene Aufgabe anzunehmen. Max konnte die Woche tatsächlich frei bekommen und sie schrieben Paul zurück, dass er mit ihnen rechnen könne.

-19-

Joachim war nicht zufrieden mit den Proben. Er spürte zudem eine gewisse Ungeduld seiner Kollegen wegen des Konzerts auf Tinos, das in einer Woche stattfinden würde. Irgendetwas Unausgesprochenes lag in der Luft. Schuberts A-Moll-Quartett, mit dem sie das Konzert eröffnen würden, wollte nicht so klingen, wie er es sich vorstellte. Sie hatten das Quartett schon lange im Programm, doch Joachim bestand darauf, es für diesen Anlass anders zu interpretieren, eher klagender und dunkler. Er sah jedoch, dass seine Position bei keinem der anderen auf Zustimmung stieß. Schließlich sagte Stefan:

»Joachim, mit uns funktioniert das so nicht. Ich verstehe, dass der Anlass einen sehr persönlichen Charakter für dich hat, daher willst du das Quartett getragener haben. Unser Schubert aber ist anders. Nimm es mir nicht übel, wenn ich dich daran erinnere, dass Elena gerade unsere Interpretation mochte. Sehr sogar.«

Holger und Manfred stimmten dem bei. Joachim schwieg. Das Konzert war zwar seine Privatveranstaltung, doch dies machte ihre demokratischen Prinzipien nicht hinfällig. Er begann zu ahnen, dass es fünf Jahre gebraucht hatte, bis Elenas Tod im Quartett angekommen war, nicht zuletzt durch die Fertigstellung seiner Komposition, was sich nun als Konflikt zu entfalten begann und ihn beunruhigte. Das Quartett stellte seine berufliche Existenz dar, dessen Beständigkeit hatte höchste Priorität. Wenn er jetzt unangebrachte Eigenarten ins Spiel brachte, verursachte dies für alle ein Problem, zumal sie vertraglich gebunden waren. Ihre

Engagements standen für drei Jahre im Voraus fest und ein Besetzungswechsel würde vielfältige Probleme aufwerfen. Er musste einmal mehr einsehen, dass diese Interessen den seinen vorgingen, die Disziplin eines jeden von ihnen bildete den unausgesprochenen Grundstein ihrer gemeinsamen Arbeit. Es gab wenige Formationen, die seit drei Jahrzehnten in der gleichen Besetzung zusammen spielten – ein nicht unerheblicher Umstand für ihren Erfolg.

Joachim versuchte, seine grundsätzlichen Überlegungen beiseite zu schieben, und sagte:

»Gut, einverstanden. Einen anderen Schubert bekomme ich nicht und vielleicht würde Elena es auch nicht wollen. So ungern ich es zugebe, aber ihr habt mich überredet.«

Er selbst war zwar keineswegs überzeugt, aber er hatte zumindest vernünftig gehandelt. Sie probten weiter. Als sie Pause machten, läutete Alban. Er würde mit Joachim zusammen die *Elegie* uraufführen. Das nahmen sie zum Anlass, das Konzert mit Schuberts Streichquintett, welches mit zwei Celli besetzt ist, abzuschließen.

Alban war ein Mensch mit unverwüstlich guter Laune, der nach Joachims Kündigung dessen Stelle als Erster Solocellist beim Orchester übernommen hatte und darin aufblühte. Da sie den Orchesterbetrieb alle von früher her kannten, gab es immer viel zu erzählen. Für das Quintett standen drei Proben zur Verfügung, weshalb die Zeit drängte, da sie es vor über zehn Jahren zum letzten Mal gespielt hatten. Damals war Elena bei allen Proben und Konzerten dabei, da sie dieses Stück bislang nur von Plattenaufnahmen her kannte. Beim Dur-Thema im ersten Satz bekam sie immer feuchte Augen.

Joachim meinte, Elena sei der lebende Beweis der These, dass bei Schubert selbst ein Dur-Akkord noch traurig klinge. Elena stritt dies vehement ab. Schuberts Dur-Themen seien für sie vielmehr vollendetes Glück in Anbetracht seiner Verzweiflungsausbrüche in Moll. Wenn es etwas gäbe, was sie zu Tränen rühre, dann eben der reine Klang eines solchen Glücks, wie er bei Schubert immer wieder auftauche. Joachim liebte Elena für diese mit bewundernswertem Gespür gesegneten Beschreibungen von Musik, die sie mochte. Das Schubert-Quintett gehörte bald zu ihren Heiligtümern, es nun erneut zu spielen, ging ihm unerwartet nah und einmal mehr rührten Momente ihres gemeinsamen Lebens an seiner Seele. Als sie nun zusammen mit Alban jenes Dur-Thema des ersten Satzes spielten, wünschte sich Joachim nichts mehr, als dass Elena sie hören könnte. Unvermittelt brachen die anderen ab und blickten Joachim fragend an.

»Du bist langsamer geworden.«

Joachim lächelte:

»Entschuldigt.«

Alban sagte daraufhin:

»Wenn Elena Einfluss auf Schubert gehabt hätte, würde allein dieser erste Satz Tage dauern.«

Joachim sah ihn dankbar an, Alban spürte genau, was ihn bewegte. Die *Elegie* mit ihm zu spielen war das Beste, was er machen konnte. Am nächsten Morgen kam Alban zu ihm. Sie probten das Duo und Joachim hörte bereits beim ersten Zusammenspiel, dass es mit Alban genau so klingen würde, wie es sein sollte.

-20-

Als Susanne den Flug nach Griechenland buchte, meinte die Inhaberin des Reisebüros erheitert, dass sie demnächst eine eigene Filiale für Tinos-Reisen eröffnen werde. So erfuhr Susanne, dass auch Joachim bei ihr seine Buchungen tätigte.

Sie vermisste ihn. Ihr Alleinleben hatte seinen anfänglichen Reiz bald verloren, die wiedergewonnene Freiheit war bereits nach einigen Wochen einer chronischen Melancholie gewichen. Wenn sie gelegentlich mit anderen Männern ausging, tauchte das übliche Problem auf: Sie fühlte sich von keinem auch nur ansatzweise verstanden, Joachim passte einfach zu ihr und je klarer ihr dies wurde, umso elender fühlte sie sich. Im nächsten Monat würde sie achtundvierzig Jahre alt. Obwohl sie sich äußerlich gut hielt, war das für sie eine niederschmetternde Zahl. Hinzu kam ihre Kinderlosigkeit, auch damit musste sie sich allmählich abfinden. Irgendwann erzählte Susanne einer Freundin von der Hoffnung, was Joachim betraf. Diese gab zu, dass sie und Joachim sehr gut zusammengepasst hätten.

»Soll ich einen neuerlichen Versuch wagen?«, fragte Susanne sie.

»Probier es. Vielleicht sieht er ja endlich ein, dass die Lebenden auch ihren Platz haben dürfen. Besser noch einmal auf die Nase fallen, als völlig zu vertrocknen, du weißt schon, was ich meine.«

»Was redest du da? Es geht mir doch nicht darum«, sagte Susanne gereizt.

»Sollte es dir aber, so frustriert wie du die letzten Monate geworden bist«, erwiderte ihre Freundin.

»Bin ich das?«
»Ja.«
Susanne wartete ungeduldig auf den Abflugtermin.

TEIL 3

-1-

Paul ging durch Räume, die ihm von Dimitri Xiados, dem Leiter der Bildhauerakademie, in einem bislang ungenutzten Flügel des Akademiegebäudes für die Ausstellung zur Verfügung gestellt wurden. Mit Hilfe der Studenten waren sie in den letzten Monaten von Schutt befreit, gereinigt und weiß gekalkt worden. In den ersten beiden Räumen standen seine ausgewählten Skulpturen, während den dritten Raum das Triptychon *ANELEOPAGAS*, entstanden zu Joachims *Elegie*, einnahm. Allen Schwierigkeiten zum Trotz waren sie mit den Vorbereitungsarbeiten vier Tage vor der Vernissage fertig geworden. Paul setzte sich in den Raum mit dem Triptychon. Sein Telefonat mit Anna im letzten Jahr, in dem er ihr seinen Plan offenlegte, ließ in ihm eine deutlichere Vorstellung von Elena entstehen. Anna zeigte sich trotz ihrer Vorbehalte gegen ihn erfreut über sein Vorhaben und versprach ihm, vorerst Stillschweigen gegenüber Joachim zu wahren und zur Vernissage zu kommen. Einige Wochen nach diesem Telefonat erhielt er von Joachim die Aufnahme der *Elegie*. Inspiriert von dem requiemhaften Schatten dieser Musik begann er mit dem Skizzieren und schließlich mit dem Malen. In vier schaffensreichen Wochen, in denen er selbst dringliche Arbeiten seiner Auftraggeber vernachlässigte, schuf er dieses Triptychon, das er nun in der Stille des Raumes betrachtete. Die Abendsonne fiel durch die hohen Fenster und tauchte es in ein rötlich-mildes Licht. Die Arbeit daran hatte ihm schwer zugesetzt, weshalb er nach der Fertigstellung eine gewisse Verbitterung nicht mehr leugnen konnte: Judith fehlte ihm. Ihre Entscheidung gegen ihn hatte ihn hart getroffen, er war sicher gewesen, dass sie zu ihm ziehen würde, wenngleich ein Rest Hoffnung immer noch da war. Trotzdem hatte er sofort ihre eingepackte Skulptur im Garten in das Nebengebäude zu den anderen Skulpturen transportieren lassen. Die Beweggründe für ihren Entschluss blieben für ihn im Dunkeln, dass sie zu Karl zurückgekehrt war, hielt er für ausgeschlossen, nicht jedoch das Auftauchen eines anderen Mannes. Als er aus Niedergeschlagenheit erneut eine junge Frau bei ihm übernachten ließ, versagte erstmals seine Libido. Sie nahm es gelassen und meinte, dass das in seinem Alter doch keine Schande sei, woraufhin Paul sie anbrüllte, von welchem Alter sie spreche. Sie lächelte nur mitleidvoll. Seither nagte dieses Unbehagen in ihm. Er vermisste Judith, ihren Platz konnte niemand einnehmen, schon gar nicht diese jungen Frauen. Sie war aus seinem Leben verschwunden und hinterließ nichts als Leere.

-2-

Die Ausstellung stellte die Dörfer Panormous und Pyrgos vor beträchtliche Herausforderungen. Während man den erwarteten Besuchern in gastronomischer Hinsicht gewachsen war, ging die Zahl der gehobenen Übernachtungsmöglichkeiten in beiden Dörfern indes gegen null. Daher hatte Paul der Einladung eine Bitte um Angabe detaillierter Übernachtungswünsche beigefügt und deutlich gemacht, dass steigender Unterkunftskomfort mit größerer Entfernung zum Ausstellungsort einhergehen würde.

Überrascht von der unerwartet hohen Anzahl der Interessierten – von den einhundertfünfzig versandten Einladungen waren immerhin fast vierzig Zusagen zurückgekommen – reservierte er im Hafenort der Insel vorsorglich weitere Zimmer. Da Panormous und Pyrgos am anderen Ende der Insel lagen, sah er eine vom offiziellen Busverkehr unabhängige Pendelmöglichkeit zwischen den Hotels und der Ausstellung als unentbehrlich an, wofür er glücklicherweise Max und Elke hatte gewinnen können. Die beiden trafen drei Tage vor der Ausstellungseröffnung auf Tinos ein, wo Paul sie wie vereinbart am Hafen abholte. Er nahm seine Sonnenbrille ab, umarmte zuerst Elke und legte schließlich seine Hände auf Max' Schultern, sah ihm in die Augen und sagte:

»Freut mich, dich zu sehen, Findelkind.«

Max antwortete:

»Mich auch, Ex-Onkel.«

Max hatte sich ihre erneute Begegnung bewusst nüchtern vorgestellt, um keine weitere Enttäuschung zu erleben. Sie fuhren nach Panormous, wo Paul ein Appartement für sie bereithielt, da Joachim, dessen Anreise sich wegen einer CD-Produktion bedauerlicherweise um einen Tag verschoben hatte, bei ihm wohnen sollte. Am Abend lud er sie zum Essen ein und erklärte ihnen die Aufgaben. Da bis auf wenige Ausnahmen unklar war, wer wann mit welcher Fähre eintreffen würde, mussten sie beide bei jedem anlegenden Schiff am Hafen sein, um mit Hinweistafeln, auf denen das Logo der Ausstellung sowie Paul Baumanns Name stand, die Gäste abzufangen und sie mit ihren Autos in die jeweiligen Hotels zu bringen. Zudem gab es zwei Kategorien der Wichtigkeit, allen voran Pauls große Auftraggeber, von denen zwar ausschließlich die Ehegattinnen anreisten, welche aber besonders kritisch sein würden. Am nächsten Tag könnten sie sich die Mietwagen abholen und den Hafenort erkunden, was angesichts der überschaubaren Größe von Ormos Agios aber kein Problem sein werde. Nach dem Essen holte er zwei Zigarillos aus einem Etui und bot Max eine davon an.

»Wir haben etwas zu feiern«, sagte er zu ihm.

Er gab Max Feuer und sie rauchten schweigend.

Elke sagte:

»Ihr seid wirklich ein seltsames Paar, anstatt zu reden raucht ihr.«

Paul blies den Rauch aus und blickte zu ihr:

»Was sollten wir reden?«

»Zum Beispiel darüber, dass Max dein Sohn ist.«

»Wir feiern es doch gerade, was willst du mehr?«

Er machte einen tiefen Zug und sagte:

»Bedauerlicherweise hat Judith uns alle sehr spät in Kenntnis gesetzt. Für meinen Teil wohl zu spät.«

Zu Max gewandt fuhr er fort:

»Ich habe keine Ahnung, ob du etwas von mir erwartest. Falls ja, hoffe ich für dich, dass es nicht allzu viel ist.«

Max sah ihn lange an, erwiderte aber nichts.

Paul hob sein Weinglas und sagte:

»Viel scheint es tatsächlich nicht zu sein. Dann lass uns darauf anstoßen.«

Max suchte in Pauls Augen nach irgendeinem Zeichen der Verbundenheit, doch außer dem Eindruck, dass ihm die Situation lästig war, konnte er nichts entdecken.

Als sie später im Bett lagen, fragte ihn Elke:

»Wie soll das weitergehen mit euch?«

»Anscheinend gar nicht. Ich interessiere ihn nicht.«

Am nächsten Morgen stiegen sie auf ihrer Busfahrt zum Hafenort in Pyrgos aus und liefen zur Akademie, um die Ausstellung noch vor der Eröffnung in Ruhe betrachten zu können. Als Max die Räume betrat, wich augenblicklich jede Farbe aus seinem Gesicht. Er blieb lange vor einer der Skulpturen stehen, warf danach nur noch flüchtige Blicke auf die anderen und eilte hinaus ins Freie. Die Skulpturen widerten ihn an, er fand es obszön, seine Mutter in solchen Darstellungen öffentlich zu zeigen. Vor der Akademie wartete er auf Elke, die ihm seinen zwischen Wut und Verbitterung schwankenden Zustand sofort ansah. Auf ihre Nachfragen äußerte er lediglich, dass er so schnell wie möglich wieder fort wolle von dieser Insel, weg von Paul und dessen exhibitionistischem Künstlergehabe. Während der weiteren Busfahrt brütete er vor sich hin. Erst als Ormos Agios und der Anblick auf dessen beeindruckende Lage am Meer auftauchte, nahm er Elkes Hand und sagte:

»Zur Vernissage gehe ich nicht. Ich kann mir genau vorstellen, wie sie sich aufgeilen und am Buffet anzügliche Bemerkungen die Runde machen. Ich schäme mich für Mutter.«

»Aber ihr kannst du keine Schuld an der Ausstellung geben, sie wusste doch selber nichts davon.«

»Es geht auch nicht um Schuld.«

»Worum dann?«

»Paul suhlt sich im künstlerischen Ausfluss dieser verlogenen Leidenschaft, während ich nur ein lästiges Abfallprodukt für ihn bin.«

Bis die ersten Besucher eintrafen, kannten Max und Elke die Örtlichkeiten. Abgesehen von der Gattin des Genfer Uhrenbarons, die sich weigerte, in ein gewöhnliches Auto einzusteigen, traten keine größeren Probleme mit den Gästen auf. Für die Baronin konnte der einzige S-Klasse-Mercedes der Insel organisiert werden, in dem sie mitsamt ihren zahlreichen Koffern sichtlich verstimmt die fünfhundert Meter zum luxuriösesten Hotel am Ort gefahren wurde. Da dem Mercedes-Besitzer gleichzeitig das Hotel gehörte, klärte sich damit auch der Transfer nach Pyrgos. Als am Tag vor der Ausstellung spätabends die letzte Fähre ankam und Max die eintreffenden Gäste in ihre Unterkünfte verteilt hatte, fuhr er zurück nach Panormous, wo Elke bereits auf ihn wartete. Sie aßen noch eine Kleinigkeit und fielen dann todmüde ins Bett. Die Vernissage fand erst um 18 Uhr statt, so dass tagsüber noch Gäste auf der Insel ankommen konnten.

-3-

Paul begrüßte den ganzen nächsten Tag über alte Bekannte und Freunde, die ihn in seinem Haus besuchen kamen. Eine Stunde vor der Ausstellungseröffnung fuhren sie zur Akademie, wo bereits die ersten Besucher eintrafen. Paul fand es mehr als ärgerlich, dass Joachim erst am darauf folgenden Tag kommen konnte, auch wenn ihm die von Joachim erläuterten Terminzwänge einer CD-Produktion einleuchteten. Paul begrüßte die neu hinzugekommenen Gäste zusammen mit Dimitri und dem Bürgermeister. Viele Bewohner von Pyrgos und Panormous, denen Paul seit Monaten die Einladungskarten persönlich überreicht hatte, blickten sich neugierig um. Die Studentinnen arbeiteten noch an den letzten Details des grandiosen Buffets, als Dank für ihre Mühen durften sie eigene Werke im Eingangsbereich und in der Aula ausstellen. Sie registrierten schnell, dass kaufkräftige Kunstliebhaber ihre Werke aufmerksam betrachteten, was sich mit Eröffnung des Buffets aber schlagartig ändern würde. Schließlich begrüßte Dimitri in seiner Funktion als Akademieleiter – eine Dolmetscherin übersetzte ins Deutsche – die anwesenden Gäste in der Aula der Akademie, danach sprach der Bürgermeister.

Die Laudatio hielt Dr. Werner Strettmann, Kunsthistoriker und Herausgeber einer Zeitschrift für Kunst, der Pauls Werdegang interessiert beobachtete und ihn bereits zweimal porträtiert hatte. Während er sprach – die Dolmetscherin musste nun ins Griechische übersetzen –, stand Paul neben ihm, blickte gedankenverloren in die versammelte Gästerunde und spürte erneut die den ganzen Tag über verdrängte Leere. Judith war tatsächlich nicht gekommen. Angesichts der vielen Menschen, die alle seinetwegen hier saßen und ihn wohlgesinnt anblickten, überkam ihn eine bleierne Mattigkeit und ein plötzlicher Schwindel. Den Reflex, sich am nahen Rednerpult festzuhalten, unterdrückte er erst im letzten Moment. Mit Mühe gelang es ihm, sich wieder zu fassen und der Laudatio zu folgen, die sich dem Ende zuneigte.

»So sehen wir einen in Würde gereiften Künstler, dessen bildhauerisches Werk er uns über Jahrzehnte vorenthielt, was an sich noch nichts Besonderes wäre, gäbe es da nicht – ich bin mir sicher, damit nicht zu sehr ins Private des Künstlers vorzudringen – einen autobiografischen Bezug, der seinen Werken innewohnt und sich dem Betrachter erst im Gesamtwerk erschließt. Ein Leben ohne Kunst wäre ärmlich, eine Kunst ohne Leben noch viel ärmlicher.«

Die Dolmetscherin übersetzte die abschließenden Sätze, woraufhin der Applaus einsetzte. Nun war es an Paul, die vorbereitete Rede zu halten. Nach seinen Dankesworten an den Bürgermeister, die Studentinnen und alle weiteren Helfer sagte er:

»Vor allem möchte ich aber Joachim Berg danken, der bedauerlicherweise erst morgen hier eintreffen und das Konzert geben wird. Er ist ein Musiker höchsten Ranges, den letztes Jahr kennenzulernen ich das Vergnügen und die Ehre hatte und der mich zu dieser Ausstellung praktisch zwang, da er ansonsten keinen weiteren Abend mehr mit mir verbracht hätte, was ein

Verlust in vielerlei Hinsicht gewesen wäre. Es hätte nämlich auch das Ende einer beglückenden Begegnung mit einem inspirierenden Menschen bedeutet, der zudem einen besonderen Bezug zu dieser Insel hat. Und noch ein Wort zu dem von Dr. Strettmann erwähnten autobiografischen Bezug: Suchen Sie nicht danach, fragen Sie mich um Himmels willen nicht danach und vergessen Sie nicht, dass das Werk seinen Schöpfer immer übersteigt. Und nebenbei gesagt, lieber Werner«, er neigte sich zum Laudator, »ohne unsere jahrzehntelange Diskussion wieder auflodern zu lassen: Zeige mir ein Kunstwerk ohne autobiografischen Bezug. Doch lassen wir die Theorie, verehrte Gäste, genießen Sie nun Ihren Aufenthalt. Meine Werke sind nur ein Teil dieser Insel, die selber ein einziges Kunstwerk darstellt, wobei Letzteres auch der eigentliche Grund dafür sein dürfte, dass so viele von Ihnen die Mühen der weiten Anreise nicht gescheut haben. Denn allein eine Ausstellung, selbst in Verbindung mit einem Konzert, lockt heute niemand mehr irgendwohin. Aber wir sind hier zum Glück nicht irgendwo, wir sind auf Tinos! Und hiermit gebe ich das Wort zurück an Dimitri, der die Ausstellung offiziell eröffnen wird.«

Nach dessen Hinweis auf das tags darauf stattfindende Konzert zogen die Gäste durch die drei Ausstellungsräume, wobei ein Großteil von ihnen am Buffet hängen blieb.

Paul, von der Rede erschöpft, drängte es nach Rückzug, doch er musste sich unter die Gäste mischen und hoffte dadurch zumindest auf Ablenkung. Bald wurde er von der Ehegattin seines Genfer Auftraggebers, dem Uhrenbaron Delgreé, angesprochen.

»Herr Baumann, es grenzt an ein Wunder, Sie können ja auch harmlos künstlern.«

Paul lächelte sie wohlwollend an. Er mochte sie – obwohl lebendes Abbild eines Drachens – und diese Sympathie beruhte auf Gegenseitigkeit, wie er von Monsieur Delgreé wusste.

»Darf ich davon ausgehen, dass Sie meinem Zaun, der inzwischen das Grundstück Ihres Sohnes ziert, kritisch gegenüberstehen?«

Sie sah ihn mit blitzenden Augen an.

»Dieser Zaun wird meinem Sohn noch leidtun. Seien Sie froh, dass mein Mann einen Narren an Ihnen gefressen hat. Wenn es nach mir ginge ...«

Paul lächelte sie offen an:

»Eine umso größere Ehre für mich, dass Sie trotz alledem den Weg nicht scheuen, zu meiner Ausstellung zu kommen.«

Sie wandte sich wieder ab. Wenn sie Feuer sprühen konnte, war sie zufrieden. Die zahlreichen weiteren Gespräche, die Paul im Laufe des Abends führte, ermüdeten ihn. Mehrmals verdichtete sich das Stimmengewirr der Gäste zu einem einzigen Konversationsbrei, der ihn schwindlig machte. Gegen Mitternacht war das Buffet wie leergefegt und die Studentinnen mit den Abräumarbeiten bereits fertig. Paul bedankte sich nochmals bei ihnen. Sie wirkten zufrieden, da sie mehrere ihrer Werke verkaufen konnten und eine von ihnen eine Einladung in die Schweiz in der Hand hielt, wo sie in einer Galerie ausstellen durfte. Paul freute sich darüber, fast jeder in der Akademie hatte ihm bei den Vorbereitungen geholfen, so revanchierte er sich auf diese Weise. Spät in der Nacht verabschiedete er sich von Dimitri, fuhr in sein Haus und fiel nach einem hastig getrunkenen Glas Wein in einen erlösenden Schlaf.

Joachim traf mit Anna und den anderen Musikern am frühen Nachmittag auf Tinos ein. Max und Elke nahmen sie in Empfang und fuhren sie in ihre Unterkünfte. Paul war den ganzen Tag über mit den Gästen beschäftigt und fand kaum Zeit, mit Joachim ein Wort zu wechseln. Dessen eilige Frage, wo Judith sei, tat Paul daher mit einem kurzen »später« ab. Elke ging mit Anna einen Kaffee trinken, sie redeten über ihren Inselaufenthalt vor einem Jahr und Elke berichtete ihr die Neuigkeiten über Max und Paul.

Nach der Anspielprobe des Quartetts lobten alle Musiker einhellig die gute Akustik der Aula. Während sich die Kollegen danach wieder auf ihre Zimmer zurückzogen oder das Dorf erkundeten, drängte es Joachim in die Ausstellungsräume zu dem Triptychon. Anna hatte ihm auf der Fähre von ihren Telefonaten mit Paul erzählt und ihm die Titel erklärt. *ANELEOPAGAS* sei rückwärts geschrieben und bedeute *S'AGAPO ELENA*, die *ANBETUNG ELENAS*. Joachim stand nun davor und ließ es auf sich wirken. Je länger er das Werk betrachtete, umso besser verstand er den Titel. Das Triptychon wirkte wie ein in Farben und Formen gefasster Ausdruck einer Anbetung und einer überirdischen Liebesbotschaft. Doch irgendwie konnte er sich des Eindrucks nicht erwehren, dass jeder Pinselstrich Ausdruck einer das ganze Bild durchdringenden Niedergeschlagenheit war, wenngleich es ihn in künstlerischer Hinsicht zutiefst beeindruckte. Dafür, dass dieses Triptychon zur Aufnahme der *Elegie* entstanden war, zeigte es zwar kaum etwas von Elena, dafür aber viel von Pauls Liebe zu Judith, die ihn nur unerfüllt zu künstlerischer Meisterschaft inspirierte, das Drama in Pauls Leben. Abgesehen von dieser Tragik berührte ihn das ihm gewidmete Werk tief. In den anderen Räumen betrachtete er schließlich die Skulpturen Judiths. Er erinnerte sich an die freizügigen Körperhaltungen mancher der nun fehlenden und war erleichtert. Der Inselbevölkerung durfte nicht viel zugemutet werden, das wusste er von Elena. Er hörte Schritte und Anna erschien im Eingang. Joachim führte sie zu dem Triptychon.

»Das hätte ich ihm nicht zugetraut«, sagte Anna.

»Was genau?«

»Dass er eine Frau würdig behandelt.«

Joachim war erstaunt.

»Siehst du etwas von Elena?«, fragte er sie.

»Nein, aber es spricht ein gewisser Respekt daraus, das gefällt mir.«

Die Aula füllte sich bis auf den letzten Stuhl. Die zwei weitläufig geschwungenen Treppenaufgänge und die riesigen Flügeltüren bildeten zusammen mit den Rundsäulen aus rötlich schimmerndem Marmor, welche bis zur mit Ornamenten verzierten Gewölbedecke reichten, einen außergewöhnlichen Rahmen für das Konzert. Das Bühnenpodest stand genau unter der vom Abendlicht durchfluteten Kuppel, dem höchsten Punkt des gesamten Akademiegebäudes.

Susanne wartete bis kurz vor Konzertbeginn, um zu vermeiden, dass Joachim sie entdeckte. Schließlich betrat sie die Aula und stieg seitlich eine der Treppen hoch, wo überwiegend junge Griechen, Studenten der Akademie, standen und wählte einen Platz, von dem aus sie die Bühne vollständig sah. Dass sie stehen musste, störte sie nicht, so konnte sie ihre Position wechseln und sich hinter einer der Marmorsäulen verbergen, sollte Joachim sie sehen. Das Konzert begann mit dem A-Moll-Quartett von Schubert, das sie von alten Aufnahmen her kannte. Das Menuett kam ihr bekannt vor, es dauerte nur wenige Takte, bis sie es zuordnen konnte — das Thema eines Liedes von Schubert, in dem er Schillers *Die Götter Griechenlands* vertont hatte. Susanne sah Joachim spielen. Diese konzentrierte Haltung, in der eine Spur professioneller Lässigkeit die Mühen verdeckte, die hinter dem Musizieren auf diesem Niveau steckte. Selbst Holger wirkte auf der Bühne souverän, wo er sonst so ein scheuer und vorsichtiger Mensch war. Nach dem Schubert-Quartett betrat Joachim mit Alban, den sie nur flüchtig kannte, die Bühne. Sie spielten die *Elegie*.

Susanne wurde gleich vom ersten Thema in den Bann gezogen und hörte die Trauer, das Aufbegehren gegen ein Schicksal, welches eine klaffende Wunde aufriss und ein Liebesglück zerstörte. Bald kam das zweite Thema hinzu, eine vorsichtig angedeutete Hymne an das mögliche Glück, es klang fast nach Mahler, wie es durch verschiedene Tonarten hindurch im ersten Thema verschwand. Sie weinte leise, als sie im zweiten Satz die dunklen Klänge wahrnahm, die weder Richtung noch Ordnung kannten, auf der Suche nach etwas Halt, etwas Bleibendem. Hätte sie, ging es ihr durch den Kopf, anstatt Joachim diesen Zustand vorzuwerfen, ihm vielmehr jenen Halt geben sollen? War sein *Elena-Blick* letztlich ein Hilferuf? Beruhte alles auf einem Missverständnis? Hatte sie Joachim, diesen fest im Leben stehenden Menschen, überschätzt? Der Satz endete in einem lange aushaltenden Unisono der beiden Celli. Das abnehmende Vibrato klang wie ein sich beruhigendes Seelenbeben, das unter der zärtlichen Hand des geliebten Menschen in Stille verwandelt wird. Der Ton war schon längst verklungen, da meinte man ihn noch immer zu hören, weit entfernt. Susanne trocknete ihre Tränen. Dann begann der letzte Satz. Die Themen vom Anfang tauchten auf wie verhaltene Echos, wurden mit zunehmender Dynamik deutlicher und gipfelten schließlich in einem Finale der Freude. Susanne wurde elend. Joachim hatte es nach seiner Rückkehr aus Tinos und damit nach ihrer Trennung geschrieben, es schien ihm gut zu gehen wie schon lange nicht mehr. Als die letzten Töne dem Himmel empor schwebten und der Satz wie ein Freudentaumel endete, verließ Susanne sofort ihren Treppenplatz und flüchtete ins Freie. Sie setzte sich auf einen großen Stein in einer abgelegenen Ecke, in der gebrochene Marmorplatten, Gipsreste und Skulpturenabfall lagen, und versuchte, sich zu beruhigen, da sie trotz der Abendhitze am ganzen Körper zitterte. Joachim war weit weg, irgendwo bei Elena, und sie würde ihn vergessen und aus ihrem Leben verbannen müssen. Tränen liefen über ihre Wangen, sie hoffte, von niemand bemerkt zu werden. Nach der Konzertpause würde sie mit dem Taxi in ihre Pension zurückfahren und morgen die Insel verlassen. Bis zu ihrem Rückflug in drei Tagen würde sie sich irgendwo vergraben. Plötzlich hörte sie ein Geräusch. Sie sah auf und entdeckte etwas abseits Anna, die sie mit besorgtem Blick ansah. Susanne war über ihr Auftauchen derart überrascht, dass sie kein Wort herausbrachte.

»Kann ich dir helfen?«, fragte Anna beim Näherkommen.

Susanne schüttelte heftig den Kopf und machte eine Geste, dass sie allein sein wolle. Doch da war Anna schon bei ihr und legte eine Hand auf ihre Schulter. Es war Susanne unangenehm, dass Anna sie in ihrem Zustand sah, sie blickte kurz zu ihr hoch und entdeckte Sympathie in ihren Augen, was sie vollends verwirrte. Gleichzeitig beruhigte sie die Wärme von Annas Hand und sie sagte mit brüchiger Stimme:

»Es geht schon, danke.«

»Darf ich dich etwas fragen?«, fragte Anna.

Susanne nickte.

»Warum bist du hier?«

»Wegen Joachim und deiner Mutter.«

Sie vernahm ein leichtes Zittern in Annas Hand, die noch immer auf ihrer Schulter ruhte. Susanne hatte das Gefühl, solange sie da lag, konnten sie offen miteinander reden.

»Darf ich wissen, ob du meinen Vater noch ...«

Susanne unterbrach sie fast schroff:

»Du hast es nicht ertragen, dass wir zusammen waren. Daher brauchen dich das nicht zu interessieren.«

Sie erwartete, dass Anna ihre Hand nun zurückzog, doch sie blieb liegen.

»Vater und ich sind zusammen hierher gereist. Er erzählte mir, was sich zwischen euch zugetragen hat. Ich schäme mich für mein Verhalten dir gegenüber und wollte nach meiner Rückkehr einen Brief schreiben. Da sah ich dich vorhin aus der Aula verschwinden.«

Susanne legte nun ihre eigene Hand auf die von Anna. Nach einer Weile sagte sie:

»Die *Elegie* hat mir deutlich gemacht, dass dein Vater keinen Platz für eine andere Frau hat.«

Anna wusste nichts darauf zu erwidern. Aus der Aula erklang ein Läuten, das die Fortsetzung des Konzerts ankündigte. Susanne stand unvermittelt auf und umarmte Anna.

»Gib auf Joachim Acht, ja?«

Anna blickte ihr nach, wie sie das Akademiegelände verließ.

-6-

Paul saß im ersten Teil des Konzerts wie gelähmt in der ersten Reihe und versuchte vergeblich, sich auf die Musik zu konzentrieren. Er bemerkte zwar, dass die *Elegie* wesentlich farbiger und lebendiger klang als die Aufnahme, doch seine Gedanken waren woanders. Er kämpfte gegen die Einsicht, dass die Ausstellung eigentlich nur das Ziel hatte, Judith endgültig für sich zu gewinnen. Joachims Konzert sollte den krönenden Höhepunkt darstellen, doch ohne Judith schien ihm plötzlich alles wertlos. Er spürte die gleiche Verzweiflung wie an dem Abend, als er Joachim die Skulpturen zeigte. Doch damals war er betrunken gewesen, so hatte er die bleierne Stimmung besser ertragen als jetzt. Die Idee der Ausstellung, dazu Joachims motivierende Begeisterung für das Konzert, hatten ihm einen Höhenflug beschert, der seine Liebesoffensive, wie er den Brief und die Aquarelle an Judith nannte, ins Rollen brachte. Der erste Rückschlag kam mit Judiths Brief, dem er aber erst jetzt endgültig Glauben schenkte. Er musste die Hoffnung, dass die Ausstellung Judith zu ihm zurückbringen würde, begraben. Dies überstieg seine Kräfte. Plötzlich hörte die Musik auf und begeisterter Applaus setzte ein, Joachim und sein Cellopartner verbeugten sich mehrmals, bevor sie die Bühne verließen. Paul nutzte die Konzertpause, um sich eilig zurückzuziehen. Er wollte niemanden sehen.

Bevor er zu Schuberts Streichquintett auf seinen Platz zurückkehrte, trank er hastig ein Glas Wein. Als das jugendlich anmutende Dur-Thema im ersten Satz erklang, kroch erneut die Verbitterung in ihm hoch. Jetzt, wo Judith für ihn verloren war, offenbarten die Skulpturen und letztlich die ganze Ausstellung nichts anderes als diesen Verlust. Der Brief, die Aquarelle, das Konzert - alles vergeblich. Was hatte er mit seiner Kunst erreicht? Nichts. Und seine Leidenschaft für Judith? Nur noch Erinnerungen und ein Sohn, mit dem er nichts anzufangen wusste. Blieben die Skulpturen. War das alles? Erstmals traf ein bohrender Zweifel seine geliebte Kunst, nagte sein Nihilismus, der ihn jahrzehntelang vor anderen Menschen schützte, nun am Kern seines eigenen Lebens, seinem Künstlertum und seinen Werken. Er wusste plötzlich, dass er keinen Marmor mehr anrühren konnte.

Nach dem Konzert lud Paul eine ausgewählte Runde zu einem gemeinsamen Essen in eine der Tavernen von Panormous ein und hoffte, durch das Feiern des gelungenen Konzerts auf andere Gedanken zu kommen. Die Quartettkollegen gratulierten Joachim zu seiner Komposition, lehnten Pauls Einladung aber dankend ab. Joachim klärte Paul darüber auf, dass sie vor und nach Konzerten grundsätzlich getrennte Wege gingen, es sei also alles in Ordnung, zudem hätte ein Kollege seine Frau mitgebracht. Auch Max gratulierte Joachim zu dem Konzert, lehnte Paul gegenüber die Einladung jedoch ebenfalls mit wenigen unterkühlten Worten ab. Paul sah ihn seltsam an und wandte sich kopfschüttelnd ab. Elke, die Pauls Verhalten unmöglich fand, verschwand mit Max in der Dunkelheit.

Paul wandte sich den verbliebenen Eingeladenen zu. Alban gab ihm die Hand und sagte, dass er sich freue, diese außergewöhnlichen Tage miterleben zu dürfen, außerdem hätte ihn seine Ausstellung beeindruckt. Paul bedankte sich mit einem Lächeln, das aber sofort wieder verschwand, als Anna ihn fragte, wo Judith Baumann denn eigentlich sei, sie habe sie den ganzen Tag noch nicht gesehen. Joachim, der bereits ahnte, dass etwas nicht stimmte, gab Anna ein diskretes Zeichen. Paul antwortete nur, das Leben sei zu kurz, um es wartend zu verbringen und ging mit ihnen zu seinem Auto, mit dem sie durch die Nacht nach Panormous fuhren.

Als sie in der hell erleuchteten Taverne Platz nahmen, hoben die anderen Gäste, die offensichtlich alle im Konzert gewesen waren, ihre Gläser und gratulierten Joachim. Sofort brachte ein Kellner Wein an ihren Tisch, so dass er ebenfalls sein Glas erheben konnte. Auch wenn er nicht alle Kommentare verstehen konnte, bedankte er sich auf Griechisch für den herzlichen Empfang. Alban warf Anna einen gerührten Blick zu, der sie freute. Als Joachim sich wieder setzte und Alban ihm zu verstehen gab, dass er mit seiner *Elegie* wohl eine Inselhymne geschrieben habe, bemerkte Anna, wie tief bewegt ihr Vater war. Gleichzeitig schien er wie von einer Last befreit. Paul dagegen saß mit einem gezwungenen Lächeln am Tisch, schenkte sich bereits zum zweiten Mal Wein nach und gab die Bestellung für das Essen auf. Alban sprach ihn erneut auf die Ausstellung an und Paul begann ihm zu berichten, wie alles zustande gekommen war. Joachim war erleichtert,

Annas Frage nach Judith hatte ihn einen jähen Stimmungsabsturz bei Paul befürchten lassen.

Joachim sah sich um und musste lächeln, als er seine Quartettkollegen in Sichtweite verteilt in den anderen drei Tavernen sitzen sah, das gastronomische Angebot von Panormous beschränkte sich auf die etwa fünfzig Meter lange Hafenstraße. Pauls Gesichtsausdruck entspannte sich allmählich, sie begannen zu essen, schenkten reichlich Wein nach und unterhielten sich scherzend. Anna beteiligte sich wenig an dem Gespräch und beobachtete lieber ihren Vater. Während der *Elegie* schien das Band zwischen ihm und Elena zu leuchten, das hatte Susanne völlig richtig eingeschätzt. Es gab noch keine Gelegenheit, ihm von ihrem Zusammentreffen zu erzählen, das konnte sie nachholen, es schien ihr angesichts der immer ausgelassener werdenden Stimmung der drei Männer am Tisch nicht dringlich. Joachim, der ihr plötzlich eine Frage stellte, riss sie aus ihren Gedanken. Sie sah ihn fragend an. Er wiederholte, ob sie bereit wäre, ein Jahr auf der Insel zu leben, um Paul grundlegende Manieren beizubringen und ihn auf einem noch genauer zu bestimmenden Niveau der nach unten offenen Skala der Ignoranz gesellschaftsfähig zu machen. Sie stimmte in das Lachen der drei mit ein und beobachtete nun Paul, der die Runde in vollen Zügen zu genießen schien. Sie dachte daran, was Elke ihr erzählt hatte, und konnte die Enttäuschung von Max gut verstehen. Paul hatte laut Elke nicht einmal bemerkt, dass Max der Vernissage ferngeblieben war, wie ihm überhaupt jegliches Interesse an Max abgehe. Doch was konnte man sich von einem derart auf sich selbst bezogenen Eigenbrötler schon erwarten. In dieser ganzen Familie herrschte offensichtlich Chaos, vor allem bei Judith, die eigentlich einen besseren Eindruck auf sie gemacht hatte. Es standen vier leere Flaschen Wein auf dem Tisch, als sie beschlossen zu gehen. Joachim und Paul verabredeten sich für den darauf folgenden Abend, da Paul tagsüber dringend einige Aufträge bearbeiten musste, die wegen der Ausstellung liegen geblieben waren. Sie verabschiedeten sich von Alban und liefen zu Pauls Haus, wo dieser Joachim und Anna in seine Gästewohnung brachte.

Danach saß Paul nachdenklich in seiner Küche, als es klopfte. In Erwartung von Joachim rief er:

»Komm herein.«

Er hörte Schritte und plötzlich stand Karl im Raum, sein Bruder, das war der allerletzte Mensch, mit dem er jetzt zu tun haben wollte. Über fünfundzwanzig Jahre musste ihre letzte Begegnung her sein.

»Was willst du?«, fragte er Karl in eisigem Ton. Dieser setzte sich und fragte:

»Wo ist Judith?«

Paul sah ihn giftig an.

»Ich wüsste nicht, was dich das angeht«, antwortete er.

»Mir scheint, sie war schon lange nicht mehr hier.«

Paul verlor die Geduld.

»Du weißt, wo es hinausgeht.«

»Warum so unhöflich?«

»Weil du mich anwiderst.«

»Da geht es mir genauso. Aber ich bin trotzdem gekommen.«

»Ich habe dich nicht eingeladen.«

»Das interessiert mich genauso wenig wie dich vieles nicht interessiert. Vor allem scheinen dir deine Taten von früher gleichgültig zu sein, doch umso mehr beschäftigen sie mich. Um nur ein Beispiel zu nennen. Ich habe deinen Sohn großgezogen, während du Jammergestalt dich hier verkrochen hast.«

»Davon wusste ich bis vor einem Jahr selber nichts.«

»Was soll das heißen?«

»Judith hat es auch vor mir verheimlicht. Diese Rechnung musst du mit ihr begleichen.«

»Das werde ich tun«, sagte Karl verächtlich.

»Du bist aber auch ziemlich einfältig und merkst nicht mal, ob du überhaupt der Urheber dieser Schwangerschaft sein konntest.«

Karl lächelte:

»Im Gegensatz zu dir habe ich etwas anderes im Kopf als die Daten meines Geschlechtsverkehrs. Zugegeben, mein Vertrauen in Judith war naiv, ich hätte ihr nicht zugetraut, dass sie sich auf diese Weise rächt. Apropos, das solltest du wissen: Max war ein Racheakt an *mir*, du warst zu dem Zeitpunkt nur der ahnungslose Dritte.«

Jetzt lachte Paul laut auf.

»Dafür hat sie meine Ahnungslosigkeit mehr als genossen. Mit dir hatte sie in dieser Beziehung ja nichts zu genießen.«

»Sprich dich ruhig aus, vielleicht kann dir das ein wenig darüber hinweghelfen, dass Judith inzwischen einen Weinhändler bevorzugt – selten hat man sie so strahlend und unbeschwert gesehen.«

»Du erzählst mir nichts Neues«, log Paul verbittert.

»Dass du mich mit Judith fast mein ganzes Eheleben lang betrogen hast, ist für mich inzwischen auch nichts Neues mehr. Trotzdem wirkt es noch immer nach, denn ich habe – was dir gänzlich fehlt – ein Ehrgefühl. Dass Judith mich derart hintergangen hat, obwohl sie genau wusste, wie sehr ich dich verachte, entehrt sie in jeder Hinsicht. Dass du mitgemacht hast, wundert mich hingegen nicht, ich kenne dein moralisches Niveau, es ist wie dein Ehrgefühl schlichtweg nicht vorhanden. Dass ihr mich in fröhlicher Eintracht mit eurem triebgesteuerten Verhalten all die Jahre hintergangen habt und ich sogar noch deinen Sohn großzog ...«

»... ist genauso deine Schuld, so wie du Judith behandelt hast.«

Karl lachte auf und wurde laut:

»Du verdrehst die Umstände, wie es dir passt. Ich soll schuld daran sein, ja mehr noch, ich habe euch praktisch dazu gezwungen, mich zu hintergehen, da dies die einzige Möglichkeit war, Judith vor meinen Misshandlungen zu schützen. Ich habe sie misshandelt, indem ich ihr ein gesichertes Leben ermöglicht habe, indem ich zwei Kinder mit ihr großgezogen habe, indem ich ihre schwerkranke Mutter fünf Jahre lang ertragen musste. Aber zum Glück hatte sie dich, der nichts von alledem geschafft hätte und der es nun für seine Lebensleistung hält, Judith in Marmor geschlagen zu haben. Allein nach drei Tagen und Nächten mit Max als Säugling im Haus wärst du am Erschöpfungstod gestorben!«

Paul schwieg. Es hatte keinen Sinn, mit Karl zu reden. Sie kamen aus völlig verschiedenen Welten. Für ihn,

Paul, galt dieses Geschwätz von Ehrgefühl und Moral nichts, es waren Werte aus dem neunzehnten Jahrhundert, fernab der Art zu leben, wie er es für richtig hielt. Karl fuhr fort:

»Jetzt fällt dir nichts mehr ein. Keine Sorge, ich bin nicht so naiv zu denken, dass du mir zustimmst. Doch du brauchst nicht zu meinen, dass du meine Ehe mit Judith in den Dreck ziehen und dann mir allein die Schuld dafür geben kannst. Genau das macht dich so widerlich ignorant und selbstherrlich. Und obendrein tust du noch so, als wärst du der wahre Retter von Judiths Seele.«

»Bist du endlich fertig?«, fragte Paul.

Karl stand auf und spuckte ihm vor die Füße. Dann fügte er mit einem spöttischen Lächeln hinzu:

»Es gibt übrigens noch eine gute Nachricht für dich: Ich habe Judiths Weinhändler dazu gebracht, die Beziehung mit ihr zu beenden. Ich vermute daher, dass Judith bald in Geldnöte kommen und deshalb – und zwar einzig und allein deshalb – bei dir auftauchen wird. Sei froh, du Held, dann kannst du wieder den großen Retter spielen, darin hast du ja Übung.«

Daraufhin verschwand Karl im Dunkeln.

-7-

Am nächsten Morgen erzählte Anna ihrem Vater von der Begegnung mit Susanne. Joachim war überrascht.
»Sie war gestern im Konzert?«
Anna berichtete ihm von ihrem Gespräch.
»Weißt du, wo sie wohnt?«, fragte er nachdenklich.
»Nein, aber es klang, als würde sie sofort wieder abreisen.«
Während des Frühstücks wirkte Joachim noch immer irritiert. Anna sprach ihn auf ihr schlechtes Gewissen an.
»Ach Anna, das ist wirklich unnötig, du konntest nun mal nicht anders.«
Er schenkte sich Kaffee nach und sagte:
»Wenn ich ehrlich bin, dann kam mir Susanne in den letzten Monaten immer wieder in den Sinn, leider konnte sie sich nie damit abfinden, dass es Elena in meinem Leben gab und gibt. Meine Ehrlichkeit war vielleicht ein Fehler, es gibt Situationen, in denen Offenheit schadet.«
Anna sagte:
»Weißt du, wie sie auf mich wirkte? Ich glaube, sie hat dich noch nicht aufgegeben. Ich sah es an ihrem Blick.«

Tagsüber wollte Joachim mit Pauls Roller in die Hafenstadt fahren, um Elenas ehemaliges Hotel und dessen Eingangshalle mit den mitgebrachten alten Fotos zu vergleichen. Danach würde er sich mit Dimitri Xiados treffen, mit dem er noch einige Fragen zu klären hatte. Als Joachim losfuhr, tauchten wieder der Inselgeruch und die Erinnerungen an Elena auf. Er begann unvermittelt, ein Thema aus der *Elegie* zu summen.

In Ormos Agias stellte er den Roller am Hafen ab und ging zu dem Hotel, wo er das letzte Mal kurz nach seiner Hochzeit gewesen war. Er betrat die Eingangshalle und sah, dass von Antonis Wirken aus den fünfziger Jahren nichts mehr vorhanden war, was ihm leidtat, er hätte gerne gesehen, dass zumindest ein Teil der Deckenbemalung erhalten geblieben wäre. Als er aus dem Hotel trat, blendete ihn das gleißende Mittagslicht. Er zog seine Sonnenbrille auf und sah in diesem Augenblick Susanne in eine der kleinen Reedereifilialen verschwinden, in denen es Fährtickets zu kaufen gab. Er betrat kurz darauf den Ladenraum, wo sie tatsächlich in der Reihe der Wartenden stand.

»Hallo Susanne.«

Sie blickte ihn überrascht an.

»Darf ich dich auf einen Kaffee einladen, bevor du ein Ticket kaufst?«

Susanne wirkte irritiert.

»Ich weiß nicht, ob das gut für mich ist«, sagte sie.

Joachim lächelte:

»Dass ich dich hier treffe, kann doch kaum Zufall sein.«

Susanne sah ihn prüfend an. Er sagte:

»Unweit von hier gibt es den besten Frappé Griechenlands.«

Sie warf ihm einen unsicheren Blick zu, setzte sich auf einen der Stühle, die neben dem Ausgang standen, und vergrub kurz ihr Gesicht zwischen ihren Händen. Dann blickte sie zu ihm auf und sagte:

»Wenn ich jetzt ablehne, frage ich mich wochenlang, was diese Begegnung zu bedeuten hatte. Wenn ich mitgehe, dann ärgere ich mich, wie ich so naiv sein konnte. Darum nimm deine Einladung zurück und sag mir, dass sich nichts verändert hat seit unserer Trennung.«

»Anna hat mir von eurer Begegnung gestern Abend erzählt und da wurde mir klar, dass sich etwas verändert hat.«

»Bei dir oder bei mir – wie meinst du das?«

»Ich denke, bei uns beiden.«

Susanne sagte:

»Deine Komposition gestern Abend bedeutete für mich den endgültigen Schlussstrich.«

Die Filiale füllte sich mit neuen Kunden, es wurde eng und laut. Joachim sagte:

»Es würde mich wirklich freuen, wenn du meine Einladung annimmst.«

»Also gut«, sagte Susanne.

Sie liefen die belebte Hafenstraße entlang zu dem Kafenion, nahmen Platz und Joachim bestellte zwei Frappés. Nach längerem Schweigen sagte er:

»Es ist mir klar, welche Überwindung es dich gekostet haben muss, die *Elegie* anzuhören. Als Anna mir heute Morgen von deiner Anwesenheit erzählte, glaubte ich meinen Ohren nicht zu trauen. Ich wäre am liebsten gleich zu dir gefahren, wenn ich gewusst hätte, wo ich dich finden kann.«

Susannes Blick wurde milder, doch ihr Tonfall blieb traurig:

»Das hat nicht viel zu bedeuten. Du fühlst dich geschmeichelt, dass ich dir nach fast einem Jahr bis hierher nachreise, das ist alles.«

»Du bist sehr kritisch.«

»Nicht kritisch, nur vorsichtig.«

Sie schwiegen und nahmen beide einen Schluck aus ihren Gläsern. Von dem Kafenion aus überblickte man den Trubel des Hafens. Eben fuhr eine riesige Fähre ein, welche die an der Mole angelegten Yachten winzig erscheinen ließ. Langsam wendete das Schiff und brachte sich in Position zum Andocken. Zwei Matrosen warfen den Männern auf der Mole mehrere Taue zu, die sie an den schweren Seilpfosten festzurrten. Die Brücke wurde heruntergelassen und aus dem Bauch des Schiffs strömten Menschen, Autos und Lastwagen, die sich gegenseitig behinderten und in dem hektischen Gedränge kaum vorwärtskamen.

»Susanne, ich glaube verstanden zu haben, weswegen es bei uns so kam. Ich kann es noch nicht in Worte fassen, vielleicht sollte ich auch überhaupt nicht darüber reden, sondern einfach erleichtert sein.«

»Erleichtert worüber?«

»Irgendetwas in mir hat sich verändert.«

»Und was hat das mit uns zu tun?«

»Wenn ich dich nicht zufällig getroffen hätte, wären wohl noch Wochen oder Monate vergangen, in denen ich Zeit gehabt hätte, mir darüber klar zu werden. Doch vielleicht ist es ein Wink des Himmels, dass wir jetzt hier sitzen.«

»Oder ein neuerlicher Wink der Hölle.«

Spontan mussten sie beide lachen.

»Immerhin können wir wieder lachen«, sagte er.

»Obwohl mir eher zum Heulen zumute ist«, ergänzte Susanne und fügte hinzu:

»Weil irgendwann wieder Elena in deinen Augen auftaucht.«

»Und dann?«

»Ist es mit dem Lachen wieder vorbei.«

»Das wäre schade. Es steht dir noch immer so unglaublich gut.«

»Joachim, wechsle jetzt nicht das Thema, auch wenn du das sehr charmant tust.«

»Entschuldige, aber dein Lachen ist noch immer so schön.«

Sie sah ihn an.

»Joachim, hör auf. Ich habe gestern Abend Elenas Huldigung gehört. Es gibt keinen Platz für mich in deinem Leben.«

In diesem Augenblick gab es einen Tumult auf der Straße, als ein Lieferwagen Ware verlor und dadurch einen Rückstau bis zur Fähre verursachte.

Sie blickte ihn offen an.

»Ich hatte erhofft, dass sich durch die *Elegie* etwas in dir löst. Doch stattdessen habe ich die größtmögliche Liebeserklärung gehört.«

»Das ist dasselbe«, antwortete er.

»Nein, ist es nicht.«

»Doch, glaub es mir.«

Susanne blickte lange aufs Meer hinaus und dachte nach. Schließlich sagte sie:

»Und wenn ich eine noch größere Liebeserklärung von dir hören will?«

»Elena musste dreißig Jahre darauf warten.«
»Ich bitte dich, meine Frage zu beantworten.«
»Das war die Antwort.«
Susanne sah ihn an:
»In dreißig Jahren bin ich achtundsiebzig.«
»Nein, sechsundsiebzig, drei Jahre haben wir ja bereits gemeinsam verbracht.«
Susanne lächelte und sagte:
»Und wann sollen die restlichen siebenundzwanzig Jahre beginnen?«
Unvermittelt stand sie auf.
»Entschuldige, ich lasse mich gehen, das tut mir nicht gut.«
»Treffen wir uns morgen um die gleiche Zeit wieder hier?«
»Vielleicht.«
Joachim sah ihr lange nach, bis sie in einer der Seitenstraßen verschwand.

Würde sie wiederkommen? Und wenn ja, wie sollte es weitergehen? Eine vorsichtige Annäherung oder gar ein möglicher Neubeginn bedeutete noch lange nicht, dass sie dem Alltag dieses Mal gewachsen sein würden, im Gegenteil, er spürte eine seltsame Enge bei dem Gedanken. Vielleicht brauchten sie einfach Zeit. Viel Zeit.

Er bezahlte und machte sich auf den Weg zu Dimitri Xiados.

-8-

Paul und Joachim saßen zu zweit im Licht der etruskischen Kerzenständer auf der Veranda, froh, endlich Zeit füreinander zu haben. Das Zirpen der Zikaden war das einzige Geräusch in der abendlichen Stille.

Joachim fragte:
»Nun erzähl endlich. Was ist mit Judith und warum ist sie nicht hier?«

Paul nahm einen Schluck aus seinem Weinglas und berichtete von den Ereignissen – seinem Brief an Judith, der ihn mehr Mühe gekostet habe als alle Skulpturen zusammen, die Aquarelle, ihr Trennungsbrief und schließlich die Gewissheit durch ihr Fernbleiben.

»Warum hast du nie ein Wort darüber verloren?«
»Du hättest auch nichts daran ändern können.«
Joachim lächelte ihn an:
»Du Einsiedler musst alles mit dir alleine ausmachen.«
»Genau.«

Paul hätte ihm fast von seiner Verbitterung und seinem Entschluss, keinen Marmor mehr anzurühren, erzählt. Aber er konnte selber noch nicht einschätzen, ob dies Bestand haben würde. Er saß inmitten eines Trümmerhaufens, was sollte er Joachim um Rat fragen, wo er sein Dilemma noch nicht einmal in Worte fassen konnte, ja im Grunde erst dabei war, es zu erahnen. Paul schüttelte seine Gedanken ab.

»Du hast mir geschrieben, dass es Neuigkeiten gebe.«
»Willst du es wirklich hören?«

»Das klingt, als hättest du ein neues Problem für mich. Ich bin belastbar, keine Sorge.«

»Na gut. Du erinnerst dich an Elenas zweiten Brief, den dein Bruder ungeöffnet weggeworfen hat? Ich habe in Elenas persönlichen Unterlagen gesucht und alte Tagebücher von ihr gefunden. Anna hat mir einiges daraus übersetzt, da Elena griechisch schrieb. Darin ging es auch um deine Eltern. Aber eben auch um ihre eigenen Eltern. Daher hat sie wohl alles so detailliert beschrieben.«

Paul blickte ihn fragend an.

»Dein Vater, Ludwig Baumann, war im Zweiten Weltkrieg hier stationiert.«

»Was«, rief Paul, »auf Tinos?«

Joachim holte den Briefumschlag aus seiner Tasche, nahm eines der beiden alten Fotos heraus und zeigte es ihm.

»Das ist dein Vater, der andere ist Elenas Vater. Hinten stehen die Namen auf Griechisch.«

Paul wurde blass.

»Das ist er.«

»Dein Vater war Kommandeur und wohnte nach dem Abzug der italienischen Besatzungstruppen mit seinem Führungsstab im damaligen Hotel von Elenas Eltern, das er für konfisziert erklärt hatte. Elenas Eltern waren ihm feindselig gestimmt, konnten sich aber wegen der ordentlichen Behandlung nicht beklagen. Dein Vater sorgte dafür, dass sie und die Angestellten gutes Essen bekamen, was angesichts der damaligen Hungersnot ein Privileg darstellte. Das eigentlich Brisante war, dass Elenas Vater engen Kontakt zum Widerstand hatte, der von einem Mann namens Antonis Koladis angeführt wurde, sich aber auf eher unspektakuläre Aktionen beschränkte, da aufgrund der strategisch unwichtigen Lage Tinos die Deutschen letztlich nicht interessierte. Dieser Antonis Koladis, ein Künstler und politischer Hitzkopf, verstand sich sehr gut mit deinem Vater und kam über ihn somit auch an nützliche Informationen. Auf Tinos konnte man nach Angaben von Elenas Eltern als Deutscher im Grunde eine ruhige Besatzungszeit erleben, verglichen etwa mit Kreta. Es galten allerdings klare militärische Befehle, nach denen alle Kommandeure bei feindlichen Aktionen der Einheimischen unverzüglich schärfste Gegenmaßnahmen ergreifen mussten. Unterließ man diese, wurde man zur sofortigen Verantwortung gezogen und hart bestraft.

Dann ereignete sich ein Vorfall. Im Herbst 1943 besuchte ein Oberstleutnant Gerstner die Insel. In der Nacht nach seiner Ankunft wurde Antonis Koladis mit zwei anderen Griechen auf dem Weg zu Gerstners Flugzeug von deutschen Wachsoldaten aufgegriffen. Alles deutete auf einen Sabotageversuch hin, woraufhin Gerstner sofort informiert wurde. Dein Vater war gezwungen zu reagieren, wie die Vorschriften es verlangten. Er ließ die Festgenommenen im Beisein Gerstners vorführen, doch keiner sagte ein Wort, bis Antonis die beiden anderen zu entlasten versuchte und sich selber für schuldig erklärte. Gerstner mischte sich ungeduldig ein. Elenas Vater wurde dazugeholt und er fragte ihn, wer von den beiden anderen neben Antonis im Widerstand sei und ob noch weitere Einheimische mitwirkten. Elenas Vater verneinte dies mit blassem

Gesicht. Gerstner sah deinen Vater scharf an. Es herrschte Totenstille im Raum, in dem sich die Hitze der Nacht mit dem Angst- und Schweißgeruch vermischte. Gerstner, der grundsätzlich am Mut seiner Untergebenen zu hartem Durchgreifen zweifelte und in solchen Augenblicken zu gefährlicher Ungeduld neigte, befahl deinem Vater schließlich, Antonis der üblichen Strafe zuzuführen und die beiden anderen bis zu weiteren Klärung zu arrestieren. Antonis, der zwar kein Deutsch konnte, verstand den Inhalt des kurzen Wortwechsels trotzdem sofort. Er blickte kurz zu Elenas Vater, der die Szene wie gelähmt mit leichenblassem Gesicht verfolgte. Schließlich gab dein Vater den Befehl, die drei Gefangenen getrennt einzusperren und Antonis Koladis zu erschießen, was Gerstner mit Befriedigung zur Kenntnis nahm. Dass statt Antonis einer der anderen erschossen wurde, war ein tragischer Irrtum, eine Verwechslung in der Aufruhr dieser Nacht. Antonis bemerkte es, als er die Schüsse hörte, die eigentlich ihm galten. Dein Vater blieb der Erschießung fern. Gerstner flog am Morgen darauf wieder ab.

In der folgenden Nacht wurde Antonis noch vor Sonnenaufgang von Elenas Vater in einer geschickt eingefädelten, aber gefährlichen Aktion befreit. Die restliche Zeit der deutschen Besatzung hielt er sich an einem unzugänglichen Ort der Insel versteckt. Dein Vater ließ das Fehlen eines der Häftlinge nicht weiter verfolgen.«

Paul hörte mit versteinertem Gesicht zu. Joachim fuhr fort.

»Du wirst es nicht glauben, aber nach den Wirren des Bürgerkriegs tauchte 1951 dann plötzlich deine Mutter auf Tinos auf. Das war zu der Zeit sehr ungewöhnlich, zumal eben erst diplomatische Beziehungen zwischen Deutschland und Griechenland aufgenommen worden waren und es noch so gut wie keine Touristen gab. Trotzdem stand sie plötzlich mit einem griechischen Wörterbuch ausgestattet im Hotel von Elenas Eltern. Hat sie dir nie davon erzählt?«

Paul wurde bleich, in seinem Kopf überschlugen sich die Erinnerungen. Seine Mutter, deren scharfer Intellekt ihn zwar zeitlebens beeindruckte, verkörperte für ihn die typische Nachkriegsmutter, unterwürfig und ihrem Mann dienend. Er fragte:

»Kann es sein, dass Elenas Eltern sie verwechselten?«

Joachim reichte Paul daraufhin das Foto mit seiner Mutter darauf. Er erkannte sie sofort.

»Das ist sie. Erzähl weiter.«

»Es blieb nicht aus, dass deine Mutter die Bekanntschaft mit Antonis Koladis machte, von dem sie schließlich detailliert erfuhr, was sich 1943 abgespielt hatte. Und sie erfuhr von der Last der Schuld, die neben Ludwig auch Antonis aufgrund der tödlichen Verwechslung seiner Person zu tragen hatte.«

Paul betrachtete das Foto.

»Ist der Mann mit dem Kinnbart dieser Antonis?«

»Ja, Elena hat es in ihrem Tagebuch so beschrieben. Ich bin ihm später auf unserer Hochzeit begegnet.«

»Er hat den Arm um sie gelegt. Und meine Mutter lässt es zu, das ist unglaublich.«

Plötzlich kam ihm ein Gedanke. Er drehte das Foto um, dort stand neben dem Namen seiner Mutter auch der Zeitpunkt der Aufnahme: Mai 1951. Neun Monate später wurde er geboren, als Sohn des stolzen Ludwig Baumann.

Er sah Joachim nachdenklich an.

»Schrieb Elena etwas zu dieser ungewohnt vertrauten Geste?«

»Nein. Ihre Eltern haben dazu geschwiegen.«

Paul betrachte lange das Foto:

»Ich habe es immer geahnt.«

Er erzählte Joachim von seinem lange gehegten Verdacht und von Maras Ohrfeige, als er sie danach fragte.

»Lebt dieser Antonis noch?«

»Nein«, antwortete Joachim, »er starb 1991, wohnte aber bis zu seinem Tod hier auf Tinos als geschätzter Bildhauer und Künstler. Dimitri von der Akademie kannte ihn gut. Antonis habe zwar immer abgelehnt, dort zu unterrichten, doch er unterstützte die Akademie, wo er konnte. So schwebte immer sein Geist darüber, wie Dimitri es ausdrückte. Er gab mir übrigens einige neuere Fotos von ihm mit. Er meinte, ich solle sie dir zeigen.«

Joachim hielt sie ihm hin, doch Paul starrte nur gedankenverloren auf das Foto mit Mara, in seinem Kopf arbeitete es. Schließlich fragte er:

»Hat Dimitri mehr erzählt? Ich meine, gibt es etwas, was außer mir fast jeder auf dieser Insel weiß?«

Joachim sagte:

»Ich sprach heute Nachmittag mit ihm, weil die Informationen aus Elenas Tagebüchern Fragen aufwarfen. Dimitri schien erleichtert, dass endlich jemand danach fragte. Er hatte Antonis vor dessen Tod versprochen, dir von sich aus nichts zu erzählen. So konnte Dimitri mir die Zusammenhänge erklären.«

Paul sagte:

»Erzähl mir alles.«

»Und die Fotos von Antonis Koladis?«

»Später, erst will ich hören, was Dimitri sagte.«

Joachim spürte den vom vielen Reden trocken gewordenen Hals. Seine Gläser waren leer. Da Paul regungslos dasaß, stand er auf und holte eine Karaffe Wasser und Wein. Er schenkte ihnen ein, nahm einen Schluck und fuhr fort:

»Antonis Koladis hat deine Mutter geliebt. Die fünf gemeinsamen Tage auf der Insel reichten aus, eine Leidenschaft füreinander zu wecken, die Antonis nicht mehr losließ. Dennoch hatten sie nach Maras Abreise nie wieder Kontakt. Als du 1990 auf Tinos aufgetaucht bist, um das Haus zu kaufen, hast du Kontakt zu Dimitri aufgenommen. So erfuhr Antonis, den Dimitri um Rat fragte, dass es einen deutschen Künstler namens Paul Baumann gab, der auf die Insel ziehen wollte. Er beauftragte Dimitri, Erkundigungen über deine Herkunft einzuziehen.«

Paul warf ein:

»Ja, sie schickten mir ein mehrseitiges Formular zu, auf dem alle möglichen Daten abgefragt wurden. Ich dachte mir nichts dabei ...«

»Genau, so begann Antonis Koladis zu ahnen, dass du sein Sohn sein könntest. Er setzte alles in Bewegung, damit du das Haus bekamst, was nicht einfach war, da der Gemeinderat keinen Deutschen im Ort haben wollte. Du hast mir ja erzählt, dass es monatelange Verzögerungen gab und es dann plötzlich doch klappte. Das war Antonis' Werk. Er klärte den Gemeinderat darüber auf, dass du sein Sohn seiest und beschwor sie, es dir nicht zu sagen, woran sich bis heute tatsächlich jeder gehalten hat. Dimitri meinte, dieses Schweigen sei das eigentliche Wunder ...«

Paul fragte:

»Wie konnte er sich sicher sein, dass ich sein Sohn bin?«

»Dimitri meinte, dass Antonis es sich einfach wünschte. Später, als er dich kennenlernte und deine Kunstwerke sah, seien die letzten Zweifel dann verschwunden.«

Paul war verblüfft:

»Er war bei mir?«

Joachim streckte ihm erneut die Fotos hin.

»Das ist Antonis Koladis?«, fragte er aufgeregt.

Joachim nickte.

Paul nahm sein Weinglas und trank daraus.

»Ich kenne ihn.«

Mitten in der Nacht erwachte Paul mit starken Kopfschmerzen. Er stand auf und ging in die Küche, um ein Glas Wasser zu trinken. Das erste Mal seit vielen Jahren war ihm seine Mutter im Traum erschienen. Sie besuchte ihn im Atelier und wohnte nur einige hundert Meter entfernt in ihrem eigenen Haus, das wie sein Elternhaus aussah. Als sie dieses Haus später betraten, saß sein Vater Ludwig am Küchentisch und Mara stellte ihn als ihren Bruder vor. In dem Augenblick betrat Antonis Koladis die Küche und sah Mara mit feurigem Blick an. Da wachte er mit rasendem Puls auf. Antonis Koladis – plötzlich war dessen Besuch bei ihm vollständig in seine Erinnerung zurückgekehrt.

Er hatte seit etwa einem Jahr auf der Insel gelebt, Judiths Skulptur stand bereits mitten auf dem Grundstück und sein neu errichteter Zaun bewegte noch das ganze Dorf. Es klopfte und dieser alte Grieche mit seinem stechenden Blick stand vor der Tür und sah ihn lange an. Paul fragte, was er für ihn tun könne. Er antwortete, dass die Skulptur in seinem Garten von einer Begabung fürs Bildhauern zeuge und ob er bereit sei, ihm weitere Arbeiten zu zeigen. Paul nahm ihn mit in sein Atelier, wo der Grieche alle Skizzen, Bilder, Büsten und Werke eingehend betrachtete und gelegentlich Lob oder Kritik äußerte, was Paul mit Interesse verfolgte. Als er schließlich das Büro mit seinen Werbeaufträgen betrat, verdüsterte sich das Gesicht des Griechen. Ob er das wirklich nötig habe, fragte er Paul, der die Frage wahrheitsgemäß beantwortete. Der Grieche schüttelte nur den Kopf und meinte, dass er wissen müsse, was er mache. Er solle es aber nicht wagen, sein Talent für dieses Zeug zu vergeuden. Doch die Skulptur im Garten zeige ihm, dass er beste Voraussetzungen habe und der Insel würdig sei. Nach mehreren Stunden verabschiedete er sich herzlich von Paul und kündigte an wiederzukommen, dann werde er auch mehr von sich erzählen. Doch er kam nie wieder. Nun wusste Paul warum. Antonis Koladis starb einige Monate nach diesem Besuch bei ihm. Auch diesem Begräbnis war er ferngeblieben.

-10-

Dimitri fuhr mit Paul zum ehemaligen Haus von Antonis, der seinen gesamten Besitz der Akademie vererbt hatte mit dem Wunsch, sein Atelier ausgewählten Kunststudenten zur Verfügung zu stellen. Man beschloss daraufhin, einen Teil der Räumlichkeiten als Museum für Antonis' Werke umzubauen und das restliche Atelier im Jahresrhythmus hochbegabten Absolventen zu überlassen. Dimitri erzählte ihm auf der Fahrt, dass Antonis' Leben eine Folge tragischer Ereignisse darstellte, denen er mit seiner unauslöschbaren Lebenskraft getrotzt hatte. Er verlor zweimal seine Frau, die erste starb bei der Totgeburt seines Kindes, die zweite kurz nach seiner Wiedervermählung an einer unheilbaren Krankheit. Danach blieb er alleine, doch seine Kinderlosigkeit machte ihm zeitlebens schwer zu schaffen. So könne Paul sich vorstellen, wie er reagiert habe, als er von seiner Existenz erfuhr. Antonis habe ihm einmal in einem vertrauten Moment eingestanden, mit dem Tod seiner beiden Frauen dafür büßen zu müssen, dass im Krieg ein anderer an seiner Stelle erschossen worden sei und er zudem keine seiner Ehefrauen so geliebt habe wie Mara. Über ihm stehe kein glücklicher Stern. Umso erfreulicher sei es gewesen, dass er seinen Sohn so kurz vor seinem Tod noch kennenlernen durfte.

   Dimitri bog in einen unbefestigten Schotterweg mit tiefen Schlaglöchern ein. Es ging leicht bergab und hinter einer Kehre tauchte das Gebäude auf. Direkt an einem abschüssigen Hang gebaut, war das eigentliche Wohnhaus an beiden Seiten um jeweils einen Anbau verlängert, von denen Steintreppen auf die zentrale Dachterrasse führten, auf der eine aus Ziegeln errichtete und weiß gekalkte Sitzgruppe sowie mehrere farbige Figuren standen. Dimitri stellte das Auto ab. Der Blick in das jäh abfallende steinerne Tal hinunter zu den Klippen machte Paul schwindlig. Sie hörten Klopfgeräusche aus dem Nebengebäude.

»Das ist Markos Toubis. Er hat letztes Jahr den Abschluss mit Auszeichnung bestanden. Nun arbeitet er hier.«

Sie betraten die Werkstatt. Markos bemerkte die beiden und legte Hammer und Meißel weg, um sie zu begrüßen. Dimitri sagte:

»Lass dich nicht stören, wir schauen uns nur die Räumlichkeiten an. Können wir in die Wohnräume oder schläft noch eine Schönheit in deinem Bett?«

Markos schüttelte grinsend den Kopf. Sie gingen durch einen kleinen Waschraum in die Küche. Der Boden mit den dunklen Bruchsteinplatten setzte einen Kontrast zu den hellgelben, rau verputzten Wänden. Neben der uralten in Mauerwerk gefassten Spüle stand ein moderner Gasherd, über dem ein aus Stein gehauener Kaminabzug hervorstand. Von der Küche führte eine Treppe nach unten. Dort hatte Antonis den ehemaligen Backofen in eine kleine runde Schlafkammer verwandelt, in die man nur auf den Knien rutschend hineinkam. In den Räumen des Hauses, die jetzt als Museum genutzt wurden, schlug Pauls Herz höher. Hier waren etliche Skulpturen, Entwürfe, Skizzen und Bilder von Antonis ausgestellt. Sofort erkannte er dessen Genialität: Leiden, Schmerz und Demut stachen aus allen Werken hervor, der Ausdruck ihrer Gesichter, die Körperhaltungen und nicht zuletzt die raue Oberfläche des Marmors. Nirgends gab es glatte Flächen, vielmehr aufgerissene, verwundete und vom Leben gezeichnete Haut, was selbst in den Bleistiftskizzen angedeutet schien. Dimitri stand schweigend daneben, während Paul jedes Werk detailliert betrachtete. In seinem Kopf überschlugen sich die Gedanken. Sie gingen in den nächsten Raum und Dimitri sagte:

»Jetzt kommt der andere Antonis Koladis.«

Paul erstarrte. Dort standen vier Frauenakte, deren Haltung und fein geschliffener Marmor einen krassen Gegensatz zu den Werken im Nebenraum bildeten. Eine Erinnerung kam ihm in den Sinn. Als Antonis ihn damals besuchte, war er am Schluss nochmals lange vor Judiths Skulptur stehen geblieben. Schließlich hatte er mit fester Stimme gesagt:

»Solche Figuren gibt es selten. Sie bergen eine Wahrheit in sich, die über der Zeit steht.«

Judiths Skulptur gab Antonis offensichtlich die endgültige Gewissheit, sein Vater zu sein.

Als Paul nun vor einer der Skulpturen stand, fragte ihn Dimitri:

»Kennst du sie?«

Paul sah ihn fragend an und betrachtete dann erneut das Gesicht aus weißem Marmor, bis er sie erkannte: seine Mutter als junge Frau. Das war kein Zufall mehr, das war eine Heimkehr. Antonis hatte wie er seine Sehnsucht in Marmor geschlagen. Paul fühlte sich plötzlich erschöpft und verspürte Kopfschmerzen.

»Ich möchte gehen.«

Dimitri nickte, sie verabschiedeten sich von Markos und liefen zurück zum Auto. Paul sah während der Rückfahrt über die von alten Steinmauern zerklüfteten Hänge, die langsam zum Meer hin abfielen. In mühsamer Handarbeit war der steinigen Insel landwirtschaftliche Anbaufläche abgetrotzt worden, die heute längst wieder brachlag. Möglicherweise hatte Antonis diese Zeit noch miterlebt. War er tatsächlich sein Vater? Mara hatte dieses Geheimnis mit ins Grab genommen. Ahnte Ludwig, sein eigentlicher Vater, jemals, dass er der Sohn jenes Mannes sein konnte, den er damals zu erschießen befahl? Alle Beteiligten lebten nicht mehr, woher sollte er jemals Gewissheit bekommen? Pauls Kopfschmerz wurde stechender.

»Wen stellen die anderen drei Skulpturen dar?«, fragte er Dimitri, als sie im Innenhof der Akademie ausstiegen.

»Antonis hat sich nie dazu geäußert. Wir vermuteten lange, dass es seine beiden Frauen und möglicherweise seine totgeborene Tochter als junge Frau sind. Als wir ihn das eines Tages zu fragen wagten, sah er uns mit seinem traurig-wachen Blick an und zuckte resigniert mit den Schultern. Es war nie aus ihm herauszubekommen.«

-11-

Paul saß seit Stunden vor den Frauenfiguren und der Mädchenskulptur im Haus von Antonis Koladis. Seine ungewisse Herkunft sowie die Verwicklungen seiner Familie mit dieser Insel raubten ihm den Schlaf. Ausgerechnet er, der alle familiären Verbindungen abgebrochen hatte, um hier als Künstler zu leben, sollte aller Wahrscheinlichkeit nach einen einheimischen Bildhauer als Vater haben. Immer wieder stieß er bei seinen Grübeleien auf die gleiche Frage – wer war Mara? Die Mara, wie er sie kannte, hätte sich nie im Leben so verhalten. Doch konnte er wirklich behaupten, sie gekannt zu haben? Was wusste er schon von ihr? Sie war den Mutmaßungen über die Herkunft seiner künstlerischen Ambitionen aus dem Weg gegangen, bis hin zu der Ohrfeige – im Grunde sein letzter wirklicher Kontakt zu ihr. Auf dem Foto, neben Antonis sitzend, sah sie so unbeschwert und glücklich aus, wie er sie nie erlebt hatte. Aber wen fragen? Maras zwei ältere Brüder starben im Krieg, ihr jüngerer Bruder verbrachte sein Leben in einem geistlichen Orden. Doch selbst wenn dieser noch lebte – Mara hätte ihm wohl als Allerletztes von ihrer griechischen Affäre als verheiratete Frau erzählt. Außerdem war auch er sicher schon tot.

Antonis und Mara. Er betrachtete eingehend die Skulptur seiner jungen Mutter und verglich sie immer wieder mit dem Foto von ihr, das er bei sich trug. Ihre Gesichtszüge wirkten entspannt und um ihre Augenpartie bemerkte er erstmals eine versteckte Sinnlichkeit. Er suchte dieses Detail vergeblich in ihrem weißen

Marmorgesicht mit den geschlossenen Augen. Dann beugte er sich etwas seitlich und ging dabei in die Hocke. Im schrägen Profil entdeckte er in der Kinnpartie jenen sinnlichen Zug, unscheinbar, aber bedeutend. Maras vielschichtige Augenpartie war im Marmor nicht darstellbar, so verlegte Antonis dieses Detail einfach in die Kinnpartie. Schlicht und genial.

Neben Maras Skulptur ließ ihn die des Mädchens nicht los. Sie saß nackt mit ihrem noch knabenhaften Körper auf dem Marmorblock, aus dem heraus eine Art Umhang mit kunstvoll herausgearbeitetem Faltenwurf auf den Boden glitt. Ihr linker Arm stützte sich auf dem Marmorblock ab, während der andere auf ihren Oberschenkeln ruhte und ein Stück des Umhangs ihre Scham verdeckte. Der leicht nach vorne gebeugte Oberkörper und die gekreuzten Füße ergaben eine in sich ruhende, scheu wirkende Haltung, was durch ihren nach unten gerichteten Blick noch verstärkt wurde. Die langen Haare, auf beiden Seiten hinter den Ohren zu einem zusätzlichen Zopf geflochten, fielen ihr auf die Schulter. Ihr Gesichtsausdruck zeigte Sanftmut und gleichzeitig eine erschreckende Leere. Die Leere ungelebten Lebens, dachte Paul, darin kannte er sich aus.

Es war bereits später Abend, als Markos leise in den Raum kam, um ihm mitzuteilen, dass er Gäste erwarte und es lauter werden könne. Paul, aus seinen Gedanken gerissen, nickte ihm zu und machte sich kurz darauf auf den Weg in sein Haus, wo er am Faxgerät mehrere Anfragen fand. Er arbeitete daraufhin bis in die tiefe Nacht hinein, die Ablenkung kam ihm gelegen, obwohl er vor Müdigkeit kaum noch die Augen aufhalten konnte.

Am nächsten Morgen erwachte Paul mit der vagen Gewissheit, einen griechischen Vater zu haben. Die Stunden in dessen ehemaligem Atelier hatten seine Wahrnehmung geschärft, die künstlerische Verbundenheit mit Antonis irritierte und beflügelte ihn zugleich. Er war seiner Herkunft in der stickigen Enge des Elternhauses immer schon unversöhnlich gegenübergestanden und nun tauchte plötzlich diese exzentrische Leidenschaft Maras mit einem Griechen auf, zu deren Wurzeln er ohne es zu ahnen zurückgekehrt war. Warum hatte Mara ihm nie davon erzählt, sie wusste, dass er auf Tinos lebte? Vielleicht wegen Ludwig, dem, so kam es ihm plötzlich in den Sinn, letztlich das Gleiche widerfahren war wie seinem Bruder Karl – beide hatten unwissentlich Kinder großgezogen, die nicht von ihnen stammten. Für ihn, Paul, kamen diese möglichen griechischen Wurzeln einem Geschenk gleich, eine späte und längst überfällige Bestätigung seines immer gehegten Verdachts. Kam es aber zu spät? Genauso zu spät wie das Wissen um seine Vaterschaft von Max, der, auch das fiel ihm nun auf, dasselbe zu begreifen hatte wie er selber, nämlich einen anderen Vater zu haben? Diese Parallele missfiel ihm, wie ihm überhaupt jeder Gedanke an Max missfiel, es machte alles noch komplizierter und versetzte ihn in schlechte Laune. Für ihn ging es ausschließlich darum, sich Antonis anzunähern, um die letzten Zweifel aus dem Weg zu räumen. Aber wie? Alles geriet ins Wanken, seine Herkunft, seine Kunst, seine Beziehung zu Judith und zu allem Überfluss auch noch seine bisherige Kinderlosigkeit, wenngleich Letzteres ihm am wenigsten bedeutungsvoll erschien.

Er ging in sein Büro und arbeitete, erleichtert über die Ablenkung.

Die Abreise von Max und Elke verlief seltsam kühl. Sie verabschiedeten sich höflich, aber distanziert von ihm. Die Möglichkeit, Max über seinen wahren Großvater aufzuklären, verwarf Paul, solange ein Rest Ungewissheit blieb. Er bot ihnen halbherzig an, sie zum Hafen zu fahren, doch sie lehnten ohne zu zögern ab, was ihn verwunderte, ihm aber gleichzeitig gelegen kam, so konnte er direkt zu Antonis' Haus fahren. Dort vertiefte er sich in dessen Werk auf der Suche nach weiteren Hinweisen auf seine Herkunft.

Nach der Abreise von Joachim kamen nur noch vereinzelt Besucher zu der Ausstellung. Irgendwann waren die letzten Gäste abgereist und die Skulpturen und Bilder wurden in sein Nebengebäude zurücktransportiert. Er erhielt sowohl von offizieller Seite als auch von den Einheimischen viel Lob, zudem intensivierte sich sein Verhältnis zu Dimitri. Selbst der Bürgermeister besuchte Paul nun gelegentlich. Einmal überreichte er ihm ein altes Klassenfoto, auf dem der Bürgermeister und Elena zu sehen waren, mit der Bitte, es Joachim zukommen zu lassen.

All das nahm er jedoch nur am Rande wahr. Der innere Aufruhr der letzten Zeit zeigte ihm vor allem eines in erschreckender Klarheit: Nur ein Mensch konnte ihm nach all den Geschehnissen und Offenbarungen wirklich beistehen – Judith. Doch sie war verloren für ihn. Sein Stolz verbat es ihm, eine weitere Liebesoffensive in Erwägung zu ziehen.

-12-

In seiner Zeitschrift *Kunst – gestern und heute* plante Werner Strettmann, einen Artikel über die Ausstellung und das Konzert zu veröffentlichen, und hatte daher seine Frau Julia, eine bekannte Fotografin, sowie einen befreundeten Musikkritiker mit nach Tinos genommen. Julia Strettmann, die mit ihren Einkünften die Zeitschrift ihres Mannes subventionierte, schoss zahlreiche Fotos von dem Ereignis. Ende September erschien die aktuelle Ausgabe mit einer sechzehnseitigen Sonderbeilage über das Projekt. Dies schoss zwar weit über das eigentliche Ziel hinaus, doch Strettmanns Frau befürchtete, mit einer mittelmäßigen Reportage ihrem Ruf Schaden zuzufügen, weshalb sie die Konzeption der Sonderbeilage ihrem Mann ebenso dezent wie bestimmt aus der Hand genommen hatte. Skeptisch sah er, dass Pauls Züricher Auftraggeber seine Werbung dort platzieren würde, aber letztlich befriedigte ihn das Ergebnis: Die Beilage brachte hervorragende Fotos von Pauls Skulpturenwerk, die von ihm verfasste künstlerische Würdigung, außerdem die Besprechung des Konzerts, von dem Bilder der Aufführung sowie beeindruckende Aufnahmen der Aula zu sehen waren. Abgerundet wurde der redaktionelle Teil mit einem etwas förmlich geratenen Grußwort des Bürgermeisters und einem kurzen geschichtlichen Abriss über Tinos und dessen Bildhauerakademie, verfasst von Dimitri Xiados. Die Rückseite zierte ein sehr vorteilhaftes Foto von Madame Delgreé beim Betrachten des Triptychons. Deren Mann sponserte die Sonderbeilage großzügig und bewarb doppelseitig seine Uhrenmanufaktur mit einem von Paul entworfenen Motiv: eine Damenuhr an einem von Judiths Marmorarmen.

Als Joachim kurz vor Erscheinen der Zeitschrift ein Exemplar von Werner Strettmann zugesandt bekam, nahm er es mit zur nächsten Quartettprobe und las den Artikel über ihr Konzert vor. Der Kritiker verzichtete bei der Beschreibung ihres Spiels auf den üblichen musikwissenschaftlichen Hintergrund des Werks zugunsten einer gut formulierten Analyse – zu ihrer Überraschung schien er tatsächlich zugehört zu haben. Die Würdigung der *Elegie* fiel trotz einiger kritischer Randbemerkungen sehr positiv aus.

Judith erfuhr über Inge von der Sonderbeilage. Mit Zwiespalt betrachtete sie die Fotos, die ihre Nacktheit und in ihrer unübersehbaren Intimität das Verhältnis zu Paul öffentlich machte, was sie beunruhigte. Wie nachlässig, Paul diese Ausstellung nicht sofort ausgeredet zu haben, doch der Zauber seines Briefs hatte sie selbstvergessen gestimmt, mögliche Konsequenzen nicht bedenkend. Doch Inge meinte, dass niemand außerhalb ihres Bekanntenkreises sie erkennen könne, und Judith stimmte ihr nach und nach zu. Aber was, wenn Karl das Heft in die Hände bekäme? Oder Robert? Diese Veröffentlichung brachte alles noch mehr durcheinander, als es eh schon war.

-13-

Max stürzte sich nach seiner enttäuschenden Rückkehr aus Tinos in das Vorhaben, seinen Roman *Gecko nostra* zu veröffentlichen, die Ablenkung tat ihm gut. Sein Chef vermittelte ihm per Empfehlungsschreiben den Kontakt zum vierköpfigen Leitungsgremium des Verlags, in dem auch ihre Zeitschrift erschien. Den zwei weiblichen Gremiumsmitgliedern missfiel die konservativ anmutende Romanhandlung, worin überdies ein Frauenbild propagiert wurde, das unzeitgemäßer nicht sein konnte. Der Verlagschef jedoch hegte auffallende Sympathie für das Buch und wies Einwände mit dem Argument zurück, dass die naturwissenschaftliche Linie des Verlags durch die Protagonisten gewahrt bleibe und das beschriebene Patriarchat im Übrigen keineswegs überholt sei, eine Bemerkung, welche die Damen in helle Aufruhr versetzte. Doch gegen seinen Willen kam kaum jemand an, er entschied in letzter Instanz das Verlagsprogramm. Seine Beweggründe indes waren rein privater Natur: Lucia, seine Schwiegertochter, kam aus Sizilien und er konnte sie nicht ausstehen, da sie seinem Sohn, wie er es im privaten Rahmen zu umschreiben pflegte, die Eier zerquetscht hatte, weshalb er als sein Nachfolger für den Verlag verloren war. Viel zu spät erkannte er die Schwächen seines Sohnes, die Lucia skrupellos ausnützte. Kurzum, der Verlagschef entschied spätestens bei der Szene, als die Gecko-Schönheit Gianna unter zweifelhaften Umständen entjungfert wurde, das Buch zu veröffentlichen. Gemeinsam mit dem Lektor bestanden sie auf einigen

Detailänderungen – Gianna hieß nun Lucia – was Max ahnungslos zugestand, da dies für die Handlung völlig unbedeutend war, dem Verleger jedoch Spaß zu bereiten schien. Trotz des nicht unbeträchtlichen Werbebudgets blieben die Verkaufszahlen deutlich hinter den Erwartungen zurück. Vom Feuilleton ignoriert, zeigten sich die sonstigen Besprechungen des Romans zudem allesamt negativ. Fast erleichtert begrub Max den Plan einer möglichen Fortsetzung. Die Geschehnisse in seinem Leben schienen ihm nicht mehr dazu geeignet, Reptilien in fragwürdige Abenteuer stürzen zu lassen. Dazu war er selber in einer viel zu fragwürdigen Situation.

-14-

Judith stieg aus dem Zug, der sie in fünfstündiger Fahrt durch die spätsommerliche Schweiz nach Luzern geführt hatte. Sie suchte sich ein Hotel und schlenderte am Ufer der Reuss entlang zum Vierwaldstetter See, wo sie in einem Lokal mit Blick auf den See zu Mittag aß.

Den Anlass, Maras jüngeren Bruder Ernst aufzusuchen, hatte ein mehrere Wochen zurückliegendes Telefonat mit Joachim gegeben, worin er sie über die Verwicklungen von Pauls und Elenas Eltern, die Rolle von Antonis Koladis und Pauls Suche nach Gewissheit informierte. Außerdem berichtete er von der Ausstellung, wie sehr ihr Fernbleiben Paul getroffen habe und dass sogar Karl dort aufgetaucht sei, um Paul zur Rechenschaft zu ziehen. Judith stockte der Atem. Sie bedankte sich schließlich für Joachims Vertrauen und legte auf. Unter den vielen aufgeworfenen Fragen interessierte sie vor allem jene, wer der Großvater von Max war. Sie wusste, dass nur ein Mensch die Antwort kannte: Maras Bruder Ernst. Er lebte noch, andernfalls hätte sie von dem Pflegeheim des Schweizer Ordens Nachricht erhalten.

Judith wartete auf den Bus. Sie sah hinüber zu der Kapellenbrücke, über die sie vor Jahren einmal gemeinsam mit Ernst gegangen war. Während der Busfahrt legte sie sich noch einmal ihre Fragen zurecht. An einer von mächtigen Bäumen überragten Haltestelle stieg sie aus und lief durch eine Allee zu dem Anwesen, wo das Altenheim lag. Es wirkte gepflegt, der Orden kümmerte sich bis zuletzt vorbildlich um seine Brüder.

Judith ging den langen Gang entlang und klopfte an seine Türe. Von innen hörte sie die noch immer feste Stimme von Ernst, der im Rollstuhl saß und in einem Buch las. Als sie den Raum betrat, legte er es beiseite und sah ihr wohlgesinnt entgegen. Das Zimmer war klein und spartanisch eingerichtet, doch Ernst versprühte trotz seines ihn peinigenden Rheumas, das ihn an den Rollstuhl fesselte, noch immer Frohmut. Vor allem beeindruckte sie sein strahlender Blick, aus dem ein humorvolles Blitzen hervorstach.

»Judith, schön dich zu sehen!«

»Ich freue mich auch, Ernst. Wie geht es dir?«

»Bestens, auch wenn mein Arzt sagt, das viele Sitzen sei ungesund.«

»Deinen Humor hast du nicht verloren, ein gutes Zeichen.«

»Gestern teilte man mir mit, dass du kommst. Was führt dich zu mir?«

Sie zögerte kurz.

»Ich bin hier wegen einer Begebenheit, die lange her ist. Es geht um deine Schwester Mara und ihre Reise nach Griechenland im Jahr 1951.«

Ernsts Gesichtsausdruck veränderte sich schlagartig und er saß lange regungslos neben Judith. Schließlich atmete er tief durch und sagte:

»Unglaublich, seit über fünfzig Jahren trage ich dieses gotteslästerliche Geheimnis in mir. Ich dachte schon, es mit ins Grab nehmen zu müssen. Mara hat mir damals alles anvertraut und mich einen Schwur ablegen lassen, dass ich nur davon spreche, wenn ein Familienmitglied von sich aus danach fragt. Aber ich hätte nicht dich erwartet, sondern eher deinen Schwager Paul. Obwohl, für dich war er ja mehr als nur ein Schwager ...«

Judith errötete.

»Was sagst du da ...?«, fragte sie beschämt.

Ernst lachte wieder.

»Mara war intelligenter als wir alle zusammen, dazu kam ihr untrüglicher Instinkt. Vermutlich konnte ich Gottes Strafe über unsere Familie nur abwenden, weil ich ihm ein Leben lang treu diente. Mara informierte mich grundsätzlich über alles, egal ob ich es hören wollte oder nicht.«

Er sah Judith mit blitzenden Augen an.

»Glaub mir, Mara mit ihren Problemen gehörte zu den schwersten Prüfungen in meinem Leben. Sie ahnte bereits während deiner zweiten Schwangerschaft, dass das Kind von Paul stammte, und als sie es sah, verflogen ihre letzten Zweifel. Gleichzeitig quälte es sie, dass ihren Sohn Karl nun das gleiche Schicksal ereilen sollte wie ihren Mann Ludwig. Doch wie sollte ausgerechnet sie dein Verhalten missbilligen? Ihr Groll auf dich und Paul wurde von einer Art solidarischem Verständnis untergraben, so dass sie sich gezwungen sah zu schweigen. Leidtat ihr vor allem Karl, der nun in der gleichen unwissenden Lage war wie ihr Mann.«

»Stimmt es demnach, dass Paul einen griechischen Vater hat?«

»Ja, leider.«

Ernst verharrte nachdenklich und blickte aus dem Fenster. Dann fuhr er fort:

»Mara litt unter ihrem Instinkt. Am klarsten kam das zutage, als Ludwig vom Krieg heimkehrte und schwieg.

Mara nahm seine Wesensänderung überdeutlich wahr und konnte sich nicht einfach damit abfinden, dass Soldaten im Krieg Grausamkeiten begehen mussten und hernach als andere Menschen zurückkehrten. Sie wollte wissen, was ihm widerfahren war, um ihm helfen zu können. Eine Sichtweise, die sie später als vollkommen naiv bezeichnete, ihr Instinkt habe in dieser Hinsicht völlig versagt. Sie beschloss jedenfalls nachzuforschen. Das musst du dir vorstellen, kurz nach Kriegsende einen solchen Plan zu fassen! Verstehst du, sie gestand Ludwig sein Schweigen zu, das Problem war nicht er, sondern sie. Nun legte Mara den gleichen Starrsinn an den Tag, mit dem ich später in den Orden wollte. Wir mussten aber zuerst das Ende des Bürgerkriegs abwarten, um die Reise auf diese griechische Insel organisieren zu können. Dort kam es dann zu der folgenreichen Begegnung mit dem Griechen.«

Ernst blickte erneut zum Fenster hinaus, wo zwischen zwei Bäumen hindurch in der Ferne das Glitzern des Sees zu sehen war.

»Als sie wieder in Deutschland war, berichtete sie mir von Antonis Koladis. Sie verbrachten fünf gemeinsame Tage, während denen sie sich entschloss, bei ihm zu bleiben. Doch dann war er plötzlich wie vom Erdboden verschluckt. Vergeblich suchte sie tagelang nach ihm, reiste schließlich verzweifelt ab und kam zu mir, um alles zu berichten. Ich fragte sie, ob sie um sein Leben fürchte, was sie verneinte, sie spüre genau, dass er lebe, aber sein plötzliches Verschwinden könne sie sich nicht erklären. Wir saßen lange schweigend beieinander, bis ich ahnte, dass Mara eine Antwort von mir erwartete.

Also äußerte ich die mir naheliegende Vermutung. Wie sollte Antonis mit der Ehefrau jenes Mannes, der ihn zu Tode verurteilt habe, eine Zukunft haben, wenn dazu noch die Last der Schuld durch die Verwechslung auf seinen Schultern ruhe? Mara hörte regungslos zu und schien wie in einer anderen Welt zu verharren. Irgendwann stand sie auf, bedankte sich mit einer Umarmung und sagte, sie gehe nun, da Ludwig sie brauche.«

Sie hingen beide ihren Gedanken nach, bis Judith fragte:

»Hat Ludwig je erfahren, dass er ein fremdes Kind großzog?«

Ernst richtete den Blick auf Judith:

»Hat Karl schon erfahren, dass er ...«

»Ja, Karl weiß es inzwischen und hat sich sofort von mir getrennt. Und Paul weiß, dass Max sein Sohn ist.«

»Gut so. Ludwig hingegen hatte nie eine Ahnung davon.«

»War es nach Ludwigs Tod nicht ihr Wunsch, dass Paul es erfahren sollte?«

»Mara hatte wohl darüber nachgedacht und wollte Paul unbedingt auf dieser Insel besuchen, doch es kam nicht mehr dazu, wie du ja weißt. Ich glaube, ihr lebenslanger Gewissenskonflikt hat sie auf eine Art ausgezehrt, dass sie so früh sterben musste. Was ist das für ein Alter, fünfundsiebzig?«

»Wusste Ludwig, dass Paul ausgerechnet nach Tinos zog?«

»Ja, er erfuhr es irgendwann. Aber Pauls Bruch mit der Familie war viel schlimmer für ihn, er liebte seine Söhne.«

Ernst bat Judith, ihn zur Toilette zu schieben, um seine schmerzenden Arme zu schonen. Sie hörte, wie er in der Toilette eine Glocke drückte. Ein Pfleger kam ins Zimmer, grüßte Judith freundlich und half Ernst. Als er Judith wieder gegenübersaß, meinte er:

»Ich habe Glück, wenigstens mein Geist funktioniert noch bestens. Aber bleiben wir in der Vergangenheit, das ist angenehmer.«

Ernst begann daraufhin von Maras besonderer Vorliebe für Max zu berichten, was Judith überraschte. Davon hatte sie nie etwas mitbekommen.

»Max war Antonis' Enkel und das bedeutete ihr alles. Mir erzählte sie oft von ihm und nur selten kamen ihr dabei keine Tränen. Es kostete sie alle Kraft, ihr Geheimnis zu hüten, aber das kennst du ja.«

Judith nickte nachdenklich.

Ernst fuhr fort:

»Maras Leben war nicht das schlechteste und jeder Verzicht schmerzt. Jetzt hat sie ihren Frieden, so Gott will. Ich bete jeden Tag für sie.«

Als Judith sich verabschiedete, gab sie Ernst einen Kuss auf die Wange und versprach bald wiederzukommen. Durchs Fenster blickte er ihr nach, wie sie die Ausfahrt entlang zur Bushaltestelle lief.

-15-

Das Landhaus von Onkel Hubert lag abgelegen am Rande eines Dorfes, etwa eine halbe Stunde Autofahrt von Max' Arbeitsplatz entfernt. In Holzbauweise errichtet, nicht besonders groß, aber intakt und bewohnbar, stand es inmitten des großzügigen Gartens, der auf einer Seite an ein Waldstück grenzte. Dort befand sich ein kleines Nebengebäude, das mit Strom, Wasser und Heizung ausgestattet ideal als Atelier zu nutzen war.

Nach ihrer Rückkehr aus Tinos hatten Max und Elke Kontakt zu Onkel Hubert aufgenommen, der inzwischen in einer Altersresidenz wohnte. Körperlich rüstig, geistig rege und von lästigen Pflichten befreit, lebte er dort sein ausgeprägtes Kommunikationsbedürfnis mit den anderen Bewohnern aus. Onkel Hubert äußerte sich wohlwollend zu Elkes Plan, das Nebengebäude als Atelier einzurichten, worin er selbst seine inzwischen verkaufte Sammlung alter Motorräder untergestellt hatte. Zudem gefiel ihm Max' Tätigkeit als wissenschaftlicher Journalist und er nannte ihnen den Preis für das Haus. Am Abend rechneten sie die Finanzierung durch. Die angekündigten Einnahmen aus seinen Buchverkäufen erleichterten ihren Beschluss, es zu wagen.

Max zahlte mit den Tantiemen des ersten Quartals einen Teil an, den Rest finanzierten sie über eine Bank. Sofort fingen sie mit der Renovierung an. Da Max oft bis in den Abend hinein in der Redaktion arbeitete, fragten sie Torsten, ob er ihnen beim Ausräumen, Tapezieren und Malen behilflich sein könnte. Dieser sagte zu und entdeckte bereits nach kurzer Zeit die vergessenen Vorzüge eines geregelten Tagesablaufs. Nach vier Monaten harter Arbeit, unterstützt von einem im Dorf ansässigen Handwerker, konnten sie einziehen.

Torsten eröffnete Max und Elke irgendwann, dass er sich zu einer beruflichen Veränderung entschlossen habe und als Kurierfahrer bei Logistikunternehmen zu arbeiten beabsichtige. Elkes Bedenken, sich als Akademiker damit weit unter Wert zu verkaufen, zerstreute Torsten mit den Worten, dass der Wert seines Studiums für ihn sowieso gegen null gehe und er genug habe, ständig nur herumzuhängen.

Nach dem Umzug begann Elke, ihr Atelier einzurichten, in dem sie nun auch eigene Mal- und Zeichenkurse abhalten konnte. Als sie etwa einen Monat dort wohnten und eines Abends die Sonne die spätherbstliche Landschaft rund um das Dorf in golden schimmerndes Licht tauchte, setzten sie sich vor ihr Haus und redeten. Zum ersten Mal in ihrem Leben fühlten sie sich unabhängig und schworen sich, jeden Tag zu genießen und nicht übermütig zu werden.

Als Max einige Wochen später nach einem langen Arbeitstag nach Hause kam, empfing ihn Elke mit einer Flasche griechischem Wein und einer großen Schüssel Zaziki mit Fladenbrot. Sie schenkte ihm ein strahlendes Lächeln, er bemerkte jedoch sofort ihren besorgten Blick.

»Was ist los?«

»Setz dich erst mal, Liebster.«

Er nahm am Küchentisch Platz und blickte sie fragend an.
Elke sagte:
»Judith war heute hier. Sie hat mir etwas Wichtiges erzählt.«
Max musste schlucken und fragte:
»Ein neues Chaos?«
»Ja, aber eines, wofür sie nichts kann. Sie hat herausgefunden, dass Paul nicht der Sohn von Ludwig ist, sondern der Sohn eines Griechen namens Antonis Koladis, ein Künstler aus Tinos.«
Max sah sie ungläubig an.
»Das heißt, ich habe einen griechischen Großvater.«
Er nahm einen Schluck aus dem Weinglas.
»Lebt er noch?«
»Nein, das habe ich deine Mutter auch gleich gefragt. Sie hat die ersten Hinweise von Annas Vater erfahren, der in den Tagebüchern seiner verstorbenen Frau überhaupt erst auf die ganze Geschichte gestoßen ist. Dann ist sie zu Maras Bruder gefahren, der ihr alles bestätigt hat.«
Max wurde ungehalten.
»Warum sagt sie mir solche wichtigen Dinge eigentlich nicht selber?«
»Weil deine ablehnende Art sie verletzt. Du kennst meine Meinung dazu.«
In diesem Punkt besaßen sie unterschiedliche Standpunkte und waren schon öfters darüber in Streit geraten, was er jetzt aber vermeiden wollte. Er versuchte sich zu beruhigen, stand auf, setzte sich auf ihren Schoß, küsste sie und sagte ernst:

»Von Nachrichten dieser Art habe ich nun ein für alle Mal genug.«

Er dachte nach.

»Aber ... das bedeutet doch, dass die gute Oma Mara exakt das Gleiche mit ihrem Mann gemacht hat wie Judith mit Karl. Das scheint eine Art Familientradition zu sein.«

Elke sah ihn an und sagte:

»Mit der wir aber endgültig brechen werden.«

-16-

Elke gab die Putznachmittage bei Karl auch nach ihrem Umzug aufs Land nicht auf und verabschiedete sich inzwischen mit einem flüchtigen, aber unverzichtbaren Wangenkuss von Karl. Dieses Mal blieb er jedoch in Gedanken versunken am Küchentisch sitzen und schien kaum zu bemerken, wie Elke das Haus verließ. Judith hatte ihn am Nachmittag aufgesucht, er ließ sie zwar nicht ins Haus, hörte aber an der Haustüre stehend ungläubig zu, was sie ihm berichtete und schließlich mit Kopien der betreffenden Fotos auch belegen konnte. Nun, da Elke gegangen war, betrachtete er die Fotos. Er brauchte eine gewisse Zeit, bis er begriff, dass seine Mutter Mara und seine Frau Judith dieselbe Lebenslüge verband und dass dadurch sein Vater Ludwig in der gleichen Situation gelebt hatte wie er selber, wenngleich jener nie etwas von der außerehelichen Herkunft einer seiner Söhne erfahren hatte. Die Ordnung in seiner Familie geriet aus den Fugen, und die Tatsache, dass dieses Mal nicht Paul, sondern seine Mutter dieses Chaos verursacht hatte, verbitterte ihn. Er saß noch lange auf dem Sofa und starrte in die Nacht hinaus.

Als er am nächsten Morgen nach einer schlechten Nacht in sein Büro kam, lag die Sonderbeilage der Zeitschrift *Kunst – gestern und heute* auf seinem Schreibtisch. Auf dem Titelbild stand in großer Schrift der Name »Paul Baumann«, darunter war eine der Judith-Skulpturen zu sehen. Karl atmete tief durch. Legte man ihm das letzte Mal die ihn betreffende Information noch anonym in den Briefkasten, so lag sie diesmal offen und für jeden sichtbar an seinem Arbeitsplatz. Er schlug das Heft auf und sein Herz fing an zu hämmern, als er die doppelseitig abgebildete, liegende Skulptur von Judith sah. Sofort legte er die Zeitschrift unter den Stapel unbearbeiteter Akten, um sich mit der gewohnten Arbeit abzulenken. Nach Büroschluss nahm er das Heft mit und warf es unterwegs in eine Mülltonne, wohin die gesamte Auflage seiner Meinung nach gehörte. Das ging ihn alles nichts mehr an.

Am nächsten Morgen bat ihn Herr Epple, sein jüngerer Vorgesetzter, zu einer Unterredung. Auch auf seinem Schreibtisch lag jenes Sonderheft, auf das er nun mit ernstem Blick deutete.

»Herr Baumann, es wird geredet und ich versuche seit Tagen, Ihnen den Rücken frei zu halten.«

Karl musste plötzlich gegen seinen Willen lächeln und bemerkte dabei den kritischen Blick seines Chefs.

»Was genau wird denn geredet?«, fragte Karl.

Herr Epple rückte seine Brille zurecht und antwortete: »Können Sie es sich nicht denken?«

»Nein.«

»Herr Baumann, ich bitte Sie. Lassen Sie uns als verheiratete Männer miteinander sprechen. Jeder im Ministerium kann sich inzwischen ausmalen, was Ihren Bruder und Ihre Frau verbindet. Man munkelt, dadurch werde Ihre Autorität angezweifelt und das beschädigt sowohl Sie als auch Ihre Stelle.«

»Sie reden, als wäre ich der Generalvikar des bischöflichen Ordinariats.«

Sein Chef wurde unruhig.

»Nun gut«, fuhr Karl in ruhigem Ton fort, »wenn Sie meinen, die Beilage einer Kunstzeitschrift könne tatsächlich meiner Autorität schaden, was sollte ich Ihrer Meinung nach dann tun?«

»Um Schaden von Ihnen und der Position abzuwenden, sollten Sie ein Versetzungsgesuch in Erwägung ziehen.«

Jetzt war es ausgesprochen: Sie wollten seine Stelle, sonst nichts. Karl gelang es trotz dieser Unverfrorenheit, gelassen zu bleiben.

»Sie nehmen Ihre Fürsorgepflichten sehr ernst, meinen Respekt, Herr Epple.«

Karl sah das misstrauische Blitzen in dessen Augen.

»Nun, Herr Baumann, für eine frühzeitige Pensionierung scheinen sogar Sie noch etwas zu jung.«

»Würden alle Vorgesetzten so umsichtig handeln, dann sähe es auf dieser Welt, aber auch hier im Ministerium anders aus. Zum Beispiel hätte der Herr Staatssekretär Meinold, Ihr werter Schwiegervater, die Stelle, die Sie innehaben, sicherlich nicht mit Ihnen besetzt. Es zeugt von wenig Umsicht, familiäre Verflechtungen zu ignorieren, das öffnet dem Spott Tür und Tor und beschädigt auch Führungspositionen wie die Ihrige. Aber das haben Sie doch sicherlich schon bemerkt?«

Herr Epple verhielt sich erstaunlich gefasst angesichts dieser Kriegserklärung.

»Herr Baumann, es ist mir klar, dass Sie gerne an meiner Stelle hier säßen. Doch deswegen brauchen Sie nicht so ein erbärmliches Niveau an den Tag zu legen.«

Karl lächelte.

»Mit Verlaub, Herr Epple, Sie flüchten ins Unverbindliche.«

»Sie wissen, wo es hinausgeht.«

»Ein Heldenwort, Herr Epple.«

Karl ging zurück in sein Büro, setzte sich an seinen Computer und tippte einen Brief an den Staatssekretär Meinold, worin er sich besorgt über die beschädigte Reputation des Ministerialdirektors Epple äußerte. Er wusste exakt, mit welchen Formulierungen er im Rahmen des beamtenrechtlich Erlaubten blieb, welche internen Richtlinien er zur Untermauerung seiner Hinweise zu zitieren hatte und damit sicher sein konnte, dass die Kritik auch bis zum Minister vordrang. Sein Puls blieb die ganze Zeit über ruhig.

Als er abends nach Hause kam, empfingen ihn Elke und Max, die – besorgt wegen der ihm eröffneten Familienneuigkeiten – nach ihm sehen wollten. Karl redete völlig normal mit ihnen und setzte sie mit seiner ungewohnten Besonnenheit in Erstaunen.

Max fragte:

»Alles in Ordnung bei dir? Oder soll ich einen Arzt holen?«

»Nicht nötig. Den braucht bald jemand anderes.«

-17-

Robert entdeckte die Sonderbeilage in einer Buchhandlung. Mit zitternden Händen stand er vor der Zeitschriftenauslage und las ungläubig den Artikel über Paul Baumann und die Ausstellung. In jeder der abgebildeten Skulpturen erkannte er Judith, ihre Figur, ihre Formen, jedes Detail ihres ihm schmerzlich vertrauten Körpers. Dieser Paul Baumann musste ein Liebesverhältnis mit ihr haben, dachte er. Plötzlich verstand er die Aufforderung Karl Baumanns am Telefon, er solle Judith nach seinem Bruder fragen. *Das war also der Grund, warum sie ihm zum Schluss sagte, dass er sich in ihr täusche.* Robert kaufte die Zeitschrift und fuhr in seine Wohnung. Auf dem Sofa betrachtete er nochmals die Bilder der Skulpturen. Er vermisste Judith, empfand Eifersucht und gleichzeitig Abneigung: Sie führte ein verworrenes Leben und von derart komplizierten Konstellationen hatte er genug. Aus dem hintersten Winkel seines Kleiderschranks kramte er Judiths Geburtstagsgeschenke vom letzten Herbst hervor, stopfte sie zusammen mit der Sonderbeilage in eine alte Plastiktüte und warf diese in die Mülltonne, die am nächsten Morgen geleert werden würde.

-18-

Judith reiste Ende Oktober ohne jemand etwas zu sagen nach Tinos, um mit Paul zu reden, nachdem das letzte halbe Jahr das schlimmste ihres Lebens gewesen war.

Im Hafen mietete sie sich ein Auto, der Kofferraum des kleinen Seat bot gerade Platz für ihr Gepäck. Um eine ungewollte Begegnung mit Paul zu vermeiden, fuhr sie nach Kallinos, das Dorf, von wo aus sie ihre Kapelle sehen konnte. Hierher würde Paul sich nicht verirren. Judith stellte das Auto am Dorfrand ab, da die Wege durch das am Hang gebaute Dorf wegen zahlreicher Treppen nicht befahrbar waren. Im einzigen Kafenion fragte sie nach einem Zimmer. Die Wirtin meinte, dass es nur einen Menschen in Kallinos gebe, der ein Zimmer zu vermieten habe, und das sei ihr Bruder. Sie öffnete ein kleines Fenster zum Hinterhof und rief einen Namen. Kurz darauf erschien ein gemütlicher, untersetzter Mann und führte sie zu seinem Haus, wo er ihr zwei Zimmer zeigte. Sie nahm das mit der Aussicht ins Tal, ein kleines, aber sauber und geschmackvoll eingerichtetes Zimmer mit einem winzigen Bad. Frühstück und Abendessen gab es im Kafenion der Schwester. Sie mietete das Zimmer für eine Woche. Der Mann bot an, ihr Gepäck aus dem Auto zu holen, was sie dankend annahm. Sie öffnete die schmale Balkontür und entdeckte am gegenüberliegenden Berghang die kleine Kapelle. Nach dem Ausräumen ihrer Koffer machte sie sich kurz frisch, um zur Kapelle zu wandern. Über teils waghalsig steile Treppen gelangte sie an den unteren Rand von Kallinos und musste dort eine Weile suchen, bis sie den Trampelpfad zur Kapelle fand. Er führte zwischen Steinmauern hindurch, kreuzte eine kleine Quelle, an der sich die wild wuchernden Pflanzen und Büsche von der kargen Steinlandschaft abhoben. Von der Talsenke aus ging der Weg steil nach oben zu der Kapelle, wo sie sich auf ihren üblichen Platz vor der weiß angemalten Steinmauer setzte. Die Ruhe des Ortes nahm sie sofort wieder ein, dazu der Duft der Insel, der Ausblick auf das schneeweiße Kallinos und das Panorama durch das Tal hinunter zum Meer hin. Judith wusste, dass sie diesen kleinen Fleck vermissen würde. Durch ihr Alleinsein war sie zu der Einsicht gelangt, mit Paul in einem offenen Gespräch abschließen zu müssen, doch zuvor wollte sie noch die Skulpturen zu sehen, so Paul bereit war, sie ihr zu zeigen. Dem wollte sie sich genauso stellen wie Pauls Reaktion auf ihr Erscheinen. Sie wusste, dass es keinen Neuanfang mit ihm mehr geben konnte. Roberts feine Art, die sie nicht mehr missen wollte, hatte sie im Grunde untauglich für die meisten Männer gemacht und den trostlosen Winter über musste sie lernen, dies zu akzeptieren. Sie dachte an ihren Besuch bei Ernst. Paul würde die Wahrheit über Mara von ihr erfahren. Deren Geschichte sowie die Parallelen zu ihrem eigenen Leben beschäftigten sie, ebenso wie sie deren Mut bewunderte, 1951 alleine nach Tinos zu reisen. Judith dachte an die zahllosen Begegnungen mit ihr und allmählich gelang es, diese bislang unbekannte Mara in das Bild, das sie von ihr besaß, einzufügen. Sie erschrak plötzlich vom Geräusch eines vorbeifahrenden Autos. Danach kehrte wieder Stille ein.

Judith stellte ihr Auto in der Nähe von Pauls Grundstück ab. Sie wusste von Joachim, dass der Zaun abgebaut worden war, trotzdem überraschte sie der ungewohnte Anblick von Pauls Anwesen. Eine weitere Veränderung stach ihr sofort ins Auge: Ihre Skulptur stand nicht mehr im Garten.

Judith holte tief Luft und klopfte an der Verandatür, wo sie Paul um diese Tageszeit vermutete. Er öffnete die Tür und sein Gesicht verdüsterte sich. Judith fragte:

»Darf ich reinkommen?«

»Was willst du hier?«, fragte er in eisigem Ton.

»Mit dir reden.«

»Was sollten wir noch reden?«

»Ich habe mit Joachim telefoniert und dabei etliches erfahren.«

Paul machte eine verärgerte Geste und Judith sagte:

»Du kannst Joachim nicht verbieten, mit mir zu reden.«

Paul fuhr sie an:

»Spar dir deine Belehrungen.«

Judith ignorierte seinen Ton.

»Paul, ich war außerdem bei Ernst, dem Bruder deiner Mutter.«

Für einen kurzen Moment sah sie ein Erstaunen in seinem Blick.

»Er lebt noch?«

»Darf ich nun reinkommen?«

Paul hielt ihr die Tür auf. Sie setzten sich an den Esstisch und er brachte eine Karaffe Wasser und zwei Gläser. Judith sah sich um und konnte keine

Veränderungen entdecken, sogar einige Geschenke von ihr standen noch am gleichen Platz.

Er sagte:

»Ich werde mir anhören, was du von Ernst zu berichten hast, und dann sind wir fertig, ist das klar?«

Judith begann ihm zu erzählen, was sie von Ernst wusste. Paul hörte aufmerksam zu. Als Judith endete, sagte er:

»Es ist also wahr.«

Dann versank er mit leicht gesenktem Kopf in ein seltsames Schweigen. Judith betrachtete ihn. Sein Äußeres hatte bislang dem Alter getrotzt, doch nun sah sie ihn erstmals als jemanden, der in einigen Jahren sechzig wurde. Unvermittelt wiederholte Paul:

»Es ist also wahr.«

Dann stand er auf, ging zur Tür und öffnete sie:

»Danke für die Informationen. Leb wohl.«

Pauls verschlossener Gesichtsausdruck mit dem starren Blick, der auf den Boden gerichtet war, befremdete sie. Sie stand auf und ging hinaus, wandte sich um und sagte:

»Mara hat von Beginn an gewusst, dass Max unser Kind ist. Weil sie mit dir in der gleichen Situation war. Paul, ich bitte dich um nichts, was mich betrifft. Aber ich bitte dich, Frieden mit deiner Mutter zu finden, sonst findest du keinen mit dir selber.«

Paul starrte noch immer auf den Boden und Judith fügte hinzu:

»Auch Max versucht, seinen Frieden zu finden.«

Er reagierte auch darauf nicht.

»Ich komme morgen wieder.«

Sie ging zurück zu ihrem Auto und fuhr nach Kallinos. In den nächsten Tagen wollte sie versuchen, mit Paul ein Gespräch zu führen. Das brauchte sie für *ihren* Frieden.

Als sie am Tag darauf vor Pauls Tür stand, klebte dort ein Blatt Papier mit einem Pfeil darauf, der in Richtung Nebengebäude zeigte. Sie klopfte trotzdem, da sich aber nichts rührte, ging sie zum Nebengebäude, in dem die Skulpturen von ihr stehen mussten. Die Tür stand halb offen und sie trat in einen Vorraum, der durch einen schweren Vorhang vom eigentlichen Raum getrennt war. Vorsichtig zog sie den Vorhang beiseite und erschrak: Die mit dunklen Tüchern abgehängten Figuren wirkten trotz des hellen Lichts bedrohlich. Nur zwei Skulpturen standen offen da – angemalt in grellen Farben, die Gesichter übertrieben geschminkt, die Körper in einem blassen Gelb und zwischen den Beinen stachen tiefrot die Details hervor. Zwei Huren unter dunklen Gestalten, dachte sie und starrte auf die morbide Szenerie. Deutlicher hätte er es ihr nicht ins Gesicht schleudern können. Sie setzte sich und schloss die Augen. Plötzlich hörte sie ein Geräusch hinter sich. Paul stand im Raum. Judith sah ihn an und sagte mit schneidender Stimme:

»Geh.«

Paul holte Luft, um etwas zu erwidern, dann besann er sich anders und ging. Judith begann nun, die schwarzen Tücher von den anderen Skulpturen zu nehmen. Aufgewühlt betrachtete sie jede eingehend und begann sich zu fragen, was diese aus Marmor geformte Frau wirklich darstellte. Aus Pauls Blickwinkel war sie ein erotischer Körper, durch den er zu künstlerischer Hochform auflief und den er sein Leben lang begehrte. Doch ihr eigener Blick warf ganz andere Fragen auf. Plötzlich wirkten die Skulpturen wie eine Ansammlung von Ausflüchten und Lügen, eine versteinerte üble Nachrede, eine Reduzierung ihrer Person auf das, was Paul davon brauchen konnte. Sie begriff, dass sie für ihn jenseits des Eros nicht existierte, er schlicht unfähig war, sie wirklich zu sehen. Und dazu hatte sie dreißig Jahre gebraucht.

Verbittert verließ sie das Grundstück und spürte dabei Pauls Blicke auf ihrem Rücken. Sie fuhr zurück nach Kallinos und legte sich erschöpft auf ihr Bett. Sie sah ein, dass eine weitere Begegnung nur sinnlose Verletzungen und Beleidigungen provozieren würde. Wie Paul über sie dachte, hatte er ihr auf drastische Art und Weise gezeigt, offensichtlich kannten weder er noch Karl feinere Abstufungen, um ihr Verhalten zu benennen. In diesem Augenblick überkam sie fast so etwas wie Mitleid für Paul – er würde hier auf der Insel alt werden und einsam sterben.

Judith verbrachte die nächsten Tage in Kallinos und wanderte jeden Tag zu ihrer Kapelle, der Weg dorthin war ihr inzwischen vertraut. Sie fühlte sich befreit von dem Ballast, den sie dreißig Jahre lang mit sich herumtrug, und begann, sich auf die Rückreise zu freuen. Vielleicht würde es sogar mit der Halbtagsstelle in der großen Buchhandlung klappen, Abteilung Kunst und Geschichte. Das Vorstellungsgespräch war aus ihrer

Sicht gut verlaufen, man wollte ganz bewusst eine Fachkraft im gehobeneren Alter, ein Umstand, der für sie sprach. Wenn sie daheim eine Zusage vorfand, konnte sie auch ihre finanziellen Sorgen vergessen und ihr Leben erstmals ohne einen Mann an ihrer Seite in die eigene Hand nehmen.

Am letzten Tag vor ihrer Abreise saß sie wieder bei ihrer Kapelle und las, als sie plötzlich das nahende Geräusch eines Motorrollers hörte. Jemand schien sich der Kapelle zu nähern. Judith blickte sich um und sah Paul die Treppe herunterkommen. Sofort stand sie auf und eilte durch den kleinen Mauerspalt hindurch zu dem Fußweg nach Kallinos. Sie hörte ihn ihren Namen rufen und beschleunigte ihren Schritt. Paul rief mehrere Male, doch Judith rannte weiter den Fußweg entlang. Hinter einer zerfallenen Steinhütte blickte sie vorsichtig zurück und war erleichtert, dass sie Paul nicht mehr sehen konnte. Schließlich hörte sie den Motorroller wieder wegfahren. Als sie in Kallinos ankam und auf ihr Zimmer gehen wollte, saß Paul davor und blickte sie wütend an. Sie drehte sich auf der Stelle um, doch Paul kam mit schnellen Schritten auf sie zu und packte sie an den Armen.

»Lass mich los«, sagte Judith mit einer Aggressivität im Ton, der sie selber überraschte. Paul ließ von ihr ab und blickte sie an.

»Wer bist du bloß geworden, Judith?«

»Eine Hure, aber das weißt du ja bereits.«

Paul sagte:

»Vielleicht muss ich mich entschuldigen, ich ...«

»Bei Huren braucht man sich grundsätzlich für nichts zu entschuldigen.«

Ihr Ton war noch immer scharf, als sie sagte:

»Und jetzt geh, bevor wir alles zertrümmern, was wir so lange hatten.«

Sie ging an ihm vorbei in ihr Zimmer und sperrte es zweimal ab.

-19-

Joachims Tournee führte durch Holland und Belgien. Nach ihrem letzten Konzert in Brüssel ließ er sich erschöpft auf das Hotelbett fallen und beschloss, sich bei Susanne zu melden. Sie war auf Tinos nicht mehr in dem Kafenion erschienen. Im Frühstücksraum des Brüsseler Hotels glaubte er, sie zu sehen, und in diesem Moment tauchte eine kleine Tonfolge in ihm auf, die er sofort auf einer Serviette notierte. Noch am Abend seiner Rückkehr komponierte er sie fertig und nahm sie auf, ein kurzes Stück, nicht einmal zwei Minuten.

Er brannte die Aufnahme auf eine CD, schrieb *NEHCALSENNASUS* darauf, steckte sie in einen gepolsterten Umschlag und fuhr zu Susannes Wohnung, um ihn in ihren Briefkasten zu werfen. Pauls Art der Wortumstellung kam ihm gelegen.

-20-

Nach ihrer Rückkehr aus Tinos ließ Susanne die Zeit verstreichen, sie wollte keine unvorsichtigen Schritte unternehmen. Sie kannte Joachim gut genug, um zu wissen, dass ihr Schweigen ihn nicht davon abhalten würde, sie anzurufen. Sobald er sich sicher fühlte, würde er es behutsam und vorsichtig probieren, um sie nicht zu verletzen. Allein dieses Wissen brachte Susanne aus dem Gleichgewicht, denn diese Charaktereigenschaft war unter Männern selten, zumindest unter denen, die sie bisher kennengelernt hatte.

Als sie die CD von ihm fand und den Titel las, wusste sie nicht, was er bedeuten sollte. Sofort hörte sie das kurze Cellostück an, eine schöne und lebhafte Melodie, voller Lebensfreude. Nach mehrmaligem Anhören kam sie schließlich auf den Sinn des Titels. Eine Freudenträne lief ihr über die Wange, das war einfach goldrichtig, keine angestrengte Kopie der *Elegie*, sondern ein kleiner Hinweis auf ihr Lachen, das er so mochte. Sie unterließ es, ihn sofort anzurufen, und schlief eine Nacht darüber. Am nächsten Tag hielt ihr gutes Gefühl an. Abends setzte sie sich an ihren Schreibtisch, adressierte einen Briefumschlag an Joachim und steckte eine Kunstpostkarte hinein. Sie wusste, dass er das Motiv richtig deuten würde.

-21-

Joachim kam von der Probe, leerte den Postkasten und fand Susannes Briefumschlag. Er sah die Kunstpostkarte an und musste lächeln – ein Frauenakt von Modigliani. Er würde Susanne morgen anrufen, sie hatten einen Grund zum Feiern.

EPILOG

Joachim und Susanne gingen Hand in Hand in die Buchhandlung, um sich für ihren geplanten Urlaub einen Kunstführer zu kaufen. Joachim blieb bei den Romanen stehen und sagte zu Susanne, sie solle schon mal vorausgehen. Als er nachkam, hatte er ein Buch in der Hand und ging lächelnd auf Susanne zu.

»Schau mal.«

Susanne warf einen Blick auf den Titel und sah Joachim fragend an:

»Gecko nostra?«

Joachim grinste und sagte:

»Paul ist der Vater des Autors.«

In diesem Augenblick hörte er eine Stimme rufen, die ihm bekannt vorkam:

»Gebunden oder Taschenbuch?«

Susanne rief zurück:

»Das Taschenbuch bitte.«

Kurz darauf kam Judith an die Kassentheke und gab Susanne einen Bestellzettel für den Kunstführer. Jetzt erst bemerkte sie Joachim und gab ihm angenehm überrascht die Hand.

»Ihr kennt euch?«, fragte Susanne.

Joachim zeigte auf das Buch in seiner Hand.

»Das ist die Mutter des Autors.«